妍音 著

褶藏川端町

昭和三年（西元一九二八），
柳川堤上垂柳搖曳冬初十一月。
北岸川端町來了一個何厝女嬰。
出生五十四天，不哭不啼來到莊家。
將在水岸、川端町走出怎樣的路？

養女文學的另類書寫

林秀蓉
國立屏東大學中文系教授

妍音於二〇一七年底出版閩南語散文《湖，咱的活水》，透過高雄澄清湖「湖水」的意象，表達對逝去母親的不捨與追尋，感念昊天罔極的父母恩德，藉此建構家族記憶，形塑地景美學。追尋父母的歲月轍痕，始終是妍音創作的源頭活水；《褶藏川端町》的題材，即源自母親身為養女的生命經驗，展演一位跨越戰前、戰後的時代女性的故事。

這部小說採第三人稱全知觀點，情節以莊家養女香子的成長歷程為主線，搭建臺中柳川、梅川間的川端町為場景。香子活潑靈巧又貼心懂事，為莊家掃去喪子的陰霾，被全家視為掌上明珠，集寵愛於一身。祖父教她吟詩讀書，父親帶她見識市區的繁華，如「新富町市場」（今第二市場）、「榮町市場」（第一市場、今東協廣場）、「吉本百貨行」等，也不時與家人至「樂舞座」、「娛樂座」、「天外天劇場」看戲，接受現代文明的洗禮。香子在公學校畢業後，逐漸成為幹練負責的職業女性，賺錢養家，善盡孝道。小說透過樂觀惜福、知恩圖報的養女形象，顛覆傳統「男尊女卑」、「飼查某囝無路用」的論調。

臺灣日治時期在殖民社會與封建陋習的雙重壓迫下，養女的地位卑微，飽受虐待。出養女兒的家庭，大多是礙於家庭經濟因素，不得已將女兒出養以求度過危機，甚至將之變賣為媳、為婢、為妾、為娼，女性被宰制、被物化，養女風習成為一種人身荼毒與禍害。日治時期小說中的養女悲歌，大多以死亡、發瘋作為結局，如賴和〈可憐她死了〉、楊華〈薄命〉等，她們的命運坎坷，任人擺佈，小說藉此為弱勢者發出控訴的聲音。反觀《褶藏川端町》中，莊家男性忠厚溫和，有別於施行暴力的父權角色，對香子視如己出、疼愛有加；小說中除了香子之外的養女們，生活幾乎苦不堪言，相形之下，香子可說是幸運兒。值得一提的是，她接受教育，成為就業上的有力憑藉，得以走出傳統家庭經濟的範圍，爭取就業的機會與經濟獨立的基礎。尤其隨著莊家男性的凋零，加上大時代的政治磨難，川端町的美麗光景不再，香子更一肩扛起家計，成為莊家的經濟支柱。

《褶藏川端町》透過日治時期養女風習的探察，凝視歷史文化中幾乎被遺忘的女性故事，懷舊色彩濃厚。從小我敘事的寫實風格中，表露臺灣女性從封建桎梏被解放的曙光。整體而言，這部小說內蘊性別平權、親情和諧的創作意識，體現作家的人道關懷；不只是作者對母親的追思，同時也為傳統養女文學開啟另一扇視窗。

目次

第一章

雞啼時天還灰撲撲，晦暗最教人心慌。

甫一睜開眼，秀柱便睇大眼瞟一瞟四周，只怕米甘就立在房門口鬼一般的瞅她。從廚房傳來的ㄑㄧㄥㄑㄧㄥㄑㄧㄤㄑㄧㄤ聲音，就知道米甘已經在廚房工作了。

這樣的警覺消散後，也感覺天放亮了一些，看得清屋樑上垂吊的那個燈泡，方覺得天地間最美好的地方是正躺著的這方臥鋪，還有什麼地方能像在這墊著被褥的眠床上，被一床厚敦敦的棉被裹得一身舒服呢？這念頭才一閃過腦際，秀柱便再往暖烘烘的被窩深處縮，整個人縮得狀似一個球，到底是床榻溫暖啊！

那一床四呎寬五呎長的棉被，被秀柱這麼縮來鑽去的竟也鬧了脾氣，悄悄的兀自掀開了一個口，彷彿它得喊一喊宣洩一下擠在棉堆裡的氣。可棉被窩撐開一道縫，冬日清晨的風便也不客氣的直往暖被裡鑽。冷不防地一絲寒氣在被子裡亂竄，輕易便襲上秀柱身上，那一剎那秀柱誤以為是她阿娘米甘那隻忒愛擰人的手，從後屋廚房橫空伸了來，不由得秀柱痙攣了一下，趕緊把被子拉好，人也躺平不再亂扭亂動。

可屋後養著的公雞宛若不放過她似的，一隻隻搶著啼叫，更是一隻隻啼得一聲比一聲急，秀柱真不懂這些雞是怎麼的，總在天色都還沒翻成魚肚就死命催她，好像非得讓她一張臉也死白如魚肚，牠們才甘心。

平常可都是秀柱用盡心思的照料牠們，就怕牠們凍著了餓壞了，總絞盡腦汁在雞窩外鋪些稻草為牠們取暖，偏偏這些不懂知恩圖報的傢伙當真跟她過不去似的，每個好夢方酣的清晨，就這麼硬生生的把她的夢啄得七零八落，一隻比一隻更強悍的要把她這個人啄出甜美的夢境。

秀柱其實還睏著，若真給她清閒不要求她得早起做事，她是能翻個身再進入下一場夢境，好好做上一場春秋大夢。可已被雞啼鬧醒的秀柱就是向天借膽也不敢賴著暖被窩不起床，只消再慢個幾分鐘進到廚房，她阿娘米甘一聲聲帶刀帶刺的咒罵，就會從廚房裡飛竄而出筆直砍入秀柱的心，不消多少工夫保證就能將秀柱剮得體無完膚。

「死查某鬼仔汝，抑毋知好起床，無是愛我來伺候汝啊？」

「日頭曝尻川啊抑咧睏，是睏好命的喔？」

「……」

米甘會罵些什麼秀柱早已滾瓜爛熟。

早先在八仙山，親娘是不會這樣又咒又罵的，親娘都由著她睡由著她玩，山裡什麼都好，唯獨吃食上卻常是不足，捱餓讓人難受。親爹親娘便也是因著這項，為了讓她有得吃飽好好長大，才將她過給米甘來養。

進了這個家之後，吃的穿的真是不缺，就是那些咒罵聲總不定時響起，除此之外，聽得最多的就是米甘小時候被送去陳家當養女的慘絕人寰經過。那一串可憐養女經，秀柱聽過千遍萬遍，整個逃不出一大家子大大小小瑣瑣細細的事都得做，做得不如陳家主母的意就會被打得皮開肉綻，四、五歲年紀小手腳慢，等她事情做完進到灶間，往往只有剩糜剩湯，總是越吃肚子的咕嚕聲越大，忍不住嘴饞偷吃了幾粒花生米，不但得不來憐惜，甚且還被綁在古井轆轤上起起落落，驚嚇得她那幼小心靈千瘡百孔盡是青紫。這些教人不忍的劇情，秀柱初初聽見淚水不能自己的流個不停，那個小小年紀就被凌虐的女娃教她心疼，好想就抱抱那個小女娃。可秀柱透過淚眼看去，卻是米甘那張橫眉豎目咬牙切齒的臉，突然就明白了，米甘不顧惜自己去掀不堪的陳年舊事，無非是要讓她知道，她來到莊家給莊浮米甘當女兒，已經比米甘自己幼時好上數千萬倍。

「汝愛知汝有偌好命，我較早做人養女，一日做到暗，三頓食袂飽，寒天洗衫洗甲一雙手流血流滴，彼有偌痛汝敢知？」

是啊，那有多痛啊！

十歲的秀柱當然明白那會很痛，可她阿娘都沒發現她罵人的時候，那些不好聽的話也會又削又剮的讓她遍體鱗傷，這個痛，可也不比阿娘當年在陳家時好受啊！

就是為了避開如此這般被剮被削，冬日的清晨再怎麼寒氣逼人，秀柱輾轉兩下也就咬著牙，被子一掀便翻身下床了。

套上木屐後，秀柱更是小心翼翼，不使木屐發出一丁點聲音。

回想起初來乍到那時節，曾經在跨越門檻時腳跟提得不夠高，趴的整個人如拜天公一般的五體投了地，罵聲隨後傳來，她則是眼淚噙在眼眶裡。

「看著戶模是袂曉沆過喔？」

「無驚、無驚，會痛否？」是清雲哥哥扶起她。

現在她是過門檻時會把腳提得老高好跨過去，可若她不當心讓木屐發出聲響，那老是鬼魅一般的米甘食指便能越過家裡的牆縫筆直便戳到她前額上來，再加一句，「叫汝做一項代誌就遮爾仔毋情願，木屐拖咧行，驚我毋知汝咧使性地嗎？」

秀柱哪敢那樣不知分寸的任性，當日離開八仙山時，山上生身父母再三叮嚀交代「生的請一邊，養的功勞較大天」，要秀柱此後只能記得川端町莊氏父母，血緣算什麼，能餵飽養大她才要緊。因著這個叮嚀，打從下山之後，自己時時刻刻不敢忘養父母給的溫飽，從來沒敢有使性子耍脾氣的想法，可米甘老是要那樣誣陷她，秀柱實在覺得冤枉。

多次之後，秀柱也慢慢多了照顧自己腳下的心眼，只要躡手躡腳不發出半點聲音，就不會招來米甘惡毒的責罵。

這天秀柱下了床，草草洗了手臉，就著微微天光，挑起灶腳那兩只木桶，推開兩扇木門時還小心翼翼不讓木板吱吱叫出聲，踏出家門便往川端町三丁目的大古井打水去了。這一向家裡日常所需用水都是秀柱清晨一擔擔的挑回，米甘規定灶間那個大水缸得有滿滿一缸子水備用。

每晚臨睡前秀柱都會去巡一下水缸，好預估隔天清早得做多少挑水的活。還好秀柱有個疼她的兄長，清雲每日從律師公會下班回來第一件事就是去古井打水，幫著秀柱把一天下來用掉大半缸子的水補到滿，這樣一來，夜晚用掉的不致太多，早晨這些挑水的活，秀柱就輕鬆多了。

想起兄長清雲，秀柱心門裡滿滿溫熱，清雲和她沒有半點血緣關係，對她卻是十分疼惜，不像三十九番李家的哥哥們一天到晚欺負領養進門的妹妹阿金，夏天水井前相遇，阿金的手腳都是青紫淤傷，秀柱一則傷感一則安慰，安慰的是自己也是養女，雖然時常遭受養母責罵幸好沒傷到皮肉，而且養父及兄嫂待她極好；傷感的是天底下竟有如阿金那般的可憐養女，做到奄奄一息了還被一家老小嫌棄。

每當秀柱遇上阿金，心裡都會浮上自己真是好命的想法，便也在內心裡感激莊家給她一個安穩溫馨的家，雖然有那麼一點點的不完美，但也已夠她心滿意足了。想那阿金年紀比她小兩三歲，一副營養不良的模樣，個頭因而小不隆冬的，卻是得挑水養鴨養雞，她家裡農忙時還得下田去，李家那幾個哥哥，只會凌虐欺負她，更別說像秀柱家的清雲哥什麼都幫秀柱設想周到，夜晚還教她讀書識字。

「秀柱，這馬是日本人統治咱臺灣，日文無學寡後擺會無法度參人接觸。來，阿兄教汝，汝愛認真學喔！」

「嗯。」

秀柱是盼著能像清雲那樣滿肚子學識，可米甘總以「查某囡仔人捌遐濟字做啥」遏止秀柱的學習慾。而且米甘對待清雲，也仍是對待小兒一般打罵都來。

秀柱總覺得老天好像沒開眼，清雲哥都已經是律師公會裡的助理了，遇上米甘心情不好時，不是打便是罵，有時還要清雲當庭罰跪，清雲一向孝順，從不拂逆。但即使如此這般無怨無尤，老天非但沒給他適當的回饋，還讓他連著失去兩個兒子。

清雲是秀柱一面鏡子，每每心有怨言時想起清雲，就會有阿兄都能忍受阿娘的無理，自己難道就不能？也是因為常這麼想，她才會日漸知足。這個家裡除了米甘隨時都可能嘮叨半天讓人心神不能爽快外，其他一切都好。

比米甘大上十七歲的莊浮脾氣好得不得了，整天都沉浸在古書和菸草之中，秀柱還真是歡喜能成為莊浮的女兒，也是因為這個阿爹她才更願意忍受米甘的毒舌。對於此時在川端町的生活雖不是天堂，但她也是滿意的，要不，必定還得留在八仙山上，在山裡頭過活，哪裡能有在臺中州這樣舒適的生活，清早挑水只算小事一樁。

可十二月天的冷風瑟瑟，得一大清早離了溫暖被窩出門挑水，也還是會讓十歲的秀柱心裡哀哀嘆嘆好半天。秀柱低垂著頭，看著自己一雙踩在軟軟沙地上的腳，想著路就是不好走也得這般走著，就有點哀怨。這樣想著的同時下意識地抓住了兩肩擔著的那根扁擔上的木桶繩索，若不抓緊一些，別是兩個輕忽忽的木桶隨著她的腳步而晃盪搖擺到甩出去，那就更哀怨了！

「秀柱、秀柱……」

莊家右鄰的春花甫出家門便看見了秀柱，忽地想起一事，趕緊脫口喊了秀柱，那拔高的聲音把清早灰暗的天空戳開了一個洞。

聽見喊聲的秀柱收住腳步，兩個木桶隨著她晃了一圈，回頭看見暗處裡開出一張笑臉，秀柱有點迷糊，是誰在這樣清冷的一大早給她一個驚奇？再一細看，才看出那張笑臉是春花嫂綻放出來的。

「春花嫂，啥代誌汝遮爾歡喜？」

「我歡喜？無啦！」

春花愣了半晌，隨即快步趕上秀柱，再和秀柱兩人併肩向古井走去，春花因為腳步過大，木桶搖晃得抗議似的碰撞了秀柱的木桶，接連發出幾聲「叩叩」。

「秀柱，聽講恁嫂仔這胎生的囡仔閣打損去矣？」

「呃……」

秀柱瞥過臉來盯著春花，心想這事家裡人都心照不宣絕口不提，怎的春花她一個外人會知曉？

「春花嫂仔，汝怎會知？」秀柱怯怯問道。

「嘿嘿，就有一日恁姆仔來恁兜欲轉去時，參恁阿娘佇門口埕講話，我拄好行過有聽著。」春花一臉笑意，並無被識破的尷尬。

秀柱睜大眼睛直視著春花，她竟不知春花嫂的聽力這般的好，兩位老人說起這事必定是窸窣說話，春花嫂也能聽進重點。這大清早的路上還見著其他人影，春花嫂突然和她談起這事，會不會也有聽力絕佳的路人把她家這些事給聽了進去？

究竟春花嫂攔下她提這事要做什麼？秀杜心下滿滿疑惑。

「春花嫂仔，汝問遮是欲做啥？」秀杜單刀直入問道。

「是按呢啦，來啦，過來我遮，我共汝講。」春花一副不欲人知的把秀杜拉到一旁，附在她耳邊說：「阮兄嫂前無偌久才生一个查某囡仔，阮阿兄這陣身體無好袂當去拖輕便車，個有想欲將這个查某囡仔分人飼，毋知清雲兄參滿足嫂仔有想欲分嬰仔轉來飼無？」

「嗄？阮阿兄阿嫂分嬰仔轉來飼？」

「是啦！」春花靦腆笑笑。

春花提出領養嬰孩的事，讓秀杜陷入沉思，這個想法不曾在家裡被提起過，秀杜不知道兄嫂是否同意，甚至阿爹和阿娘會不會同意她也是不知的。

但談到嬰孩，秀杜就覺得老天大大的虧待了嫂子滿足，接連兩個孩子都是落了地，懷抱過一個月，然後突然就沒了呼吸。老天像取回什麼似的，倏地就收走。

前次是昭和一年（西元一九二六）滿足產下男胎，一家人歡歡喜喜的心情還在最高點，小男嬰卻是在某個下午，當滿足收下衣服回房後發現已經止了氣息，初為人母的滿足既慌張又懊悔又傷心，捶胸頓足的怨著自己，如果知道會發生這樣悲慘的事，她寧願忍著被婆婆責罵懶惰而不去屋後收衣服，也不願離開心肝寶貝半步。孩子初初夭折那幾日滿足的眼淚像沒拴緊的水龍頭，隨時隨地都滴滴答答，但滿足再傷痛也無法喚醒靜靜睡著離去的孩子。

那年秀杜八歲，除了跟著滿足傷心哭泣，別的她也不會。

今年滿足二度產子是在個把月前，一樣也是個可愛的男嬰。這個家不知招惹了什麼，噩夢再次降臨，和上回一樣也是在吃過滿月酒的隔日孩子就不幸夭折了。十歲的秀柱已然懂事，看到滿足哀痛逾恆，她會柔聲細語的安慰滿足，「阿嫂，汝莫閣再傷心矣。」

但秀柱畢竟年紀尚小，無法體會生養子女為人母的心情，只是每每看見滿足暗自垂淚傷心悲痛，她也會跟著傷心難過。滿足都已經是這麼的煎熬難捱，米甘仍是逮到機會就要無情的指責一番，米甘那酸得會蝕人心脈的話，每每讓秀柱恨不能為滿足掩住兩耳，讓她能夠耳根清淨一些。

「一個紅紅幼幼的囡仔，會顧甲無脈，汝是按怎顧？毋情願做人阿娘是無？」

「汝喔，干焦想欲討麻油雞酒食，哪有想欲替阮莊家好好飼後代。」

「毋知汝較早是做啥僥倖失德的代誌，才會連兩胎攏飼袂大……」

「囡仔飼甲死去閣敢哭？」

「……」

面對米甘的數落，滿足從來不敢回嘴，只是低頭任由眼淚塞滿眼眶，再在臉頰上漫成一片水域，猶然緊咬著上下唇不讓哭泣聲鑽出來。

滿足這逆來順受其實是學著丈夫的，清雲向來孝順，米甘說一他從不說二，米甘的話再不合理他也不曾當面回嘴。可憐他夫妻二人已經因為孩子夭折而悲傷，米甘卻仍落井下石的再三錐刺。清雲即使白天上班不在家，但以他對米甘的了解，他阿娘是絕不會輕易放過滿足，而他就算心疼滿足，也只有在夜裡回到兩人的小空間裡，才能好好安慰滿足了。

「滿足，汝莫閣再傷心，是這个囡仔參咱無緣。」

「無緣……」

「是啊，阿爹嘛是講有緣自然就是咱的囝。」

「毋過，我猶是毋甘……」滿足說著眼淚又汩汩流出。

「滿足，汝莫閣再傷心，身體愛顧予好，囝咱閣生就有矣！」

「真正咱會有咱家己的囡仔？」

「會的，一定會的，我相信，汝嘛愛相信。」

清雲的神情堅定，滿足也就相信終將有自己的孩子。

滿足這是第二回失去孩子，米甘給她的臉色比上回更難看，秀柱曾有幾次看不過去，想為滿足說幾句公道話，都在清雲眼神示意下縮回踏前了半步的腳蹄，並閉了那才張開一條小縫的嘴。至於這家裡最年長的莊浮，自西元一八九五年朝廷將臺灣與澎湖割給日本之後便已看淡人事，和米甘共同生活的這些年，家裡的事一概是不問不管，多數時候是窩在後側房裡看書或吸著菸斗。秀柱被領進這個家們之後，總覺得莊浮這個一家之主太過軟弱無主見，尋到機會便要鼓動他該要有所作為。

「阿爹，汝怎毋勸阿娘一下，阿嫂真可憐呢，阿娘罵伊，伊干焦知影哭，攏毋敢應話，伊無應，阿娘講伊是承認，囡仔打損阿嫂敢會歡喜？伊嘛是會毋甘，阿娘卻是將伊白白布染甲黑……」

秀柱本是壓低嗓音，卻因打抱不平越說越激動。

「滿足無應是對的，序小怎能對序大應嘴應舌？」

「毋過……阿爹……」

「秀柱，汝想欲講啥阿爹知影，阿爹嘛是欲共汝講，做人是袂當毋知人情義理。」

「阿爹，人情義理我知啦，是講……汝嘛勸阿娘一下。」

「秀柱啊，汝想恁阿娘我敢勸有法咧？」莊浮從泛黃書頁裡抬眼睇了秀柱一下，大有妳怎還不瞭解妳母親之意。

「呃……」秀柱頓了一下，「毋過，我看阿嫂伊按呢……」

「日子總是愛繼續過落去的。」莊浮捋了捋下頷，感覺鬍鬚又長了，時間真是過得快啊！

「時間一久，恁阿娘念了嘛會厭，滿足嘛會慣勢。」莊浮繼續說。

「阿爹，這愛真久呢！」

真久？

莊浮怎會不知道凡事都是要歷經一段不算短的日子，才會慢慢磨合成一種型態。不管這個型態是否與當初所想像的吻合，總是時間成就了一些事，也療癒了一些心靈。

一眨眼，米甘不也過了四十，自己再過幾年也就到了耳順之年，他和米甘不也如此過了大半生？這一路走來，自從父母往生兄弟分家之後，才終於能讓米甘好好吐了一口氣。而自己當年因著前生尋來的念想，求著母親一定要和米甘在一起，也才會因著疼惜而事事讓著米甘，自立門戶之後小家庭的大小事都由她去編派，終讓她變得如今這等面貌。

可莊浮也不會讓米甘無止盡的撒潑，他總也會適時發個聲勸勸米甘。

「米甘，汝何苦按呢想，滿足既然會有身會生囝，後擺就一定閣會有身，絕對會替咱莊家傳血脈的。」

「哼，汝攏替伊講話，是會共伊寵壞去。」

「袂啦袂啦！」

寬厚的莊浮除了勸自己老妻，還時不時安慰清雲和滿足，「清雲哪，阿爹相信恁會有家己的囝，這陣先顧好滿足的身體較要緊。」

「多謝阿爹。」

滿足連著兩次孩子夭折，米甘除了不給滿足好臉色看，還常人前人後說她命底帶破，就算有身孕也沒能為清雲把孩子留住，滿足因而一直患得患失，就怕婆婆以此做藉口要清雲休了她，或是因此要清雲納妾。

「汝莫黑白想，阿娘無按呢講，就算有，我亦袂同意。」

「毋過，我沒替汝生下一男半女，這是事實。」

「滿足，汝按呢講就錯囉，這時咱無囝並毋是講後擺就無囝啊！」

清晨的風鑽進衣領，秀柱打了個哆嗦，吹散了她清早經過兄嫂房外聽到的話，也吹散了阿爹曾對兄嫂說過的話。倒是因為突然而來的顫抖，秀柱起了一個疑惑，曾經生過小孩的女人，未來就一定會再懷有身孕嗎？而這未來是多久以後？如若嫂子一直都不能再孕育孩子，阿娘會逼迫阿兄休妻再娶嗎？

不，秀柱心裡喊了一聲，她喜歡滿足這個嫂子，她要想辦法留住她，但是又該如何留下她呢？方才春花嫂提議的事，似乎真可以參酌看看。這樣想過之後，秀柱隨即又一想，阿兄會想領養別人家的孩子嗎？阿兄自己就是阿娘領養的孩子，所以命中注定阿兄也得領養別人的孩子嗎？

難道一切當真都是命，萬般不由人。

秀柱清楚自己是被領養而來到莊家，可兄長清雲和她一樣不是米甘孕育的孩子，她是進了莊家若干時日之後慢慢才知曉的。清雲是米甘從莊家老三莊成家裡過繼來延續香火，春花跟秀柱提到的阿姆，其實就是清雲的親娘。

秀柱是米甘從落腳在八仙山的契姊阿留那兒抱來養的這事，清雲不但清楚，還以著歡喜有手足的心情接納，甚至在秀柱進入這個家之後，極盡所能的照顧疼惜這個和他一樣被領養進門的妹妹。人世間的親屬關係除了血緣、姻親之外，還能由這般抱養而化繁，秀柱實在大大的想不通，但想到滿足是個好嫂子，她便很想促成春花嫂所提的那件事，好把嫂子留住。

春花看見秀柱半天沒說話，不知她心裡做何感想，但若不是自己娘家兄嫂境況那麼差，她可也不願意自己這個親姑姑當牽線人，將自己的親姪女送人收養。可話又說回來，是隔鄰這家年輕莊先生有學問人品又好，與其由著兄嫂真到養不起孩子時隨便找個人家送，還不如這時就幫幫兄嫂，為小姪女找對好父母，不也功德一樁？

「秀柱，汝是想啥？想遐久？」

「無啦，我是咧想阮阿兄阿嫂對分囡仔轉來飼會有啥想法，我愛轉去問個才知。」秀柱頓了一下又說：「猶有阮阿娘同意無，我亦毋知。」

「是啦，汝轉去問看咧，看恁兄哥佮恁兄嫂啥想法，個若是肯，浮仔姆，恁阿娘遐我才來去講。」

「按呢嘛好。」

第二章

天光依然灰暗，東方天空將散未散的陰翳雖是逐漸薄如蟬翼，可太陽猶然嬌羞不願現身見人。冬天的空氣每吸進一口，鼻腔氣管便有一分冷涼，可再讓米甘吐來，氣卻已火熱許多。方才秀柱挑著水桶出門打水雖是細步無聲，可推門那輕到幾乎聽不見的「咿啞」微若蚊吶之聲，米甘也聽進耳了。這會兒廚房裡翹首大半天了，還不見秀柱回來，正想著她是皮癢了。

滿足在米甘之前便已進了廚房，現在看米甘那直往外探的身影真為秀柱捏下一把冷汗，待會兒秀柱回來可得有個說得過去的理由啊！

眼看水井在望，秀柱挪出一隻手摩娑一下口鼻，阻隔一些清早的冷空氣。思緒裡再次想著春花嫂方才路上說的那些話，從那時到這會兒一直都在心頭上縈繞。那是怎樣的不得已，春花嫂的兄嫂得將新生兒送人飼養？那嬰孩又是怎樣的命運，剛剛落地不久就得離開父母身邊？凡人的命運怎的是這般不由自己主宰？到底這人間是誰在掌控這一切？

神明？佛祖？或是阿爹經常掛在嘴上的因緣？

因緣又是什麼？何以她不是遇見其他人而被收養？怎的她就是被阿爹阿娘帶下八仙山？

秀柱記得剛到莊家不久，對於米甘多如牛毛的要求還不太能適應，常倚著門框遙想八仙山上親生爹娘，莊浮便耐著性子對她說解因緣種種，還要清雲多照顧她一些。那已經在律師公會做書記助理的清雲，也是耐著性子和她分享自己同是被領養的心情。

或許這便是阿爹說的因緣，自己才會被帶離了八仙山，才會在臺中市區裡展開這樣的新生活。此刻靜靜行走在泥路上，秀柱垂眼望著地面，每一個木屐踩下的剎那，泥地便會因那腳蹄踩下而有灰塵飛起，那濛濛煙塵像幻影像夢境，雖然很不真實，轉眼就不見了，但它卻又是真正存在過。

怎麼會這樣呢？那泥土明明在地上，可為什麼每踩一步便要揚起一陣？秀柱想得正入神時，突然被一聲響亮的水桶撞擊地面以及更多雜沓人聲給拉回了神。

秀柱朝聲源看去，看見三十九番李家的養女阿金已經撲倒在地，幾個鄰人七手八腳去扶她，每個人都唉唉嘆嘆不忍心阿金。

「細膩細膩。」

「阿金，免兇狂，寬寬仔來。」

「阿金，汝慢慢仔行，莫趕緊。」有人扶起阿金並勸她。

「袂使得啦！我愛緊擔水轉去，我阿母等欲用水。」稚嫩的聲音裡滿滿驚慌。

「可憐喔，才六歲囡仔爾爾，就叫伊擔水，閣一擺擔兩桶。」

「夭壽失德喔！」

這一幕秀柱看傻了。

阿金到底欠三十九番的李家什麼？

難道真的像阿爹說的故事，是那種累積好幾世的冤仇，這一生因緣成熟而來，欠債或還債？是仇得報，是恩得還。

想起阿娘不時要提起的小時可憐養女生活，那畫面委實讓人不舒服，眼前這個哭著挑水的阿金不就是阿娘小時候的翻版？

秀柱回頭想著自己，六歲那年方才來到莊家，心眼裡雖也歡喜能到城市裡過好生活，可初初踏入川端町二十五番的房舍，還是惴惴不安，儘管離開八仙山時親娘一再告訴她，雖然是給人當養女，可總比留在深山裡好過，於是便在心裡不斷跟自己說無需忐忑，再怎麼樣養母與親娘也是舊識，養母雖然看起來嚴肅，應也不會虐待她才對。

所有的不安與擔心都在慢慢融入這家生活之後散去，川端町的阿娘再嚴厲也還不會狠心讓小小六歲的她去古井打水，這麼一想，剎時間似是明白了自己生來就是得有莊浮米甘這樣一對養父母。

川端町這附近就這座井，大清早都是打水的人，大家很守秩序的候著，不時還三三兩兩的聊著天，唯有秀柱由自己和莊家的因緣想到可憐的阿金，再是全神想著春花嫂剛剛的提議。

該不該勸兄嫂領養一個孩子？

她自己便是莊家領養來的孩子，自己過得好嗎？比起阿金還好吧！不但有吃有穿，還有兄嫂疼，不像阿金被三十九番全部李家人虐待。

若說有什麼遺憾的話，那就是沒能上學。

在讀書這項上，因為米甘堅持不允，莊浮也不敢太過強勢，秀柱也就沒能進公學校讀書，只能隨著莊浮讀一些漢文，和清雲利用假日教她一些日文。撇開這個失落，以及隨時成為米甘咒罵對象外，其他還算不致太壞。

川端町附近人家，除了阿金這個苦命小養女，秀柱還知道有一戶人家的養女，每天除了一家子的大小事得忙，華燈初上家家吃晚飯的時候，她就得打扮得花枝招展乘坐人力車去酒家出勤，秀柱還聽說那養女出勤的酒家就在娛樂場所多的初音町，可是讓秀柱不解的是，打扮得入時，出入有車載著去出勤，不是顯示經濟能力不錯，為什麼大多數的川端町鄰人卻在背後說那養女是「賺食查某」？而且語氣裡盡是鄙夷，如果家裡有年齡相仿的女兒，甚至還會被禁止與這個養女來往。

對於這一切秀柱看得迷迷糊糊，外表華麗竟不能贏得尊敬，秀柱完全不知酒家女的工作性質，但卻是會羨慕那一身明豔打扮，有一回忍不住就問了滿足。

「阿嫂，酒家女是做啥貨？攏抹粉點胭脂穿甲真媠。」那時秀柱才八歲。

「就是去酒家出勤的查某啦！」

「是按怎大家攏講個是賺食查某？」

「遐的查某去酒家陪人客啉酒賺的是艱苦錢，若毋是厝內底需要，誰會愛去彼種所在賺錢？」

「後壁遐有一家個厝的養女就是酒家女呢！」

「無一定是養女才去酒家賺食，有的人為著錢嘛會將親生的查某囝捒入去火坑。」

「火坑？」

「敢講酒家毋是火坑？」

「……」滿足的一番話讓秀柱陷入深思，喝酒的事和火坑有什麼關係？

「秀柱，汝怎會想著問這？」

「我……看個攏穿遐媠……」

「秀柱啊，汝是毋通予彼款的外表騙去，咱兜家境雖然毋是真富裕，毋過清清白白過日子，毋是真好？」

清清白白四個字在秀柱腦中盤旋許久，雖然不盡然全明白，但也一知半解了。

那年滿足那一番話讓秀柱心裡更踏實了些，原來沒被好好疼惜的原因與是不是養女絲毫無關，有些人家連親生女兒都不顧惜了。相較起來，她這個養女也不過隔三差五的挨上一頓擰捏責罵而已，已經算是命還不錯的養女了。

秀柱就因著停下腳步多看幾眼撲倒的阿金，又多在自己養女身分上想了些時間，春花嫂先她幾步鑽入取水的隊伍裡，還不忘回頭朝她招手，要她快一些。秀柱這才回神過來，趕緊的排上隊伍之後。米甘總把時間掐得剛剛好，若她不能及時挑水回家，米甘少不得又是一頓挖苦嘲諷，她可不喜歡一大清早就心情不好過。

排在秀柱前頭的春花先一步打好水，兩肩擔起便要離開，臨走還不忘貼近秀柱耳朵再說一聲。

「秀柱，我欲先來轉囉，汝愛會記得問恁兄嫂喔！」

「我知啦！」

春花的音量不小，惹來取水的人們向她們側目，秀柱抿著嘴不想再說，她可不想在大庭廣眾下討論家裡的事。她專注的看著前頭打水的人，想著快點輪到自己，她好趕快汲好水回家去。

秀柱隨後也打好兩桶水，蹲下身以兩肩擔起扁擔，才站穩邁出第一步，目光不經意瞟向前頭那個木桶，隨著她腳步移動木桶裡搖盪的水面，彷彿有個直對著她笑的可愛小孩，秀柱不由得微微笑開。兩肩挑水雖是沉重，可心裡卻是有如彈得十分鬆軟的棉絮那般，輕柔舒爽。秀柱想著，倘使家裡真有個新生嬰兒不定時啼哭，那是一定可以給沉悶已久的家換上一波新鮮空氣。

想著想著，秀柱心裡更輕快了。

劈材生火這事滿足一早都自己來，剛嫁進莊家那年，就因著清雲憐惜為她劈材生火惹惱了米甘，米甘不聲不響去了老古井，攀著井緣跨腳要跳井，是那呼天搶地「我那遮歹命？囝兒娶某做某奴，專聽某喙……」把三丁目附近的人家全引到古井邊，大家七手八腳七嘴八舌搶著說著硬是拉下米甘。

「恁啥人緊去浮仔姆個兜叫人來。」

「浮仔姆，有啥代誌好好參詳，毋通按呢啦！」

那一回米甘蓄意演出的戲，清雲和滿足心照不宣，那之後清雲沒敢再去廚房幫忙，滿足雖然沒能有丈夫的幫忙，但不需提心吊膽著米甘再上演尋死的戲碼，心裡反而輕鬆一些。

這個早晨出門挑水的秀柱顯然慢了回家，路上發生了什麼事嗎？滿足心眼裡溜轉過這樣的擔心，但也只能祈請上天保佑秀柱平安沒事。

秀柱才要跨進大埕，就看見米甘垮著臉立在大廳門首。

「阿娘……」秀柱怯怯喊了聲。

「閣知影欲轉來喔？」

米甘這句平到沒抑揚頓挫的話語秀柱聽著如刀刻，她想也沒想直接搬出阿金跌倒眾人扶起的事回應米甘，米甘張嘴剛要再說些什麼，秀柱機靈搶快說了一句，「阿娘，我緊來去灶跤倒水。」沒等米甘再出聲，秀柱早已把水挑進廚房，一踏進廚房，秀柱等不及將水倒進水缸，就急吼吼湊向正忙著的滿足耳畔。

「阿嫂，我共汝講，咱隔壁春花嫂仔講伊外家兄嫂拄好生一个囡仔想欲分人。」

「汝聽啥人講的？」滿足存疑。

「春花嫂仔家己對我講的。」秀柱繼續說道：「春花嫂仔閣愛我問汝參阿兄敢有想欲分囡仔轉來飼？」

胸前脹奶還未退盡常滿懷想著早夭兒的滿足一聽秀柱這麼說，母性油然而起，腦海裡已浮起一張紅紅嫩嫩小嬰兒的臉，真想這時這刻就把娃兒攬在懷裡疼惜餵奶呢！

「春花嫂仔真的按呢講？」

秀柱還沒來得及回應滿足，米甘便鬼魅般現身廚房，還酸言酸語一句，「兄嫂小姑踮遮鬥空，我煞毋知？」

廚房裡瞬間靜到連米甘粗濁的吐息都聽得一清二楚，滿足秀柱兩姑嫂面面相覷不敢言語，還是米甘打破這個自己弄出來的窘境。她說：「早頓是款好未？清雲愛上班呢！」

滿足那句「隨好。」追著米甘的腳步而去。

米甘一離開廚房，滿足雙手沒停下來，但她也抓著空隙問了秀柱。

「囡仔偌大漢？」

「我無問呢！」秀柱吐吐舌。

「今暗我和恁阿兄參詳，看伊按怎講，我就按怎做。」

「喔。」

秀柱早知道滿足一定會這麼說，她給莊家當養女後一年滿足便嫁了進來，打從滿足進了門，她看到的就是個孝順公婆，凡事尊重丈夫，讓丈夫出頭的女人。但秀柱也比誰都清楚，她兄長對待嫂子是打著燈籠也無處找的好，總的來說，兄嫂是一對相敬如賓互相體貼的夫妻。

這一天的時間長過一年，滿足是盼了又盼，太陽才步履蹣跚的下了山。

晚間滿足忙過了所有家事，一進房迫不及待就將領養孩子的事跟清雲說了，那一臉難掩的喜悅，教她的聲音都踩著舞步跳著舞。

「清雲，今仔日透早秀柱擔水轉來，共我講隔壁春花嫂外家兄嫂有一个囡仔欲分人飼。」

「囡仔欲分人飼？」

「咱將彼个囡仔分來飼好否？」

滿足突然提起的領養小孩話題讓清雲大感意外，雖然他自己接連兩次從歡喜當爹到失去小孩跌落谷底，心情波動起伏實在很大，但他從來也不曾想過領養一個孩子回來，現在滿足說起，清雲才開始思索起這個可能性。可又一想，這個家裡裡外外大大小小每一樁每一件都是他阿娘在做主，而他又深諳他阿娘忒是喜愛晚輩尊重她，凡事先問過她意見的個性，因此即使滿足眉眼都堆滿了笑意，他也不得不先給滿足澆點冷水。

「阿足，我知汝艱苦打損一个囝，這時有人欲將囡仔分咱，汝苦不得即刻就去抱轉來飼，毋過阿娘的性地汝亦毋是毋知影，咱愛先問過阿娘，予阿娘做主。」

「噢。」

清雲的話合情合理，不知怎的就像一盆冷水倒向滿足，冷得滿足連嘴角的笑意也僵了。這情形看進清雲眼裡十分過意不去，伸出手一把攬過滿足，撫著滿足的肩安慰她。

滿足除了點頭同意又能如何，清雲雖非米甘親生，可他也確實做到百善孝為先，她是清雲的妻子，沒有不和他一起盡孝的道理。

「明仔載透早，我一定會參阿娘講分囡仔來飼的代誌，這陣汝莫胡白亂想。」清雲攬著滿足輕聲說道。

「嗯。」

「睏矣！」

「卡桑、卡桑……」

「汝毋好亂走喔……細膩細膩……」

夜裡滿足夢見自己在屋後菜圃忙著，不知何時腳邊來了一個小女孩直望著她喊卡桑，那小女孩不像一般孩子靦腆羞怯，那是個活力十足的小傢伙，整個菜圃鑽來鑽去跳來跳去，一點也不擔心會踩到菜圃裡的菜。

滿足直到天亮睡醒，腦海裡還殘留小女孩一張臉圓潤潤的模樣，可她就不明白了，為什麼她夢見的是女孩？隨後她想起來昨天也沒問秀柱，到底春花嫂娘家嫂子生的是男孩還是女孩，不過再一想男孩女孩倒也不是頂重要，若春花嫂娘家小娃真能收養過來，也還是好的！

早飯桌上，在米甘吃過早飯放下碗筷那刻，清雲等不及抓住這絕佳時機開口說道：「阿娘，昨昏我聽秀柱講，咱隔壁春花嫂仔外家兄嫂拄生一个囡仔，想欲分人飼，毋知阿娘看法啥款？」

「嗯。」剛放下碗筷的米甘只從鼻腔哼出一聲。

清雲與滿足都不清楚米甘這一聲代表什麼意思，不過倒也確信昨夜裡秀柱應是跟米甘提起過此事，顯然她知情。

夫妻倆面面相覷了好一會，滿足的眉不知不覺的擰成了兩隻對看的毛毛蟲，看得清雲心有不捨，他們等著米甘再說幾句的時間簡直如蝸牛踱步，這時已起身走向後側裡屋的莊浮回眸「呃」了一聲，這一聲聽在清雲耳裡頗有該來的還是要來的意味。

清雲自認沒有曲解阿爹的意思。嗜好書卷的莊浮鎮日浸淫典籍之中，他看透人事，他了悟世情，他不與世爭，更不與他的妻爭，那豁達那瀟灑清雲自從入了這家門，便也神往。多年來，清雲早已熟悉父母之間南轅北轍的個性與行事風格，更是習慣了他們兩人間的不對等關係。

阿爹是如何的寬容啊？難道阿爹這一生是以如此方式償還宿世積欠阿娘的因緣債？

隨著莊浮沒入房裡，清雲也暫時跳脫方才的思緒再回到眼前，滿足殷殷望著他，眼神流露渴慕，就這剎那清雲忽然明白，說不定春花嫂外家嬰兒就是和他們夫妻有過宿世因緣，再一想，或許是那孩子和整個家都結過不解的緣，不然怎會自己和滿足才剛又夭折一兒，而那嬰孩也才誕生不久，隔壁春花嫂就有這般想法？

「阿娘，滿足這時𪜶好猶有乳陣，抱一个囡仔來飼𪜶𪜶好。」清雲因為心開意解雀躍說道。

「嗯。」米甘沉沉應了一聲，臉色猶是向來的寒霜嚴肅。

「阿娘，是毋是我去春花嫂個厝揣春花嫂瞭解一个詳細？」清雲見米甘並未否決，以為阿娘默許了，而將自己的打算提出來。

「清雲，汝今仔日是免上班嗎？律師公會的書記遮輕鬆快活喔？」米甘目光犀利如一把刀當頭劈來，清雲心裡震了一下，原來自己把事情看得太簡單了，阿娘什麼意向都還不清楚，就當成阿娘已經首肯了，看來這事還是急躁不得，得按耐住性子，否則很容易害得滿足希望落空。

「愛啦，愛上班，我就欲來去矣，毋過……」

「毋過啥？」

「就……」清雲深情看了滿足一眼，眼神裡填滿抱歉兩字，兩夫妻的對望裡深情款款，又恰恰看進米甘眼裡，米甘心裡乍起一陣妒忌，撇撇嘴不以為然的朝天花板白了一眼。

「我知恁翁某攏愛囡仔，春花講的情形我會去瞭解一下，看是啥款汝下班轉來咱再閣參詳。」

清雲聽到米甘這樣說得不慍不火，方才還提掛胸口的心稍稍放了下來，收養孩子這事還是大有可為，忙向米甘鞠躬，「多謝阿娘。」

「好啦，敢若親像囡仔，緊去上班啊！」

「是，阿娘，我出門囉。」清雲說完這句，不忘傾身向後進屋內大聲說：「阿爹，我欲來去上班喔！」

「喔。」

後屋飄出一縷幽然回覆，雖只是淡淡一縷，但也因那股淡定讓清雲安神許多。

清雲踏出大廳時，回頭深情看了滿足一眼，在米甘跟前，他總刻意保留，不敢太過明目張膽的表現出對滿足的愛意，就連尋常的相辭也總避免，否則米甘又會數落他好久好久，說他眼睛裡只有妻子沒有母親，要他男兒志在事業志在未來，莫只在夫妻間小情小愛裡轉悠。

清雲只得在滿足送他到竹籬邊上，臨出門時緊緊握住滿足的手，無言間滿足明白清雲對她所有的愛，滿足知道在婆婆跟前清雲不能多說體己的話，可在他心裡倒是有座深不見底的水潭。

清雲出門後，滿足迅速收拾廚下，隨即端著裝滿待洗衣物的木桶，稟報了米甘就往屋後不遠處的那條梅川走去。

梅川清清水流，臨溪洗衣一掃在家裡的沉悶。今天又因心心念念領養春花外家小嬰兒的事，喜悅順著血液在滿足的臉上到處流竄。

「滿足啊，汝今仔日春風滿面，是歡喜啥？」

「無啊，哪有？」

「哪無？咱來問大家看咧？」婦人拔高嗓子問了溪底洗衣的夥伴，「我講滿足今仔日喙笑目笑，恁講是否？」

「是啊。」

「伊喔今仔日自來到遮就一直文文仔笑。」

「哪有……」滿足讓大家這一說，有點忍不住想將可以領養個孩子的事說出，隨即一想，米甘都還沒答應，這事還沒成定局，還是不要洩露的好，於是又低頭默默搓洗著衣服。

梅川水從何處來，來此洗衣的婦人從來不深究，她們有興趣知道的是鄰里間的生活點滴，哪家的公婆如何虧待媳婦，哪家的孩子如何如何，最常說的是那為了養父一家去當酒女的可憐女孩，近期還多加上三十九番家的小養女阿金。

滿足靜靜聽著洗衣同伴的談話，想著養女也是人生父母養的，不過是因為家有難言之隱才送人養，為什麼收養的家庭不好好對待？而後她又想到有時秀柱被米甘責備，米甘說出口的那些話語宛如無情刀劍將人削刮得遍體鱗傷，秀柱因此總難過涕淚縱橫，她這個當嫂子的人能做得也只是極盡所能的給予安慰。

滿足抬眼望了一下天空，那一望無際的天恰如自己娘家大甲那無邊無涯的海域，都是容得下許許多多的呀！

滿足環顧四周各自洗衣的婦人，或三三兩兩竊竊私語，或如她這般默默洗著衣服，想著人世若都這般靜好，不也平和？

滿足把一大盆衣服都洗好，稍稍擰乾後站起身，伸展一下曲彎太久的下肢，舒活舒活之後彎身端起木盆，旁邊婦人明白滿足已準備回家，於是開口留她，「滿足，留落來加開講幾句嘛！」

「我……」

滿足是很喜歡在梅川洗衣的快樂時光，但她也不敢逗留太久，婆婆將她洗衣的時間盤算得剛剛好，晚回去少不得又是端著一張嚴峻臉色對她。滿足不敢再跟其他洗衣婦人多聊，洗衣木桶一抱說了句，「恁大家慢慢仔洗，我先來轉囉！」

「無愛閣加話一下嗎？」

「是嘛，時間猶早，加減開講嘛好。」

「恁大家莫共滿足相害，恁亦毋是毋知影浮仔姆的性地，予滿足伊轉去啦！」

這人的話冷箭一般，在人沒防備的情況下射出，教方才各個搭滿的弓條的軟了下來。

滿足笑笑，向眾人點點頭，返身跨步走去，風裡她聽見身後傳來的話。

「彼是滿足呢，若是我……」

「若是汝，是欲按怎？」

「無啦！」

「諒汝嘛毋敢，傷超過，是會予人講忤逆。」

這點做小輩該守的禮數，該盡的本份，滿足未出嫁前爹娘便教得好，嫁入莊家，知書達禮克盡孝道的清雲，又跟她講過很多古代的孝子故事，清雲是那麼的愛她疼她惜她，因為清雲，她甘心做一個無聲無息乖巧聽話的媳婦。

「咦？」滿足晾好衣服回到大廳，卻不見婆婆身影。

在這家裡婆婆權勢最大，人人出門進門都要向她報備一聲，唯有她來去無人能攔，也沒人敢攔。米甘不在家，滿足方才不自主聳起來的肩膀這才鬆軟了下來。

滿足坐下椅子，為自己斟杯茶，想起秀柱說的隔壁春花嫂外家的姪女，自然的母性不禁又油然而起，真要有個孩子可攬在懷裡，那才有做母親的踏實。

滿足想著想著，想起她無緣的兩個孩子，都是白白淨淨的男孩，卻是只肯在她胎裡和她連心十個月，出到人世不過才一個月，就沒了脈動。兩次都是相似情況，難道是自己命裡與那兩個孩子無緣？倘若真是這樣，老天又為何要給她孕育那兩個孩子的機會？

連著兩回從喜悅的雲端重摔落地，她這個身為孩子母親的人，早已承受不住這般喪子之痛，都已是肝腸寸斷了，米甘卻又總是逮住機會就揶揄她、指責她，滿足真不知如何讓米甘了解她自己也是痛徹心扉。

倒是好脾氣的莊浮會循著機會好言勸著米甘。

「米甘，咱清雲若是命中註定有囝命，按怎嘛走不去，若是註定無囝命，神仙嘛無法度，汝何必放袂下呢？」

「汝知啥？去讀汝的冊啦！」

「好好好，我毋知，我讀冊。」

這時大廳出奇安靜，滿足不消細想也知道公公一定是在他房裡讀書，在滿足眼裡公公是有修養的君子，以著最佳的身教讓清雲與秀柱和她這個媳婦明白，為人處事怎般最好。滿足清楚這應該是莊氏的家學淵源，秀才的後代必然也是知書達禮。

滿足曾經在回外家時和親娘及兄嫂提及公公的為人處事，她阿娘只說了一句：「滿足啊，有一好無兩好，大官好款待是汝的福氣。」

「是啦，我嘛是按呢想。」

「汝有遮爾好的大官，就愛較有孝伊，知無？」

「我知啦，阿娘。」

「我看恁大官無定是菩薩乘願閣來的。」

「嗄？」滿足不解母親之意。

「來度恁一家口仔。」

「喔。」

娘親說公公是菩薩轉世的話經常在滿足腦海迴響，想想自己也算幸運，因為公公的好性情，教夫婿從成長時期便一路耳濡目染了好修養，所以為人也同公公一般溫文。雖然家裡婆婆強勢持家，不過就像親娘說的，一個家得要有個大柱撐起來，而他們這一家辛苦撐著的人便是婆婆，那麼就算婆婆嚴苛了點，也合該欣然接受。

滿足提起桌上茶壺再斟一杯茶，細細啜飲，忽地想到，婆婆這時不在，或許正是去了鄰家春花嫂那兒，正談著她和清雲抱養孩子的事，這麼一想，倒看出婆婆嚴厲背後的關愛，抿著嘴一笑，婆婆到底還是疼惜他們夫妻的。

平常就算米甘不在，滿足也不敢鬆懈該做的事，而這時她心裡填滿將有個孩子可抱養的甜蜜，更是活力全來的閒坐不住，取過掃把掃過地，每一個角落都仔細掃過，看看壁上那個占著大大位置的掛鐘，進門後不久剛噹過一聲，眼下才剛過九點半，時間還早，便去廚房拿了菜豆坐下來慢條斯理揀著，每放下一小段菜豆就感覺多一分安心。

米甘什麼時候進門來滿足完全沒知覺，直到米甘那雙沒纏過腳的天足無聲踏入她眼底，滿足才驚慌到婆婆回來了，忙站起身來迎向前去，迎接米甘坐上大廳裡的太師椅，再為米甘斟上一杯茶。

「阿娘，請啉茶。」雙手捧杯奉上，米甘接過仰頭一口喝盡，再把陶杯遞給滿足。

「阿娘閣愛一杯無？」

「無愛。」頓了頓她說：「我拄才去隔壁春花仔伊兜……」

滿足才聽到這裡眼睛便亮了起來，彷彿大廳頂上那顆燈泡跳入她的眼眸，米甘看在眼底不需多想也知道這女人會疼愛孩子的。是春花會看人，知道滿足會真心疼愛她大哥的孩子，才會前後兩回向她和秀柱開口提起這事。

米甘想起早上才踏進春花她家大門，春花都還沒請她坐下喝口茶，就急叨叨的提起她外家兄嫂的嬰兒。

「浮仔姆，阮嫂仔拄拄生一个囡仔，毋知恁有想欲分來飼無？」

「汝是知影我欲來參汝講這个代誌嗎？」

「呵呵……」

春花原是何厝庄的人，嫁到川端町來，夫家正好和莊家比鄰而居，知道莊家媳婦連著兩個孩子都是滿月後不久便夭折，她聽說民間有個說法，抱養別人家孩子來養，自然會招來能安住此地的生靈。對於浮仔姆家的媳婦滿足，好性情知進退懂分寸，春花知道絕對會是好母親，更何況莊家兒子清雲知書達禮、斯文慈悲，怎麼樣都會是好父親的。就這節骨眼上，因為兄嫂又產下一個女孩，春花心想自己哥哥現下身體狀況不好，在孩子落地前兩個月開始纏綿病榻，拉輕便車的工作便暫時停了下來，嫂子又不夠剛強，也沒能力出去做個小生意賺點糊口米糧，而且嫂子一路生到現在已是第四個女孩，前頭三個都出養給別人，先前家裡只留下八歲的長子，現在也因為父親生病只得暫時去叔叔家，讓叔叔嬸嬸照顧了。

若不是日子苦，春花知道她大哥也不願把孩子送人撫養，當浮仔姆這樣問她時，春花的眼窩還濡濕了呢。

「恁兄嫂毋甘是否？」

「毋甘嘛愛甘，阮阿兄破病倒在床，阮嫂仔軟者，袂曉賺錢事項，若是閣加一隻喙，大家是加無通吃爾爾。」

「噢，是按呢啊！」

「是啊。」

「恁嫂仔生的是查埔囡仔抑是查某囡仔？」

「查某囡仔啦！」

「查某囡仔喔！」米甘語氣不無失望，分明是想著若能是男孩不知有多好。

「查某囡仔較乖巧啦。」春花趁勢再進言。

「等阮清雲下班轉來我問伊看咧，明仔後日我再回汝消息，好否？」

「當然嘛好，浮仔姆，請汝愛記得問莊先喔！」

「我知啦！」

第三章

何厝庄窄仄巷弄裡的小木屋，陰陰暗暗，濃得散不開的草藥味兒飄在小小空間，從大人到嬰兒都像是在藥湯裡浸泡過似的，嗅著便都是藥味。

幾日來春花為著小姪女的出路，來來往往在川端町和何厝庄奔走，雖然夫家人說她是「賺無閒」，但能為外家小姪女尋得一對好養父母，同時也為自己兄嫂解決一樁大事，再怎麼辛苦奔波她也甘之如飴。

昭和三年農曆十一月十日，小姪女出生五十四天，因著米甘首肯同意，春花一早便趕往何厝庄，好將小姪女抱到莊家去。

春花才進大哥家們，一眼便瞧見大嫂眼眶裡兩泡淚水含著不停打轉，春花當然明白大嫂是萬般不捨這塊心頭肉，若不是日子難過，大哥又正病著，大嫂說什麼也不願再把這孩子送人養，到底是前頭已經送走三個女兒了。

可這回，大嫂仍然是沒能把小女兒留在身邊養著，就莫怪她想著就有更多悲嘆了。

「春花啊，汝就共恁厝邊莊先講，愛疼惜我這个查某囝喔！」

「會啦，阿嫂，人莊先是一个讀冊人，人真好真斯文禮貌，汝放心。」

「按呢上好，我看真濟養女予人苦毒……」說著又是一串淚珠滴下。

「所以我才會牽線揣阮這个厝邊，人莊先是佇律師公會做書記，做人好閣有孝，這个嬰兒予伊做囝，絕對會好命的。」

沒來由的春花便相信自己的姪女能讓莊清雲收養是件幸福的事。

臨走時春花再次祝福兄嫂，並要兄嫂夫妻倆好好自我保重，這才抱著姪女走出兄嫂那殘破小屋。

「阿嫂，汝好好仔照顧阿兄佮汝家己，兒孫自有兒孫福，這个囡仔面相真好，做汝放心啦！」

離開何厝庄時，春花走在路上望著懷裡的小姪女，忽忽有點膽顫，她哪來的信心敢向她大嫂打包票，這娃兒進了莊家一定能過得好一定能被疼愛？浮仔姆的性情整個川端町誰人不知，嚴厲得不盡人情，清雲兄都已經成家立業，浮仔姆還是像管束小孩一般死死管著，小姪女這一去，日後會怎麼樣，春花越是想著越發冒著冷汗，不免有些兒憂心忡忡了。

可大哥都已收下莊家餽贈的禮數，而且此刻孩子就在她這個親姑姑的懷裡，她難道還能反悔嗎？想想，也只能硬著頭皮直往前去了。

「嬰仔，此後就看汝家己的命底矣。」春花對著懷裡女嬰喃喃說道：「毋過，我想莊先是一个真有修養的人，汝一定會得伊疼的，汝就愛乖呢！」

春花懷裡的小女娃彷彿聽懂似的，朝著春花一直努嘴，一雙眼睛瞟啊瞟的像要看透什麼似的。

「汝這个囡仔遮古錐，一定會予人疼命命。」春花信心又浮上便喃喃自語著。

春花的姪女便是這樣有了兩對父母。

小女娃打從被春花抱進莊家大門後，一雙黑白分明的眼睛骨碌碌轉著四處看，包含春花在內六張擠在她面前的臉，她一遍又一遍輪流看著，好半天，小女娃連抿個嘴作勢哭狀都沒，那模樣惹得莊家一家人對她有了一個極好的第一印象，春花心裡也頗感安慰，小姪女還真是洞悉人性啊，知道初來乍到得給人家一個好印象，安靜不啼哭才是第一要緊。

滿足接手抱過小女娃，小女娃猶然一派安適，不忸怩不作態不哭不鬧，這又讓春花更大大的放了心。春花對於自己向兄嫂所做姪女會得莊家人疼愛的保證，這會兒看來似是自己有先見之明，不過若再多深思一下，春花倒覺得不如說是小姪女自有一番察覺，又或者該說是小姪女和莊家真是有極深的緣。

春花和莊浮一家人寒暄了幾句之後便離開，返家前她在心裡告訴自己，此後是小姪女的人生，端看她自己這一生的造化了。但春花心裡也是有著十足的信心，雖然浮仔姆作風強勢，但浮仔伯以及清雲兄都是書生本色，平日待人便十分和氣，此後必是會善待她的姪女，小姪女此後的人生必然一帆風順。

「恁看，這个囡仔毋驚生份呢，目睭金金看。」米甘說著還以手指輕輕撥動滿足抱在懷裡的小女娃稚嫩臉頰，「汝是看有？」

小女娃身體動了動，一張小臉直往抱著她的滿足胸前鑽，秀杜見了覺得有趣。

「唉唷，這个囡仔真古錐，伊按呢軁是咧做啥？」

「憨秀柱，汝煞看無伊是想欲食乳矣！」米甘的話教年紀還小的秀柱羞紅了臉，轉身快快退回自己房間。

打從春花下午把孩子抱進莊家之後，清雲看見孩子的第一眼，突然恍如隔世的念頭便浮上心間，總有那果然尋來了的感覺。此刻再凝望妻子懷裡的女嬰，似曾相識的感覺又更加深，那種恍然間前緣再繫的心念，真是多看一眼便就更深幾分。

是不是前生裡他們曾有過怎樣的眷屬友朋之情，相約這輩子再來圓未竟之緣？

清雲突然想起打他入了阿爹的戶籍，就常聽說的一碗麵和三生石的故事。

黃庭堅和小姐與老婆婆；圓澤禪師和李源與牧童，他們之間的轉世相遇聽來是故事是傳奇，可卻又讓人深深相信那種牽念掛意會累世存在。

而今，自己與眼前這個小女嬰到底又曾有過怎樣的連結？

「清雲哪，汝想啥？想到憨神？」米甘問。

「喔……無啦！」清雲因失神而赧然。

「汝敢無愛抱一下？」米甘問過之後又加上一句無傷大雅的取笑，「歡喜有囝通飼，昏去矣？」

「阿娘，我……」清雲從滿足手上接過小女娃，忍不住貼著小女孩的小臉蛋嗅著，幽幽說了：

「足芳的呢！」

「芳！」莊浮順著清雲的語尾重複了一個香字，然後突有所感地說：「我看清雲哪，這个囡仔就共伊的名號做『龍香』，毋過是袂使念作『芳』，名愛念『香』喔！」

「龍香……」清雲喃喃道，「龍香……香子……」

「香子……」滿足也隨著清雲對著小女娃喊著。

就這樣今天剛有了一對新祖父母、父母和姑姑的小女孩有了自己的名字，莊龍香，小名香子。

「叫啥香子？恁攏知我無愛嘛袂曉講日本話，恁閣……」米甘抗議道。

「阿娘，這陣是日本人統治咱臺灣，我嘛佇律師公會上班，另日囡仔大漢會去讀冊，學校教的攏是日文……」

清雲嘗試讓米甘了解原由，米甘何嘗不清楚現今的臺灣已非清廷治理的天下，那些朝廷家國的事她不懂也不想懂，只是她也知道沒有恆久的主政者，說不定過不久日本人就得離開臺灣這塊土地，就像她當年那樣，父母亡故後成了陳家童養媳，可卻在莊浮力主之下，又換了一對父母。關於日本人治理臺灣這事，她真是這樣想，因此仗著年長不理會當局的要求，除開幾句簡單日語對話她也學著會說之外，其他她就不願多學了。

但方才清雲所言也對，眼前這個小女嬰的人生才剛開始，未來她還有很長很長的路要走，她的一生必然和日本文化脫不了關係，這麼一想後米甘也就不再堅持什麼了。

「我知我知……」

「哈哈……香子啊，註定汝就是愛來阮兜做阮莊家的囡仔，汝啊，有一對疼汝的爹娘，閣有一个真愛管人的阿嬤喔！」莊浮看著媳婦懷中嬰兒如此說道，那小小娃兒像是明白似的，竟對莊浮咧嘴一笑，這一笑教其他人歡喜不已，並嘖嘖稱奇。清雲側眼看著竟有拈花微笑一切盡在不言中之感。

「唉唷，猶未滿兩个月的紅嬰仔嘛聽有人講啥，閣知影欲笑呢！」米甘呵呵笑著。

「阿爹，亦有我，汝無講著。」秀柱一旁抗議道。

「噢，是啦，香子，咱厝閣有一个乖巧的姑娘，是汝的秀柱阿姑，伊會足惜汝的。」

莊浮為秀柱再補上一番介紹詞，沒想到滿足懷裡的小女嬰對著大家又是一笑，一家人更是樂得呵呵大笑。

清雲看見母親眉開眼笑，心裡自是安慰，領養春花嫂娘家大哥的女兒果然是明智之舉，今天才是這孩子第一天進到這個家門，似是自知往後一生都要在這個家裡生活，完全沒有任何扞格，已然跟這個家的所有家人融合一起了。

清雲打心裡預見，香子這孩子將會是家裡的歡樂來源。啊，真是令人歡喜啊！老天讓我擁有了香子這樣一個可人的女兒。因這一想，清雲越發喜歡香子這個孩子，他在心裡告訴自己，要傾自己所有、盡自己所能，讓香子在這個家裡好好長大。

莊家合該得有香子來帶動活力，才剛成為這個家的成員之一，已經讓家中每個成員的眼眸都熠熠生輝，五個人的目光又都一致只放在香子身上，她的一扭動一踢腿一揚手，都將一屋子裡的十隻眼睛牢牢抓住，就連整日要裡外巡東巡西的米甘，也甘心只注意香子。

此時的香子還只是一個不足兩個月的小女娃，她並不知道自己將有多大本事，能讓這個家歡笑漸多。

「汝喔、汝喔，稍等一下就袂使得，汝王啊？」

米甘食指戳著香子光潔前額戲謔說著，香子似是聽懂米甘的說辭，在滿足提起她兩隻肥嫩小腿，抽下可以擰出一大盆尿液的尿布時，小嘴朝米甘癟了癟，似笑非笑。

「講汝汝閣知，汝喔，精甲若蠓咧！」

這一說香子彷彿毫不遮掩的接受稱讚，她小小一張嘴先是咧個大開無聲笑著，接著發出一聲又響亮又清脆的「咯」，看得圍在四周的大人先錯愕再驚喜，這娃兒怎的這般聰慧！

「唉唷，閣笑出聲呢！」莊浮率先點醒。

「恁看咧，這个囡仔遮爾巧，閣知人咧講伊精光，呵呵……」米甘不讓莊浮專美於前，她也笑得合不攏嘴。

「呵呵……」清雲一把抱起換上乾淨尿布的香子，「香子啊，多桑的小寶貝喔！」清雲臉頰貼著香子紅潤潤小臉頰磨蹭，米甘一見出聲勸阻了，「毋通按呢，囡仔肉較細，汝大人身軀全油垢，囡仔袂堪得。」

因為米甘這樣說，滿足微仰著頭看著出了神，香子可真是個有魔力的可愛孩子，能讓一向言詞鋒利若劍的婆婆心變柔軟。如若真能這樣，往後屋子裡的趣味必會多過挑剔責罵，自己與小姑的日子應是更好過了。而清雲雖然有幾分親了親膩被母親阻斷的悻悻然，但轉念一想，娘親的制止，是疼他的掌上明珠，這一想，瞬間豁然開朗，立刻轉換姿勢，雙手托住香子小而軟的身軀，在距離自己三、五十公分遠的正前方，他真想看看香子的魔力在哪裡，能讓阿娘不再那麼尖銳，但願這小娃兒能夠散放更多魔力，最好將娘親揉磨得更平易近人，那一家人的日子便會如處天堂。

年歲相差兩輪的清雲和香子父女倆各自睜著大眼彼此凝視，一旁的莊浮也教這一幕給引得出神，這一對沒有血緣關係的父女，前世有過怎樣的宿緣，報恩？還債？這一生如此容易的便連結了，看著看著，他為清雲和香子高興。

米甘看著這一家老的少的，就連那嬰嬰幼幼的小娃娃都鬼使神差般的定了格，偏偏她彷彿被什麼給排斥在外，以致進不了這個行列，忽忽的心裡就有那麼一點點的不是滋味。

「無汝是看甲失神喔？」米甘推了莊浮一把。

莊浮回神過來時，想的是，清雲和香子這對父女，剛才那凝望是不是重現了哪時哪處的場景？那空中游移的細絲常人或許見不到，但若以心相感，或許也能察覺出彼此間的關連？人生難得此身，不總是誰尋著誰、誰又追著誰的，一地繞過一地、一世轉過一世？美與善不就如此尋來，可人事多舛，清雲此生能夠凡事遂願否？又，香子能嗎？這是莊浮心底潛藏的一絲絲憂心。

可轉念又一想，清雲與香子的一生順遂與否或許還在其次，但看近日米甘對香子的耐性，以及米甘性情的稍有轉變，便是讓人極為安慰的了。說不定香子是來救贖米甘的，以養女的身分來示現美好人生，讓米甘能遺忘小養女時代的苦楚，自己拔去自己養出的那一叢叢鬼針小草。

莊浮捋一捋下頜鬍鬚，米甘若能因為香子而忘記曾經的悲慘養女生涯，那才真正解脫了。

這一念讓莊浮感知，也許，香子和米甘之間的因緣才更宿世吧！

如此一想，莊浮更確定以後他可有很多故事要說給香子聽了，一碗麵、三生石，都該是香子要懂的故事。

天上若有一雙眼睛，必然看見川端町二十五番這家屋瓦縫隙透出的光芒，那是因為屋子裡每個人都充滿活力，為了一個紅通通兩個月大的娃兒手忙腳亂，主要是這個小娃兒太有精神了，連哭都是唯恐天下人不知的態勢，那哭聲震撼得屋瓦都會上下跳動，嚇得屋後的小雞小鴨們不停撲拍翅膀。只要慢了為她換尿布，那塊濕得能擰出一缸子尿的布裹得她不舒服，她就揮手踢腿的使勁哭，哭得眼淚像珍珠一樣滾落臉頰；或是慢了她吸奶，她也會扯開喉嚨嚎啕大哭，哭得連喉底深處那個小肉球上下顫動不止，都給看得一清二楚。

時間流水般無聲無息逝去。

香子在一家人殷殷照料下，平安健康七坐八爬九長牙的每個月都有驚人的成長。春去秋來很快就到中秋，香子也長到十一個月大，開始進入咿咿呀呀學語時期。這時期的香子滿屋子爬，期間還嘗試要站立，有時香子睡了大人們忙著，一不留神她睡醒了便自己爬下了床，扶著牆搖搖晃晃四處移動。

節氣逢上中秋，少不得一家團圓，祭祖拜月總有事情要忙，整日裡滿足裡外廚下忙著，一為節日的豐盛晚餐，二為晚間的賞月品茗。

家事一忙起來難免疏忽香子，香子不知什麼時候自己摸下了床，摸索著站起來嘗試放手向前走去，才跨出步伐便叩的撲倒在地哇了一聲，那一聲響亮得很，把滿足和米甘都驚得跑出廚房，可香子隨即止了哭聲，因為她的注意力已經轉移到地面一個黑物。說時遲那時快，米甘和滿足兩人都看見香子快速抓起在她眼前挪移的黑物，她沒讓那黑物有反應機會，抓起便放進嘴巴。

「香子，吐出來。」滿足一個箭步向前為時已晚。

香子完全沉浸在享受的咀嚼中。

「唉唷，香子啊，汝是咧食啥？」米甘高八度的喊聲並沒有震懾香子，反而喊來了窩在後屋看書的莊浮。

莊浮奔到大廳，映入眼簾的是香子四平八穩坐在地上，兩隻小手握著一個小小暗色之物，那張小嘴正咀嚼美味食物似的蠕動著，乍見幾個大人紛紛望向她來，不禁張嘴咿咿啞啞起來，這時一個黑物因她張嘴而掉出小嘴，滿足快速彎身上前撿起，一看，簡直要嚇壞了，忙將手指伸進香子嘴裡掏挖一陣，香子見滿足的手指要進她嘴裡掏挖，很機靈的忙吞嚥下去，滿足還是不死心的繼續掏挖，待確定香子嘴裡已無那黑物殘留才悻悻然放下手。

「香子啊，汝喔，癲哥，食蚻蚻。」滿足快速抱起香子，趕緊撥下她手中殘留的半隻蟑螂，再將她雙手洗淨。

「汝喔，大人一無看著，汝就扮這齣……」米甘食指戳著香子前額，香子閃動黑白分明眼珠子朝米甘咧嘴笑笑，彷彿在說，我們就是一同演著這齣人生大戲啊！

「汝嘛鬥相共一下，汝無看阮攏咧無閒，香子汝顧咧，講古予伊聽嘛！」米甘瞅了莊浮一眼。

「喔，好啦！」莊浮應過米甘，立即就招呼香子，「香子，來來來，阿公抱，阿公講古予汝聽。」莊浮立即從滿足手中接過香子，慢慢踅進後屋去了。

因是中秋，清雲下班回來時順道帶了一盒綠豆椪，一進門朝米甘房裡向娘親打過招呼，便是出聲找著他的心肝寶貝女兒。

「香子佇佗位？多桑帶綠豆椪轉來啊喔……」

父女果然同心，在莊浮屋裡的香子聽見熟悉的聲音，咿咿喔喔的回應，更是蠻力要掙脫莊浮的懷抱。

「聽到汝的聲，我就掠伊無牢，來，予汝。」

從後屋走出的莊浮將懷裡的香子送到清雲懷裡，香子倒是機靈，直望向清雲隨手放在桌上的綠豆椪。這時米甘也摺完衣服由房裡出來，看見香子那賊溜溜直盯著綠豆椪的眼睛，捏了捏香子的臉頰，香子本能的扭來扭去企圖避開米甘的捏擰，間還搭配喔喔喔的聲音抗拒。

「汝無歡喜啥？我欲共汝多桑講，講汝下晡無乖……」

「香子下晡按怎無乖？」清雲看見米甘神情輕鬆一副看好戲的模樣，便知道娘親口中所說的不乖，絕對不是什麼嚴重的事，語調也跟著輕鬆了。

「伊喔，食蚝蚻啦……」

「嗄……」清雲一聽愣了半晌，然後忽地哈哈大笑。

香子不明所以，看著懷抱她的清雲笑不可遏，皺起小小眉頭很認真研究她眼前的清雲，實在是太奇怪了，想不透，糊塗了，香子怔怔的看著清雲，好半天也跟著咯咯笑開，還笑得東倒西歪，差一點滑出清雲的臂彎。

「汝喔，真無查某囡仔款呢，笑甲按呢像啥？」

「恁歡喜啥？啥物代誌遮爾好笑？」在水果攤打工的秀杜剛進門就看到這幅歡樂場景，忍不住要趕緊加入，「香子，汝看，阿姑提啥轉來？」

秀杜不等香子回應，自顧自地跟香子說起話來，還抬起手來晃了晃她手上那顆老闆讓她帶回來晚上賞月吃的文旦。

香子一看有新奇的東西，身子一歪就要撲過秀杜這邊，整個人已經半身掛在清雲手臂外面，若不是清雲雙手緊緊抓住香子的腳，香子可能早已掉下地了。

「秀杜，汝先去灶跤共汝阿嫂鬥相共，莫提文旦踮遮𪘔香子。」米甘下令秀杜離開。

秀杜剛轉身離去，香子就咿咿嗚嗚個不停，秀杜忍不住回頭再看一眼，香子那模樣真是可愛，她真想和這個小她近十歲的姪女玩一會兒，可看到娘親橫眉豎眼的，只好忍下來走進廚房。抱著香子的清雲忍不住親了香子臉頰，香子立刻像是笑穴被打開似的，張嘴咯咯的笑個不停，就連原是癟嘴要叨唸她幾句的米甘也被感染得噗哧笑開，瞬間連廚房裡的滿足秀柱姑嫂都探出來瞧上一眼，到底為了什麼這麼歡樂？

滿足嫁入莊家數年不曾聽到的笑聲，因為小香子大大改觀，近幾個月來屋瓦下總不乏笑聲竄出，有時笑過頭還不免擔心掀了屋瓦。

香子帶來的歡樂持續在節氣間跳躍，中秋過後很快就到年關，年關下主婦們要忙的事更多了。米甘和滿足婆媳倆又是炊粿又是辦年貨又是大掃除的忙得不可開交，米甘想著日子過得真是快，轉眼收養香子也一個年頭了，一年來這個家因為有了香子這個古靈精怪的小女孩，滿屋子常是她的哭聲和笑聲，入冬之後香子開始學講話，往往因為香子的一聲呢呢喃喃，就教滿室生春了。

以自己的乳餵養養女的滿足，更是感激上天賜給她這麼一個可愛的孩子，因為有了香子自己的生命更加充實，也因為有了香子整個家的氣氛不再凝滯低沉，現在常常是活潑喜悅的時候多，就算這幾日為著炊煮年糕、蘿蔔糕、灌香腸、醃豬肉等事忙著，可只要看見香子那可愛的臉龐，看見香子那活靈靈的身影，再聽見香子那語焉不詳的說話，滿足早就忘了一身筋骨痠痛。

但剛剛學會走路的香子總是坐不住就要起身扶牆走路，總是不自量力的要闖蕩人生，付出的代價便是不時摔得鼻青臉腫。

那日，滿足屋後養雞鴨，莊浮上茅廁，米甘則是鄰人來找才踏到大埕，就聽見木椅推倒陶器摔破小孩嚎啕大哭等諸多聲音混雜齊來，米甘來不及和鄰人談話先返身奔入大廳，滿足顧不得屋後朝她嗚啼的雞鴨，捧著飼料也往屋裡衝，剛出後院茅房的莊浮更是沒顧上洗手，也提著氣往屋裡疾行。三人前後腳進了大廳，都被眼前情景給震懾了。

原是放在八仙桌旁的木凳倒在地，香子也仆倒在地，而米甘平常坐的太師椅上是米甘喝水專用陶杯，已經碎裂成數片了。

滿足忙抱起香子上上下下檢查有沒傷著，還得不停安撫好止住香子的啼哭。

「香子，乖，無哭，乖……」

「我的茶甌汝是按怎用的？會共茶甌用破？」米甘又是疑又是氣的瞪著香子罵。

「看這个情形嘛知香子是徛去椅仔頂欲學汝提茶甌啉茶，徛袂好勢就摔落來矣。」

莊浮以他的判斷說明，米甘和滿足都同意這種說法，滿足是輕輕叨唸香子，「香子，汝怎遮爾活骨……」大有對香子無可奈何之感。

米甘則是起勁地罵著香子，間還以食指去戳推香子的額頭。不一會兒轉而罵著莊浮。意思是她千叮嚀萬囑咐要莊浮好好看顧香子，可卻只顧自己排泄之事，害得香子跌倒茶杯摔破。

「叫汝顧一个囡仔，汝顧甲按呢……」

「……」莊浮由著米甘去唸完全沒做回應。

「汝共香子顧予好，袂使閣予伊踣倒啊！」米甘再下一道命令。

「我知啦！」

「汝是毋通顧看冊……」米甘還要說，莊浮已經圈住正扶著牆走路的香子，手上還拿著一本書翻著要對香子說故事。

「香子，共阿嬤講咱欲講故事看冊矣，叫阿嬤放心。」

「嬤……」香子喃喃道。

「香子，汝叫阿嬤是無？」米甘俯下身問著扶牆學步的香子，剛才的氣消了大半。

「嬤……」香子再喃喃一次。

「唉唷，汝看汝看，香子會曉叫嬤呢！」

莊浮看看眼前的香子，這小女孩還真是古靈精怪，懂得適時討她阿嬤歡心。回頭再看到米甘那副樂陶陶的模樣，彷彿那年他自陳家將她接到莊家，熟悉了他莊家一切之後，一切都安然自在的情狀。

第四章

「文和兄，令弟現下可好些？」

同治十三年（西元一八七四）初，癸酉年底出生的莊浮，進入學堂讀書後便和陳文和交好，兩人時有往來。前陣子聽文和說起他三弟莫名的便病得下不了床，吃下無以計數的藥劑始終沒有起色。

「醫藥罔效後我娘從遠親中領了個小養女。」

「領了小養女能治你三弟的病嗎？」

「我娘說擇個吉日完成儀式應是可以的。」

文和說起他家裡收了個小養女的事，起先莊浮也只是聽聽而已沒放在心上，可後來再聽文和說擇吉日便是要納童養媳為他三弟沖喜，不知怎的，莊浮心裡就長了刺似的，不定時刺著他。

「文和兄，啥時我去府上看看。」

「看？看什麼？」

「就你家那……」

莊浮沒明說，陳文和則心照不宣，他自己在娘親領進小養女後也曾充滿好奇的追看了幾天，完全沒法裡解那麼小的女孩如何沖喜？

莊浮去到陳家，陳文和刻意叫來米甘，讓她為莊浮奉上茶水。四歲多的小女孩顫巍巍地端茶進屋，一個慌忙絆倒門檻前，框啷一聲瓷杯應聲碎裂，米甘忙要去撿碎片，第一眼見著長得黑黑甜甜的米甘看了便喜歡的莊浮，彎身蹲下搶著擋住米甘那一雙小手。

「危險，莫撿。」莊浮回頭對文和說：「文和，請你家婢女清掃可好？」

這一幕正巧被文和母親瞅進眼裡，她看著米甘那可憐兮兮模樣直覺她裝模作樣，心裡一把火直要燃起，可還是盡力壓下，轉身離開小客堂，眼不見為淨。文和娘親巡回後屋，心裡啐著：「這个莊浮抑無想看這是啥人厝內？就遮爾雄狂欲為彼个米甘出頭，若毋是為著欲共文興沖喜，遮爾仔黑的查某囡仔我是無愛的，哼！」

那時米甘剛到陳家不久，臺灣歲數才五歲而已，看到米甘時莊浮有一種親切的感覺，許多熟悉感油然而生，似是過去哪一生裡與米甘曾有某種牽連，這一世因著這樣的因緣又找了來。

那是甲午戰爭前兩年，莊浮一直以為還有機會求取功名，沒想到還沒等孫文所領導的革命黨把滿清推翻，臺灣就因清廷戰敗和日本簽下馬關條約而成了日本屬地。

日本人統領臺灣初期，凡有血性的男兒都不能認同，臺灣各地均有武力反抗的事件傳出。對於這些反日舉動莊浮原也熱衷，但後來多去了文和家幾次，發覺小米甘對人都生份，總瑟縮躲在牆角不愛見人，便覺得自己的第一要務是要引米甘走出黑暗。後來再聽到文和說他家裡有打算把米甘養大一些後，就要和他三弟圓房，莊浮聽著心裡一陣抽痛，便也生起一股強烈想法，倘若真是前生結了緣，今生再遇，豈能輕易放手？

可他長米甘十四歲，是要等到她何時長大！

就算他可以等米甘長大，可人家陳家也不願多花白米養她啊！

一年兩年幾年過去，莊浮常有意無意向陳文和探問，米甘和他家老三圓房了沒？

「兄臺莫說笑，舍弟年雖十六，米甘卻僅八歲爾，八歲女孩怎懂洞房之事？」

「兄臺說的甚是！」莊浮聞言稍稍寬心，可他仍然擔心夜長夢多，米甘總是在他陳家，若不想辦法早一天把她接來莊家，他一顆心怎放得下來。

這年莊浮年歲二十二，幾年來家裡已經為他物色過幾位出身不錯的姑娘，可他總沒看上過哪一家小姐。他阿娘再催他時，他乾脆把看上米甘的事向娘親坦白。

「阿娘，我佮意的是文和厝內的小妹。」

「文和厝內有小妹？我怎沒聽汝講過？」

「分入內的養女啦！」

「底時分的？」

「分入內四年矣。」

「分入內四年爾爾？」莊浮阿娘喃喃自語的同時想著，才領養四年的孩子恐怕還小吧，小孩怎能匹配給她的兒，「陳家這个養女今年幾歲？」

「八歲。」
「啥？八歲？阿浮仔，八歲查某囡仔怎能娶來作家後？」
「阿娘，咱先將伊接過來咱厝，等伊大漢，我才參伊洞房。」
「阿浮，汝是已經二十外歲人矣，閣等八歲囡仔大漢，到時就頭毛嘴鬚白。」
「阿娘，袂啦，等米甘……文和小妹十五、六，我就可以參伊完婚洞房。」
「若按呢就到時再去提親，何必這時就……」莊浮不等娘親說完急急打斷，「阿娘，若是等到彼時，米甘就變成別人的家後囉。」

莊浮詳詳細細向娘親稟報，關於陳家收養米甘，最初是有意領養來給身體虛弱的老三文興沖喜的，這幾年陳家老三身體日益健壯，後來由於文興本人也不喜歡家裡為他選的童養媳，於是陳文和母親暫時也不再堅持要文興和米甘圓房，家裡人便就心照不宣的把那小養女留著當婢女使用。莊浮堅定地向他娘親表明，若是陳家有一天硬是要將養女米甘指給老三文興，或是隨便找個下人長工的把米甘送作堆，那他這一生是如何也不會娶親了。

「浮仔，汝這是何必咧？」莊浮娘親慨歎道。
「阿娘，這就是我參米甘的因緣。」

莊浮懇切央求娘親請媒人去陳家提這門親事，老母眼見兒子如此堅持，執意非米甘不娶，最後也只好順他的意了。

是他莊家家大業大，拿出去的聘禮讓陳家動心，甘願早早將米甘這小養女送出門。米甘從陳家過到莊家時兩手空空，手上只挽了一個破布包，布包裡除了兩件替換的補丁衫褲，另外就是教她珍重的生身父母神主牌。

莊浮還記得米甘初到莊家，以為仍是陳家那般嚴苛，瑟縮著什麼都不敢說，也勤快的樣樣搶著做，是莊浮不捨，把她牽出廚房，觸著她的手和當年觸摸到的截然不同，也才發現八歲女孩的手有著不合年齡的粗糙，心下滿是疑問。

「汝的手怎樣遮爾仔粗？」

「……」米甘倏地縮回雙手藏身背後，明亮的眼睛寫著驚惶。

莊浮似乎明白了，米甘在陳家這些年吃盡了苦頭，苦得她一顆小小心靈沒來由的緊緊關住。由此莊浮也怨起陳文和，虧他陳文和好歹也是讀書人，和他一樣都是童生通過院試的秀才生員，怎能放任家人虐待領養進門的女兒？

莊浮本來還一臉怒氣要去找文和理論，後又一想，米甘都已經來到莊家，沒必要去翻舊日之事，可他見到米甘仍然心有不捨。

「陳家苦毒汝是無？」

「……」米甘依然不語。

「陳家少爺攏無為汝講話？」

「少爺毋知影……」米甘低頭說著。

米甘以為低下頭去，莊浮便看不見她在哭，不巧大顆大顆淚水掉在泥地上，彈跳出一朵朵小小泥花，那無聲泥紋，跳進莊浮心裡，他的心因此揪成一團，那一刻他在心裡承諾，這一生他要用最多的愛心與耐心，幫米甘把她心裡的痛撫平。

「無驚無驚，佇咱兜無人會苦毒汝，汝作汝放心踮遮，我會保護汝。」莊浮輕輕拍了米甘的肩。

「……」因為莊浮說了「佇咱兜」，米甘有點受寵若驚，但有著微微歸屬感，百感交集，頷首點頭時，雙眼裡湧入更多淚水。

米甘那雙含淚的眼，依稀歷歷在目，一晃眼也已經過了三十二個年頭，時間算是久了。可一切彷彿才是昨日，這歲月到底是快如箭梭啊！

莊浮再看一眼眼前和香子相望的米甘，堪堪要以為是那年青春的米甘哪！

莊浮靜靜看著想著，年少的美好昨日才過，如今卻是韶光一去不復返。青春走遠了之後，且將前半生忘卻，剩下的年歲有多少，就攝心安住此間，就盼著自己這一家人無論有否血緣都能修得人我善緣，爾後若干世若再相逢，但願都是無欠無還平等相待。

莊浮不忍破壞米甘興致，甚至假做跟著融入陶然氛圍，也搶著炫耀被香子喊阿公一事。

「人香子嘛會曉叫公矣！」

「我看是汝家己咧叫吧？」米甘吐嘈回去。

「滿足啊，注意一咧，毋通予香子跋倒。」

「阿娘，我會顧好啦。」滿足家事做畢也過來亦步亦趨跟在學步的香子身後，「香子，慢慢仔行，莫趕緊。」

「香子啊，汝行遮緊，是欲去佗位？」米甘問。

「人香子欲來阿公遮，對否？」香子果然搖搖晃晃走向莊浮，莊浮伸出滿是皺紋的手讓香子抓住，「香子，欲聽阿公講古，對否？」

香子果真往莊浮兩膝間的空隙鑽入，莊浮憐愛的撫揉著香子那一頭黃毛。米甘看這情形，心下既是羡慕又帶嫉妒，自己當真嚴厲不易親近？要不，香子怎麼多次走向莊浮，就沒一次是主動向她而來？

這孩子還這麼小，她真懂得誰溫和誰兇悍？米甘撇撇嘴，她很想不以為然，但回過頭她便又想起那年……

「阮厝內囡仔濟，沒法度加飼一个。」

「米甘若是住佇阮兜會艱苦著伊。」

「我是嫁出去的查某囝，無方便將米甘留踮身軀邊。」

光緒十八年（西元一八九二）甲午戰爭前兩年，米甘讓父母疼愛的日子沒多久，父母倆就相繼在壬辰年頭和年尾往生，米甘一下子成了沒有爹娘的孤女，親戚們各有一番家貧說法不願收留小米甘。

兩個叔叔和一個姑姑推得遠遠的，米甘巴望大伯發個聲說要留她下來同住，但大伯卻是在某個去鎮上辦事的日子，為米甘作了主，將她過繼給沒女兒遠房又遠房的親戚陳家。

四歲的米甘在大伯編派下，挽著裡頭裝著父母牌位和兩件衣褲的包袱去到陳家，那塊小小木片是米甘最重要的東西，那原是她日日裡都見得著的爹娘，亡故入土後剩下唯一能代替爹娘的物件。

米甘去到陳家的第一天，從踏入主廳後，陳家主母利劍般眼神便直勾勾盯著她手腕勾住的包袱看。

「汝叫米甘是否？」

「……」米甘怯生生看著陳家主母，不敢吭出聲。

「應話啊，講是。」大伯撥了撥米甘的手，米甘仰起頭看著大伯，大伯興奮的神情好像他的牛犢賣了好價錢。

「唉唷，無關係的，米甘拄仔到這个家嘛，呵呵。」陳家主母場面話說得漂亮。

「是啦，是講以後米甘就是恁陳家的人，就請汝好好共阮米甘疼惜。」

「會啦會啦。」

立在大伯身旁的米甘因為這樣的對話，對陌生的環境才稍稍放了點心，她以為陳家主母會像阿娘那樣疼愛她。

誰知，大伯前腳剛離開陳家，下一秒陳家主母就冷冷問她：「米甘，汝手提的包袱內底是啥物件？」

「衫褲參我阿爹阿娘的神主牌。」米甘照實說來。

「啥？汝阿爹阿娘的神主牌汝亦帶來？」陳家主母瞪大眼的模樣嚇壞了米甘，緊緊攬著包袱向後縮，她惶惶然看著陳家主母，擔心她下了椅子來搶她的包袱。

好半天陳家主母才出聲。

「米甘啊，我是話講在先喔，以後汝阿爹阿娘的神主牌仔汝就囥踮汝的眠床跤就好，愛記得是袂當請出來大廳喔！」

「……」小米甘眼睛噙著淚，沒應聲。

「汝知否？」

「我知。」

米甘怯憐憐的眼睛，看出陳家阿母赤燄燄的瞳仁裡凶光畢露，她頓時明白了，陳家畢竟不是她原來的家。

那之後，有時夜深人靜時，米甘會從床底下摸出爹娘的神主牌，就著窗洞射入的月光，她盯著木片看，木片上寫些什麼，不識字的米甘完全看不懂，可更教她不懂的是，爹娘如今只安身在一塊小木片裡，不費糧不費水的，為什麼陳家養母還是不容？為什麼要教爹娘只能躲在臥鋪底下？

五歲的米甘也到這時才恍然大悟，大伯先前跟她說的，「米甘啊，汝去陳家是去做大小姐，這是飛上枝頭做鳳凰呢！」

原來做鳳凰是虛假。

如果她真的是來當被款待的大小姐，陳家如何容不下她爹娘身後歸屬的這塊木片？

而米甘也漸漸明白，她來到陳家，說好聽一點是他們陳家收養來當女兒，而難聽一點的說法，就是陳家花銀兩買她來當婢女，伺候陳家主母。

「米甘啊，去捧水來我洗手面。」一大早陳家主母就吆喝米甘去侍奉她。

「米甘啊，去幫浦跤洗碗箸。」三餐飯後就這麼喊米甘做事。

「米甘啊……」

一聲長過一聲的呼喊教米甘心驚膽顫，去慢了，陳家主母要罵人擰人，手臂大腿到處是青一塊紫一塊，米甘不敢想天明以後的日子，眼下能平安度過便是福了。

冬日裡有天米甘睡過了頭，慢了她阿母洗手臉，才跑到幫浦前，就看見阿母燒著火的眼珠子釘向她，在十二月天裡，她周身像罩進一室滾燙的蒸氣，汗珠一粒一粒自額頭冒出。

「日頭曝尻川才知欲起床，汝猶真好命喔？」陳家主母的話好像泡過醋缸，酸得教米甘直吞口水。

「阿母，我……」

「汝啥？」陳家主母再狠瞪米甘一眼，「等老身來伺候汝喔？」

「阿母，我毋敢。」

「哼，誰知汝敢毋敢？」

「阿母，我……」

「免叫啊，睏甲毋知通起床，罰汝跪踮幫浦邊。」

「……」米甘只覺得一陣寒。

「跪啊，我叫汝跪，汝敢毋跪？」陳家主母回身找著要打米甘的器具，米甘看懂那動作，忙不迭雙膝跪下地，再挪挪移移到幫浦前。

「哼，我就毋信汝敢毋跪。」

這個清晨吹著陣陣鑽人骨髓的冷風，被罰長跪在幫浦前的米甘，眼淚就在眼眶裡打轉，她好想問問老天，為什麼讓她過得這麼苦？她好想大聲喊叫爹和娘，為什麼早早的就丟下她，留她一人在世間？

陳家主母一心想著怎麼讓這小養女守她訂下的規矩，心想著該給這小養女一個大大的下馬威，否則她以後真收進老三房裡，豈不沒把她這個陳家主母放在眼裡？陳家主母邊想著邊動手壓著幫浦取水，這一壓故意就加快速度，壓幫浦的速度一加快，流出的水不時的飛濺起一些水花。

一旁跪著的米甘已經冷得手指無法靈活，冷風刮著的臉皮也僵成鐵板，這時再有水花濺到那張紅通通的小臉，一時間如被細針錐刺，痛徹肺腑。米甘忍著不敢喊痛不敢閃躲，她知道若是做出左右閃避狀，陳家主母絕對饒不了她。

米甘想著如今自己沒爹疼沒娘愛，天地這麼大卻是得在陳家待上一輩子，眼眶裡豆大的淚珠忍不住滾跳落地，不巧讓陳家主母看見，竹掃帚一抽，雨點般的往米甘瘦小身軀落下。

「哭？汝哭啥？哭好命是否？買汝入來阮陳家，予汝食，予汝穿，予汝踹，嘛才愛汝做一點仔代誌，做無好當然愛教示，罰跪爾爾汝就哭，另日我就罰汝別項。」

米甘一聽嚇得把一雙唇抿得緊緊的，像關得死緊密不透氣的窗，那一聲聲快關不住的嗚咽聲，硬是將它鎖在喉頭，即便撞得她喉頭疼痛也絕不讓它衝出口製造禍害。

那一天直到日上三竿，陳家主母才讓米甘起來，可憐米甘跪了一個時辰以上，兩腿早已僵麻到毫無知覺，連要站起身都沒法順當，身子一軟一個踉蹌，人就歪倒下去。米甘這一歪是向著斜前方仆倒，右前額恰恰撞上水井邊緣，那個力道不小，就這麼擦撞出一道傷口，鮮血立時從傷口汩汩流出，這次米甘再也關不住聲音，「哇……」一聲嚎叫出來，那痛正錐著她的心哪！

「連徛都徛袂好，汝喔！」踏步要離開的陳家主母轉身沒好氣的說。

「嚶嚶……」米甘的痛沒人能惜。

「哭哭哭，哭衰哭旺喔！」陳家主母用力一把將米甘拉起，米甘那雙腳彷彿不是她的，就這麼被陳家主母半拉半拖的拖進屋裡，陳家主母隨便扯下一小撮金狗毛，就往米甘額上傷口貼上，「好矣，袂死啦，免想欲貧惰，去，去灶腳量米洗米，順煞起火落去煮。」

「……」米甘不得不忍著額頭傷口的痛，拖著還痲痺的腿往廚房去，一背過陳家阿母，不睜氣的眼淚嘩的又是一陣雨下。

這樣的日子米甘過怕了，剛過五歲的米甘常在幫浦打水時，失神看著屋後那口古井，那深不見底的古井，丟下一顆石子只聽得見迴盪又迴盪的聲波，那底下到底是什麼樣的世界？米甘雖然怎麼樣也猜想不出，但她知道至少水底下是個平靜安詳的世界。她總想倘若她跨得上那口井的邊緣，她是很想就那麼跳下井沉下井底，就不會再有這麼多苦頭了。

往後幾年，米甘常埋怨老天，到陳家半年多因為偷吃了一粒花生米，就被陳家主母綁在水井轆轤上那次，轆轤上打井水的繩子怎不就斷了呢，好讓她掉進井裡不就一了百了？

幾年後米甘忽忽就明白了，人生這齣大戲劇本不會一成不變，從她自己身上便可見一斑。她是八歲來到莊家，秋去冬來過了三年多，莊家主母應許了莊浮再過幾年讓他們兩人圓房，所以十二歲過後，莊家主母開始要米甘到前廳練習為賓客奉茶。

這日米甘奉命送茶水進大廳，才走到大廳外，正巧聽見廳內傳來來客唱著她不曾聽聞的曲調，甚是好聽，一個恍神，米甘雙手抖的震了一下，幾隻盜杯裡的水暈船似的晃了又晃，幸好沒濺出茶盤灑到地面。

真是好聽啊！有那麼一剎那，米甘是想好好聽完整支曲子，可她正忙著給客人奉茶，是怠慢不得的。

米甘跨進大廳，茶盤往靠著門邊的茶几一放，先端起一盞，雙手輕輕捧住那釉燒精細的青瓷茶杯，依序按上首的來客先行奉上，除了微微一笑，還輕聲說道：「請用。」

「多謝。」客人回了謝。

米甘依序為來客奉上茶水，送到哼唱歌仔的客人面前，米甘忍不住抬眉偷偷睨了人家一眼，這人唇紅齒白，一臉秀氣，該不會是女的吧？可如果是女子，怎可以如此拋頭露面和男人平起平坐？

儘管滿肚子疑問，米甘還是專注凝神在自己該做的事項上，以致這人唱的大半段歌仔沒聽個分明。

逐一奉茶過後，最後奉上老爺與夫人的茶水。

當最後兩盞青瓷杯奉出後，米甘一顆心也跟著放了下來，耳門才又打了開來，也才又聽見了來客的唱詞，「東營兵、東營將，西營兵、西營將……」

收下茶盤後，跨出大廳，後頭來客還唱了什麼她就不知了。

米甘落地後不曾見識過這樣的場面，即使是過了八歲才到莊家，因都在後屋也沒見過這情形，是這年開春後，夫人說十二歲的她得開始應對來府的客人，她也才有機會看到各等身份的賓客。

這兩年莊家偶爾有蛤仔難（今宜蘭）方面的朋友來到，閒話家常時常會順帶哼一些歌仔，米甘不識字，聽不懂他們唱的那些臺語夾雜文言文的戲曲，但是那些旋律聽來卻是緊緊扣住米甘的心。

來客唱的那些歌仔，一回生二回熟，米甘慢慢耳熟能詳，輕易便記住了那些旋律，偶爾做著家事，不自覺的便小聲照著翻唱。

「拜請，拜請……」

「米甘啊，妳是咧唱啥？」李媽躡手躡腳來到廚房，靠近米甘後才出了聲，米甘被這突然一問，整張臉羞得宛如塗上滿滿的胭脂。

「汝是歡喜啥？」

「……」米甘咬著下唇，唇角卻是不受控制的直是微微上揚，她也說不清自己心底那股幸福感受。

「我哪毋知是因為小少爺。」

李媽直指米甘快樂源頭，米甘頓時更慌了手腳，只顧一雙手在洗碗盆裡搓洗，搓得碗盤撞出「ㄎㄤ ㄎㄤ」作響，可她越發開不了口，一顆頭一逕往下垂去。

「煞煞去，汝毋講，我嘛無時間聽，我閣愛來去看夫人有啥代誌愛我去做？」李媽作勢又要搖出廚房。

「李媽，老爺遐的朋友唱的是啥歌仔？」米甘一急，問題便蹦出了口。

「佗一掛朋友？」

「按蛤仔難來的朋友啊。」

「喔，𪜶喔，𪜶唱的是蛤仔難當地當流行的落地掃、車鼓陣。」

「呃？啥是落地掃？啥是車鼓陣？」

「嗯……這……」

只知其一不知其二的李媽其實對那些歌仔也是一知半解，正不知如何回應米甘，適巧莊浮走過廚房聽見了她倆的對話，便跨進廚房特別要為她們解說一番。

「落地掃是蛤仔難的漢文劇，參一寡車鼓陣的物件，就親像咧搬戲。」

「喔——」李媽與米甘分別哦了滿長一聲，但其實她們還是似懂非懂、一知半解。

「李媽，恁是按怎講起落地掃？」

「無啦，少爺，是米甘問我的。」

「米甘問的？」

莊浮一聽是米甘問起，心裡不無歡喜，米甘到底是會想要瞭解更多吃穿以外的人生事，他心裡期盼的，不正是能得一個可與自己談些讀書唱戲等事的伴侶嗎？真是該藉機讓米甘瞭解，清廷無能甲午年和日本的戰爭失敗，臺灣這時已歸日本人統治，歌仔這些民間娛樂也只能在廟會時候才能哼上一些的事。這些原是跟隨吳沙開墾蛤仔難的漳州移民，自原鄉帶來在家鄉流傳的歌仔調，以及在蛤仔難當地流傳的「歌仔」以及「車鼓」，百多年來就融合發展變成蛤仔難當地的「本地歌仔」。

莊浮也是因為父祖兩輩經商的朋友，來去兩地之間，在蛤仔難若正好遇上廟會香陣，那種近似褒歌以及車鼓小戲，特別能吸引他的目光。自從臺灣成為日本殖民地之後，過去他所研讀的學問再無出路，如今是日本統治，也無科考之事，因此常有前途茫茫之感，喜歡歌仔只為消磨時間。另一個引發莊浮興趣的是，落地掃在演出的時候，無論生旦都由男性扮演，而且是即席演出，莊浮總是佩服這些「作戲仔」的過人記憶力，以及不錯的漢文根基。

莊浮突然不再說話，李媽也擔心自己方才的回應不得體，但她總是機巧，趕緊開口稟了聲，「少爺，我欲來去夫人遐收衫仔褲去洗，告退矣！」

不等莊浮揮手示意，李媽退出廚房外立即轉身，雙手略略提起裙擺，提起腳跟快速離去。

米甘見狀不知如何是好，少爺心裡想些什麼，她不敢多揣測，倒是心裡怪起自己來了，「無代無誌去問李媽遮的做啥，若是去礙著少爺，予伊無爽快，後擺我敢會有好日子過？」

「米甘，蛤仔難地區這種歌仔的表演，佃在地人叫做『本地歌仔』，有當時仔嘛叫做『老歌仔』、『傳統歌仔』，甚至有人叫做『舊卷歌仔』，攏是七字或者是五字一句，四句一組，按呢汝知否？」

「呃……」少爺講這麼多，米甘迷糊了，不管叫做什麼「歌仔」，她是米甘，還是有日日該做的家事，又不能不做事只沉迷聽那些歌仔。

「米甘，汝愛聽無？」莊浮輕輕問。

「……」米甘又是搖頭又是點頭，她真不知道該怎麼說明自己的心情。

「抑是汝想欲學唱？」

「呃？」米甘半是驚訝少爺猜到她的想法，半是太過突然不知該如何回應，但莊浮也沒讓米甘有機會表達，他自顧自的說了，「毋過這時無查某咧唱歌仔。」

「？？」

米甘不可置信的瞪大眼睛，她實在無法想像唱歌仔這些事是男性專利，可來家裡的那些臉上姿態妖嬈唱作俱佳的，難道都不是女人？

這真是讓米甘大大開了眼界，原來男人也能顛倒鸞鳳？

就不知少爺是否也雅好此事？

第五章

莊浮自小讀書，原也想像前人一樣考個進士，能出仕朝廷，可是清廷氣勢日衰，終至一蹶不振。日本人統領臺灣後，莊浮因過去常有父祖輩善唱戲曲的友人來訪，也學下不少，既然過去所讀聖賢書已無用武之處，灰心失望之下便就捨聖賢書而寄情於書畫與戲曲。

明治三十五年（西元一九〇二年）臺中第一間劇院臺中座在榮町落成，同這一年冬日莊浮和米甘也成了親，莊浮雖已成家，因過去一心在求取學問及功名之上，關於家中田產生意從不過問，所以即便已有自己一房，可家業仍然是父兄在掌理，他依然過著不食人間煙火極盡名士的生活，日常裡喜歡遊逛街市，也喜歡交友應酬，有時朋友邀約便一起前去臺中座看戲了，同儕一起，看戲純然是彼此聯絡交誼，戲的內容記下的雖不多，只因臺中座放映的戲劇多數是日本劇，一是莊浮心裡仍未完全接受臺灣被日本統治，二是這些劇不是米甘所喜愛的臺灣本地戲劇，所以莊浮也就不是那麼熱衷臺中座看劇，真推辭不了時才勉為其難地和朋友一起前往欣賞。

莊浮逍遙快樂的日子沒幾年，隨後因父母相繼往生，兄弟幾人也就順勢分了家產，雖然手足數人還是連壁而居，但各家各自營生各付生活開銷。父母健在時因著莊浮排行最小向來受寵，鎮日只是讀書，完全不參與家中諸事，現如今雖是分家分得了一塊田地，可耕種一事他一無所知，即便他有心想學，也因書生之質肩不能挑手不能提，每每是越幫越忙，害得米甘得再重新來過。

後來，米甘實在無法忍受莊浮幫著農事時的笨手笨腳。

雖然米甘對於莊浮的不諳農事也是了然於心，他一向只知讀書之事，何曾下田操作耕務這般勞累流汗之事，可當獨自一人操持耕作之事，難免便要埋怨起莊浮了。

「汝生雞卵的無，放雞屎的有，我看汝猶是莫來葛葛纏，我家己做抑較緊。」

農作操勞本就不是莊浮十分樂意之事，只是想著那是自己小家庭裡的生計，沒理由全部拋給米甘一人承擔，但自己誠意十足的下田相幫，往往心有餘而力不足，沒在關鍵處真正使上力，反而給米甘帶來許多困擾。當莊浮滿心懊惱時，米甘也下了驅逐令，莊浮從此不問農耕之事，樂得整日埋首書頁和友朋酬酢，好不愜意！

日子要能平順的過，也都還好。可老天有時就是要捉弄人，連著幾個月不下雨，沒水可灌溉，稻子抽不出穗，米甘的眉頭糾得就要纏在一起了。

「天攏毋落雨，稻仔無水種袂活，欲按怎才好？」米甘幽幽嘆道。

「汝免煩惱，一枝草一點露，種會活就種會活，種袂活汝閣煩惱，伊猶是袂活。」

米甘不願莊浮下田耕種，只是不希望因莊浮的無耕作概念，亂了她的一套耕種工法，她並不是要莊浮自外於家裡生計之事。可莊浮偏偏因此而不再承擔農作之事，只在閱讀與優遊中逐漸築起他自己一方世界，那與世無爭情狀，在米甘眼中看來是不求上進，逢上乾旱季候時，總教米甘心裡一把無名火直往上冒。

「米甕若攏無米的時，我嘛免煩惱？」米甘氣呼呼反問，「我哪有汝遮好命，三不五時就來去臺中座看戲。」

米甘這責怪教莊浮好生委屈，他已多久沒去臺中座看劇了！看著分家後操持一家極其辛苦的米甘，為了不引她惱怒，莊浮自願與昔日舊友漸行漸遠，再到後來乾脆就不再和朋友去臺中座看戲了。可這樣米甘仍要三不五時拿起來說嘴，莊浮意識到農務將會讓米甘好不容易平靜的心搞得心煩意亂。

幾經思索，莊浮索性鼓動米甘將田產轉售給兄長，然後帶著米甘和從三哥處過繼來的兒子清雲，一舉搬離旱溪庄，在梅川與柳川間的川端町購置了一處宅院，三口之家便在臺中市區落了戶。

川端町的屋宅米甘極喜歡，小家小院，屋後還有一塊空地栽種些蔬果，也就足夠一家人食用。米甘會打算，還買了小雞小鴨小鵝各幾隻，養在後院子裡，逢年過節便也不缺肉品。而屋後便是鄰近的梅川，川水清清魚兒濟濟，偶爾十四、五歲的清雲去川裡撈了幾條魚回來，飯桌上便也有了魚腥。

其實莊浮之所以決定舉家遷至川端町，主要也是看中川端町與臺中市主要娛樂場所的初音町相距不遠，他想的是得讓米甘好好看看這個昇平世界，即便現今是日本人統治，也不需故意略過繁華世界的種種。

大正八年（西元一九一九年）傍著柳川的初音町三丁目二十番地落成了臺中第一家臺灣人合資興建的「樂舞座」，樂舞座隆重開幕了，那是一座真正具有臺灣精神的娛樂場所，以放映中國電影與傳統臺灣歌仔戲為主。

正因為「樂舞座」是一間臺灣人的劇院，又多演出道地臺灣人的戲曲，很快的締造了初音町的歌舞昇平，而這也時時撓搔著莊浮看戲神經。

不惑之後自立家園，莊浮不善理財，一家大小全賴米甘發落，米甘自十六歲向莊浮三哥抱養當時還不滿一歲的清雲，到了「樂舞座」開幕這年，清雲也過十六了。父子年歲雖然相差三十，可理路卻是相近，談話十分投機。米甘則是想著要教出頂天立地的孩子之外，還要是能讓她引以為榮的子嗣，即便清雲非她所生，但總也是她把屎把尿一手帶大，因此課子十分嚴厲。

「汝講，今仔日該讀的冊讀完無？」

「還有一篇，叫……」清雲一時忘記母親不識字，脫口就要說出未讀罷的篇名，米甘也感到自尊受到撞擊，她大喝一聲，「汝是刁工的是否？我毋捌字，你閣刁工講，是欲糟蹋我是否？」說著隨手抄起竹掃帚，便往清雲身上掃去。

清雲被母親這突如其來的動作嚇住，定在那兒，也不知該閃，由著米甘不斷抽打。

後屋裡正睡著的秀柱，被米甘拔尖的罵聲驚醒，以為發生什麼事，搖搖晃晃到前廳要一探究竟，卻看見母親抽打兄長的一幕，「哇」的便放聲大哭，這一哭，把莊浮也引進前廳了。

莊浮一踏進前廳，先是抱起臺灣歲六歲，方從東勢角八仙山領來養不久的秀柱，輕輕拍著秀柱，安撫她。

「秀柱乖，無哭，阿爹惜。」接著問米甘，「這馬是按怎？」

「問恁這个寶貝仔囝。」米甘手指清雲拋下這句。

「清雲，汝是按怎惹恁阿娘受氣？」

莊浮嘴上雖是這麼問，其實心下不認為清雲會惹事，米甘事多心煩的成份居多，他對清雲眨了眨眼，示意他不要開口，然後自己接下去說了：「清雲，恁阿娘主持咱一家真正辛苦，汝是毋通惹伊受氣，知否？」

莊浮轉身再安撫米甘：「米甘，我知汝辛苦，咱搬來川端町，無人共汝鬥腳手，清雲囡仔人毋捌代誌，汝用講的就好，莫按呢掃伊，伊也已經是少年家矣，予伊小妹看著，無面子呢！」

莊浮騰出右手取下米甘手中的竹掃把，米甘還拽了一下，怒氣猶然未消。

「來來，莫閣受氣，今暗我悉汝來去彼間新開幕的樂舞座看戲好否？」莊浮好不容易有個機會可以大方說要去「樂舞座」看戲，當然要抓緊時機積極向米甘進言。

「哼！」米甘雖是噴出鼻息，唇角卻難掩喜悅，她竊喜著搬來川端町是明智之舉，至少莊浮會帶她去看戲。

此後數年逐漸在米甘心裡長養了一頭獸。

米甘心裡那頭獸總在米甘心煩氣躁時奔出襲擊他人，莊浮總也以帶她去「樂舞座」平息危機。

年復一年，日子這般過著，莊浮但求平靜與平安。

後來清雲長大成人，因人介紹進了律師公會擔任助理書記，然後再升到書記，二十一歲那年經人作媒娶了大甲郡大安庄十七歲的陳滿足為妻，家計雖是由清雲承擔，可掌理家中大小諸事的仍是米甘，一切都得米甘說了才算數。

年過半百的莊浮晚近也吸上了鴉片，常是倒臥床榻吸菸絲捲，往昔熱衷看戲說戲給米甘聽的作風，全然變了樣。這個變化讓米甘恨得牙癢癢，她氣莊浮的不再哄她取悅她，她也氣日方的鴉片政策害人，除了更堅定不學日語的決心，也開始以「臭人」這樣的字眼辱罵莊浮。

莊浮則笑罵由她，一逕躲在煙霧的神仙世界裡。

「我的衫仔咧？」某日莊浮要出門卻找不到他的長衫，「米甘，我彼領長衫咧？」

米甘大廳裡逗弄香子，對於莊浮的發問充耳不聞。倒是滿足神色慌張地從屋後進來，踩著碎步到莊浮跟前，壓低著嗓音說道：「阿爹，汝的衫仔……」

「毋免掩嵌，汝就共伊講，衫是我擲入去屎礐仔的。」米甘正眼也不看莊浮。

「米甘，汝怎樣欲按呢咧……」

「臭人穿臭衫。」米甘拉起香子小手指著莊浮，「臭人、臭人……」

方才牙牙學語的香子在米甘引導下以著不清的口齒喃喃道：「奧郎、奧郎……」

滿足自覺不能放任做孫女的香子對莊浮無禮，她走上前摀住香子小嘴，米甘見狀彷彿她的行事被滿足干擾，怒火中燒下一巴掌呼向滿足，「汝咧做啥？我教香子講話，汝咧擋啥？我是阿嬤，袂當教孫嗎？臭人食鴉片食甲規身軀臭漠漠，毋是臭人是啥？臭人免穿傷清氣的衫，穿浸過屎的衫就好矣。」

滿足完全沒想要回應米甘，她只是無法理解莊浮這麼好的人，米甘究竟何處不滿意了，竟會把莊浮外出的長衫塞進糞坑，如果不是她上茅廁看見沒完全浸入糞坑的一截衣襬，趕緊後院裡取來竹竿撈起來清洗，恐怕莊浮的長衫如何不見了，也無人知曉。

是這樣的處置惹惱了婆婆嗎？滿足一手撫著臉頰，心裡溜轉著這樣的念頭。

米甘方才出手太快，滿足來不及反應，愣在原地不知如何是好，是香子看見米甘的粗暴，掙扎脫離米甘拉著她的手，快速挪移到滿足跟前，仰著頭踮著腳伸長小手，焦急要關切滿足。

莊浮乍聽米甘那一番話內心難免起伏，但在看見滿足為阻止香子的錯誤學習而遭到米甘暴力，整個人像洩氣的球委頓了下來。米甘沒能掛念他們夫妻情分，沒能明白理解一家人相聚的因緣，沒能珍惜大家有緣相聚的時候，本想開口勸米甘兩句，想想還是作罷，米甘那一巴掌或許已打斷了未來她與清雲的所有連結。莊浮心裡湧上酸楚，他不斷想著：為什麼米甘要這麼的刺蝟，她會刺得人人都離她而去。

昭和六年（西元一九三一）春天滿足再度懷孕，整個孕期滿足小心翼翼，她實在怕極了抱在懷中的幸福被命運之手強力剝奪的痛楚，幸好現時身邊有一個天天都有新花樣的香子，分散了許多擔憂。或許便是這樣的放鬆心情，滿足這一胎不但孕期平安度過，便是冬日的生產也極是順利，不但滿足歡喜，清雲也是欣喜有了自己的血脈，即便是個女孩他仍欣慰。滿足餵養這個足月產下的女兒，總會想著這是清雲血脈的延續，結結實實自己的孩子，因此特別的小心翼翼，許是這樣的心思感動了天神，這個孩子真就如生根一般存活下來，一日又一日。雖然這是清雲和滿足平安長著的親生女兒，但包含滿足在內的全家人，都沒因為有了新生女兒而冷落了香子，反而更將香子視作福星。

全家人都一致認為是香子為這個家帶來生氣脈動。

「這个香子命中會帶來人丁，恁看，這擺滿足順利生下查某囝，一目睨仔這馬就飼甲欲度晬矣。」米甘有所感的說道。

莊浮聽著米甘這樣感嘆也頻頻點頭，坐在他大腿上已滿四足歲的香子正幫著在莊浮的菸斗放菸絲，忽然聽到米甘說了她的名字，肥嫩嫩的小手就僵在空中。當她一雙慧黠的眼看向清雲和滿足時，這對領養她的父母也因有感觸而看向她，香子從清雲和滿足的眼神中，讀出一種父母寵愛她的神韻，她直覺要蹦進多桑和卡桑的懷裡，因此蹦的就跳下椅子要奔往她的多桑和卡桑。這動作教滿足霎時慌了手腳，心急著要往前去接住香子，一時間忘了自己懷裡還抱著親生女兒龍芳。

「夭壽喔，汝是欲共囡仔摔死喔？」米甘出口都沒好話，「汝若是將龍芳摔一个按怎，汝就知死。」

「阿娘，滿足是驚香子蹐倒，香子嘛是阮的囡仔。」

「哼，彼哪有相仝！」

滿足和懷裡的孩子差一點都仆倒在地的瞬間，幸是清雲反應迅速出手扶住這對母女，滿足才不致把懷裡的孩子摔在地。

大人們還未從剛才的驚險回魂過來，香子已經蹦跳到清雲和滿足的跟前，可米甘的罵聲也在這時揚起，「汝喔，若欲遮爾無時定著，就共汝送轉去恁兜。」

恁兜？阿嬤說的恁兜是誰的兜？香子心眼裡溜轉這樣的思緒，可她沒將疑惑問出口，反倒一派鎮定的說：「阮兜就佇遮啊！」

香子的回應眾人看來就當天真，可清雲心裡輕輕淌過一絲絲的不捨，香子是他的女兒，從她五十四天抱來家裡之後便是了，這一生他是無論如何也不會讓香子回去她生身父母身邊。若真要教他捨，他寧可捨去滿足懷裡的龍芳。

可這話清雲是如何也不能說出口啊！

「米甘啊，汝參香子講這欲作啥？香子只是較活骨一點仔爾爾，莫定定對伊講這種話，囡仔會黑白想。」莊浮提醒米甘。

「是啦，阿娘，香子嘛是咱莊家的囝孫。」清雲也向米甘作同樣表示。

「？？」

香子滿腦子疑惑，她愣住，盯著說話的三個大人看，她不是被米甘的罵聲嚇住，她只是不明白，這裡不是她的家嗎？怎麼阿嬤說的是要將她送回她家？而阿公和多桑為什麼又這樣緊張的跟阿嬤說這些？

清雲看著香子，他看見香子眼神裡的疑雲，他知道自己必須讓香子安神，於是他拍手再張開做出迎抱姿勢，香子沒猶疑地立刻迎向清雲而來。香子愛嬌的躲進清雲懷裡，一鑽進就不能抑止的在清雲胸前磨蹭，小小年紀的香子說不來那是什麼感覺，總覺得多桑為她圈護起來的這處就是她安穩的家。

不知怎的，香子就是相信多桑會一直給她一個溫暖的家。阿嬤剛才只是嚇唬人的吧？但為什麼阿嬤總喜歡那樣說，說要把她送回她家？難道她還有一個自己不知道的家？

「多桑，香子的兜佇遮對否？」香子仰起頭認真問道，清雲憐惜懷中這個毫無血緣的女兒，一把將她往上抱，再騰出一隻手順了順她齊眉短髮，這孩子聰明伶俐，他真是打心裡疼惜啊。

「香子的兜當然是佇遮啊，無會佇佗位？」

香子雖是個性活潑，卻也是個心思敏捷早熟的孩子，此刻因為米甘的無心之語陷入深思，清雲看在眼裡實是不捨，香子這般可愛可人的孩子，真不該給她超過不到五歲的年紀所能承受的負擔。

以往香子還小，對於「共汝送轉去恁兜」這句話的意思並不在意，開朗活潑的她也是聽過即忘，但一日日長大又晉身為姊姊後更是長了智慧，也逐漸知曉人事。往往對於米甘突如其來的威嚇，即便沒能馬上理出頭緒，她也仍會在腦中突然浮出這句話時，用心的想上一想。

近來，清雲經常看見偎在門邊安靜沉思的香子，那模樣讓清雲心疼。這是過去不曾見過的景象，原是做任何事都神采奕奕的香子，突然有了超齡的成熟，總是令清雲和滿足憂心忡忡。

「汝看香子按呢心事重重，予人足煩惱呢！」夜裡就寢時滿足將自己的擔心說出。

「阿娘對香子講遐的話真是無適當……」清雲無法再多說其他，半晌他又說了，「我若看著香子恬恬無講話，心事重重的模樣，心肝就足艱苦……」清雲說到香子心裡難過得無以為繼。

滿足以掌輕輕撫著清雲的背，看到清雲為了香子這樣傷神，她真願意能為清雲分憂解勞，能怎麼做呢？比往昔更加疼愛香子？或是直接將一切跟香子說明？

「汝想，咱敢愛對香子講伊的身世？」滿足在清雲耳畔輕輕問著。

「講是愛講，毋過毋是這陣。」清雲將他背上滿足的手拉下握在手裡，「我看最近歇睏日我愛加悉香子出去行行咧，無一定出去行行走走咧會予伊莫定定想這款傷神的代誌。」

幾年來，清雲一直以著一個父親該做的能做的去關照香子，他早已經把香子視作比自己血脈更親的女兒，他願傾盡一生所有，只願香子無憂無慮好好成長。可香子是養女這事，又是不爭的事實，哪裡禁得起母親這樣三番兩次的撥弄，終有一天香子會想知道的關於她的一切，那時他又該如何做呢？

「人的一生若無因緣袂作伙。恁阿娘細漢予人苦毒，當然參伊的過去生脫不了關係。」莊浮吸了一口菸再說：「親像汝，終其尾亦是因緣相牽咱才會來作父子，若無，汝佮我不過是阿叔侄兒的關係。因果這項，看袂著摸袂著，欲信有較難，就是因為毋是簡單就會相信才愛信。咱人若信因果，萬項代誌就會斟酌再斟酌。清雲，汝就愛記得，只要咱心存慈悲，哪有袂當忍的代誌，汝講是否？」

此際莊浮曾經說過的話又浮上清雲心頭，香子出生未及兩個月就出養到他這處，這便是有著比血脈更深的因緣吧！

可母親的撥弄他也得忍！那又是另一種相扯的因緣吧！

滿足生育龍芳的那年，昭和六年（西元一九三一），臺中市區又多了座落在大正町的娛樂座，很快的這座臺中市役所為提高民眾娛樂品質而動工興建，有雙樓層的觀眾席次，還有吸菸室和男女化妝室的劇院也開始對外營業了。從鄰人口中得知這消息後，米甘總殷殷期盼莊浮攜她去一次娛樂座，若真能去娛樂座看戲對她而言會是一件令她歡喜之事。

但莊浮日日除開讀書便是吸食鴉片，早已不再穿走劇院，莊浮已看清劇院裡演出的不過是戲夢，而人生還不就是戲是夢！

莊浮不再作興帶米甘去看戲，米甘常會鬧性子耍脾氣，將莊浮衣衫塞進糞坑的情形一再發生，清雲從滿足處知道後，費盡心思要想出對策，他不能由著母親踐踏父親的自尊，當然他也心疼滿足總要一而再再而三糞坑裡撈衣服，忍著屎尿臭氣刷洗衣物。

為了一家和樂融融，為了不能讓日漸大的香子有不好的學習，清雲偶爾會領著米甘去「娛樂座」看戲，雖是討米甘歡心，但清雲也委婉向米甘建言。

「阿娘，阿爹不過是愛食幾喙薰，汝就莫參伊受氣，氣歹身體毋採工……」

米甘聽著清雲這話多是關心她，不自覺的抿嘴笑了，清雲見機不可失繼續往下說：「我想欲請阿娘莫閣將阿爹的衫擲入去屎礐仔，加浸兩擺衫就歹去矣，閣作新衫就愛加開錢喔！」

米甘後來若是脾氣一來又想將莊浮的衣褲塞進糞坑時，總在走到茅廁前想起清雲說過的話，再想到清雲三不五時帶她去樂舞座看戲，她可不想要因為這事而讓清雲惱火不帶她去看戲，久了，自然也就不再玩這種無聊把戲了。

昭和三年秋日出生的香子，這時也已近五歲了，清雲疼愛這個領養進門的女兒，在陪著米甘去看戲時，少不得也會帶上香子。有得看戲米甘怎麼樣都喜歡，當然也樂得與兒子孫女作伴看戲。不過大正町距離川端町住家稍遠了一些，米甘終究還是偏愛不須多走便能到達的「樂舞座」。

幸好是清雲並不排斥劇院看戲，他總時時想起自己從旱溪庄到川端町的身世過渡，當初若不是因為被四叔四嬸收養，入了莊浮米甘的戶籍，怎會有機會遷出旱溪庄？又怎會有機會接觸到人文薈萃的初音町？這樣的機運是養父養母所給的，他如何能不適時回報呢？

清雲過繼到莊浮戶下時已牙牙學語，又因在旱溪庄還住了數年，大家族裡的生活讓他打一開始就清楚明白自己是莊浮和米甘領養的孩子，自己生身父母反成了三伯三伯母，三、四歲每每喊錯，惹得包含有血緣的手足和堂兄弟姊妹們多次取笑他。

「清雲，汝的阿爹出去矣，汝的阿娘佇灶跤。」

「唉唷，清雲，這馬汝愛叫個三伯三姆，袂使得叫爹叫娘啦！」

「哎呀，攏仝款啦！」

清雲知道這只是稱謂上的改變，血緣上仍是莊家一脈，無論他在生父家或在養父家，都是被疼在手心的孩子，若有什麼無法調適的，也只有拿不準嚴厲養母的脾性。

清雲很小的時候，莊浮就告訴他，關於米甘悲慘的養女經過，斑斑血淚，教他小小心靈便長養出不忍拂逆母親的器度，因為那個被苦毒的小女孩身影總是經常無聲無息便躍出他的眼簾。

第六章

近來，清雲時不時就會看見香子擰眉深思的模樣，不知怎麼的，香子童稚楚楚可憐的畫面，比起之前浮現的米甘悲情養女的畫面，更教清雲心疼，每一想起，心就揪成一團。

是香子這個孩子讓他的生命更完整，也是香子救贖了他，讓他從兩次喪子的悲痛中回魂過來，更是香子讓他的人生更有目標更願意奮發向上。若要說他給了香子安穩的生活和完整的家，不如說是香子帶給他超乎想像的快樂與希望。幾年來，他知道每一個日升日落之後會是另一個美麗一天的開始，他也知道在香子的一顰一笑一嗔一怒中看到生命的茁壯、生活的意義。

香子早慧，學說話和學走路都比同齡孩子早，小小年紀十分精靈，幾年來已然為這個原是暮氣沉沉的家注入了無窮無盡的活力，莫說不宜阻絕香子的活力散放，就是他們這一家也已離不了香子的氣息。這個每天都為家裡打氣的孩子，怎忍心讓她小小年紀老為生命起源傷神？

米甘的隨興爆發傷害香子言語的舉措總讓清雲頭痛，可他又無力勸阻米甘，偶爾內心受挫時他也想逃離被米甘無形手控制的家。

龍芳周歲後清雲和滿足相偕看過幾次電影，原是不會吵著要跟的香子，這個星期日看見清雲和滿足午後趁龍芳午睡，向米甘報告後就要出門去看電影，竟也失控的大吵要跟著去。

「多桑，人嘛欲佮恁去看映畫啦！」香子也學著大人某些詞彙用日語表達。

「香子乖，莫吵……」滿足輕聲安撫無效。

「卡桑，人嘛欲去，毋管啦，人嘛欲去看映畫……」香子邊嘶吼邊拍門板，極盡耍賴胡鬧之能事，而這是從未有過的情形。

「汝一个囡仔疕參人看啥……？」儘管日本統領已逾三十年，米甘向來在家中都說臺語，官廳規定說日語，她是非到萬不得已，才勉強說那幾個僅會的詞。日語對她來說挺咬舌的，剛剛本也想學著香子說映畫，想想還是放棄了。

「囡仔疕就袂使得看映畫嗎？」香子噘著嘴反駁米甘，「我以前毋是參阿嬤汝閣有多桑去樂舞座看歌仔戲？」

香子說得振振有詞，米甘則是怒目圓睜。

「喔汝這个囡仔疕閣敢共我應喙應舌？皮在癢喔！」米甘怎容得下香子如此挑戰她的威嚴，一股氣上來，一個巴掌便下去。

那清脆的ㄆㄧㄚ一聲，宛如斷裂的琴弦彈到清雲心門，他心痛得眼眶泛紅。

香子這孩子今日怎麼了？清雲心裡煎熬得疼痛，若為了香子今日不帶滿足出門看戲，滿足應也能理解，可今日是滿足生辰，早已答應帶她出門，難得娘親也同意了。

現在經香子這一鬧，娘親一發火，清雲都不知將會變成何種景況，他望向滿足，大有求救之意。

米甘那一巴掌落下，滿足見狀趕緊蹲下身來攬住香子，一隻手摩娑著香子正火辣辣的左臉頰，並且在香子耳畔輕聲細語一番，不一會兒香子臉上的線條逐漸軟了下來，再一會兒唇角還微微露出一抹淡淡笑意，最後更是朝著清雲甜甜笑著，彷彿清雲應許了她什麼似的，她心滿意足地不再吵著跟去看電影，更難得的是她拉著滿足的手交到清雲手上，催著他們趕快出門。

清雲傻了，米甘也摸不著頭緒，香子則早已反身朝莊浮房間鑽去了。

滿足是直到走過了新富町市場（今臺中市第二市場），才告訴清雲她對香子說了什麼。

「我共香子講，後一个禮拜日多桑歇睏，會干焦炁伊一人出門踅街佮看映畫。」滿足說著望向清雲再加一句，「後禮拜日汝就愛炁香子出門喔！歹勢啦！我替汝先應這个工課矣。」

「毋通按呢講，汝做了真好，真的，滿足，感謝汝。」清雲握緊滿足的手，感謝滿足為他所做的一切。

隔了一個禮拜，禮拜日吃過午飯，清雲向莊浮和米甘稟告過後，就帶著香子出門了，這是前一個禮拜香子吵著要跟出門時，滿足已先跟香子預告了，再隔一個禮拜的禮拜日她的多桑會只帶她一個人出門，除了去看映畫還會到處去逛逛。

香子就這麼盼著等著，終於過了一個禮拜，她的多桑對她守信，午餐後就急急帶她出門。

一路上，香子雀躍無比。

真好，多桑只帶我一個人出門，香子心門裡溜轉過這樣的心思，米甘那些偶爾跳出來的恐嚇早已不知飛向何處了。

父女倆出了川端町二十五番，大手牽小手說說笑笑慢慢走著，經過大正橋通（今民權路）再沿著柳川北岸走，沿岸扶疏綠柳不時隨風搖曳，香子看得可快樂了。

「多桑，這種樹仔真媠呢！」

「這是やなぎ。」清雲隨後再問一句，「香子有記起來無？」

「嗯，記起來矣，やなぎ。」

「嗯，真好。」清雲突然想到柳樹和柳川是有區別的，於是再為香子細說了，「毋過，這條溪的名是『柳川』，愛唸做『やながわ』，知否？」

「噢，樹仔是『やなぎ』，溪是『やながわ』，多桑，我記起來矣。」

「嗯，真好、真好。」清雲真喜歡學習力強的香子。

香子的步伐十分輕快，兩父女很快便走過柳川榮橋，然後走上了榮橋通（今民族路），榮橋通兩側都是大大小小的日式屋宅，那造型和自家的房屋結構不同，看得香子忒是羨慕得目不轉睛。

「多桑，這種厝參咱兜無仝。」香子的目光都在每一幢屋子。

「嗯，遮攏日本人咧蹛的。」

「為啥物日本人會當蹛遮？」

香子的問話讓清雲語塞，他該如何向香子說明，現今臺灣由日本統治，殖民地的人民所有生活條件都遠在日本人之後。

「後擺我嘛欲蹛遮……」

因為接近年關，榮橋通上時時都有三三兩兩日本人擦身而過，香子小小心靈的大願望，清雲倒是擔心被風夾帶了洩漏出去，日本人大約會以鄙夷的目光看他們這對臺籍父女，怎般的「乞丐下大願」。

清雲趕緊抱起香子，在香子耳畔輕聲說道：「這是香子的願望喔，毋通大聲講出來，無會去予風吹走。」

香子很天真趕緊用自己的一雙小手交疊緊緊摀住小嘴，深怕真被風吹走她的心願。接下來一路上香子都只是以堅定眼神注視榮橋通兩側房宅，並在心底自我許著大願，總有一日我要住進這種房子，香子信心無比堅定。

直到了新富町，清雲才把香子放下來，停在轉角處蹲下來指著左手邊的新富町市場告訴香子：「這是新富町市場，蹛佇這附近的日本人攏來遮買菜。」

香子靜靜聽著，心中又一次堅定的想法，我以後長大也要來新富町市場買菜，憑什麼臺中的寶地都讓日本人享盡了？

香子的安靜讓清雲敏感以為自己這樣的解說，以香子的聰明程度可能引發了其他聯想，於是趕緊轉換話題。

「咱按遮斡左爿來去行櫻橋通（今臺灣大道），來去大正町的娛樂座看映畫，好否？」

「好啊……」聽到看電影，香子可樂的呢，卡桑多桑都沒騙人，她歡喜的大拍其手。

香子不曾來過大正町，被來來往往穿著日本服飾的男男女女吸引，看得小嘴開開，傻住了。滿街穿梭的人力車和腳踏車，教香子不由自主的惶恐，小手緊緊抓住清雲的大手，深怕沒抓緊就會被人力車或腳踏車的車輪輾過。

大正町、榮町、綠川町和橘町直到臺中驛一帶是臺中市區最繁華熱鬧的地區，娛樂座電影散場之後，清雲刻意帶著香子右轉走向干城橋通（今成功路），他不選擇走向榮町，而是直直向著綠川方向走去，主要是要帶香子看看綠川。

遠遠的香子就看到和柳川類似的河川兩岸滿是綠柳的景象，歡喜得仰著頭對清雲說：「多桑，遐嘛是やなぎ喔？」

「是啊！」清雲撫了撫香子的頭，「香子真巧喔，猶會記得やなぎ。」

「……毋過，倚咱川端町較近的彼條是やながわ，多桑，這條咧，叫啥名？」

香子才是個小小五歲多的孩子，如此這般心思靈敏教清雲好不快意，這孩子有超乎同齡孩子的觀察力、判斷力與學習力，此後得要好好栽培她。

「這條溪叫做みどりかわ。」

「みどりかわ、みどりかわ……」清雲才說完香子便不停喃喃自語，好一會胸有成竹的跟清雲說：「多桑，我記起來矣，倚えき的溪是みどりかわ，較近咱兜遐彼條是やなかわ。」

清雲忍不住又抱起香子，這孩子真是聰慧，不想疼她都難！

綠川畔立了好一會兒，讓香子看看川水不止息的向下游流去，也看看川裡的鴨鵝，之後，清雲牽著香子帶她走進榮町市場（後來的第一市場、今日的東協廣場）。

小小年紀的香子對一切新事物充滿好奇，每看到不曾看過的東西當下開口就問，清雲真喜歡香子這種主動學習的精神，忍不住竟想著可惜香子身為女兒身，香子若是個男孩，多好啊！回過頭來，清雲暗罵了自己一聲，怎能有這樣封建的想法？女孩一樣可以好好栽培，未來的世界誰又知道了，女孩說不定可以有更大的作為，爾後莊家或許還得香子來撐起呢！

出了榮町市場，清雲帶著香子背向臺中驛，走在筆直的櫻橋通上，清雲忽地想到快過年了，該給香子買件新衣裳，於是帶著香子走進「吉本百貨行」，百貨行裡琳瑯滿目精品，看得香子目不轉睛、瞠目結舌。售貨員領著清雲走向童裝區，清雲以日語和店員交談，香子靜靜聽著，她知道多桑要買新衣服給她，高興得心裡面一直飛出小鳥。

那天香子一路蹦跳回家，西邊的彩霞在香子的蹦跳間一點一點的染紅了她的小臉蛋。

香子實在太高興了，多桑不但帶她去娛樂座看映畫，還帶她去吉本百貨買一件漂亮新衣，真是太幸福了，誰能比得上？

「香子啊，汝真正好命呢！汝多桑對汝遮好，悉汝去看戲買新衫，別人攏無。」米甘話裡帶著酸氣。

「阿娘，另日咱來去天外天看戲。」清雲趕緊應許米甘，好解除眼前窘境。

「等芳子大漢，我這領衫才換伊穿。」香子看了一眼滿足手中抱著的芳子，有些許為自己備受寵愛而赧然。

「阿公、阿嬤、汝多桑、卡桑攏無呢，欲按怎？」米甘又說。

是啊，阿公、阿嬤、多桑、卡桑都沒有，該怎麼辦？香子想想卡桑已幫她收進櫃子的新衣，小小一件，也不能給大人穿呀！忽然，香子靈光一閃，她說：「阿嬤，等我大漢賺錢才買新衫予汝穿。」

香子一語方竟，全家人都笑得前仆後仰，無不感覺香子這小妮子人小鬼大隨意便下承諾，倒是清雲覺得香子這孩子真有心，小小年紀已經思考到若干年後了。

「呵呵，遮是我自細漢分人飼到這馬聽著上好聽的一句話。」米甘感到安慰，順帶又說一句，「香子，等汝大漢，是毋通袂記得汝這陣講過的話喔！」

香子點了點頭，但她的心思早已跳至剛剛米甘說的「分人飼」三個字，這個詞聽來朦朦朧朧，待會兒她得問問多桑，多桑可是無所不知的。

直到眾人都從笑聲裡回神後，香子仍記得要問清雲的事。

「多桑，阿嬤拄才講伊自細漢分人飼，啥物是『分人飼』？」

香子這一發問讓眾多大人都傻了眼，她可真是心細啊，聽見整句話裡的關鍵詞，可也因她這一發問，讓清雲更是不敢小覷香子的靈敏，心裡也盤算著如何回答才不致弄巧成拙。

「分人飼就是講共我分去別人兜予人做囝啦。」米甘搶先一步直白解說。

「……」香子畢竟才五歲多，她還得深思一下，「……分去別人兜予人做囝……」

「嗯……就是像恁多桑佮秀柱阿姑攏毋是我生的囝，佪攏是按別人遐分入內咱兜的囡仔。」

「嗄？」香子不太明白米甘在說什麼，為什麼她的多桑和姑姑都不是阿嬤生的，那他們兩個人是誰生的？

清雲心裡捏出了一把冷汗，好不容易一個下午帶給香子的歡喜，竟在米甘的信口開河裡慢慢被漫進水裡，那些快樂逐漸要糊掉了。

清雲從來都沒想過自己的養子身分會是以如此粗糙的說解方式爆露出來，清雲真不知米甘捷足先登，以著最直接最赤裸裸的方式掀開那層薄紗用意何在，她難道只是因過去自己可憐的養女生涯，也就不讓她周邊被領養的孩子太過暢快？

清雲心裡淌著血，他暗地裡向神明祈求，不為自己求，他只求神明賜給香子足夠的智慧，能夠分辨他與滿足這對養父母給予的關愛遠比血緣還多還深。

香子定定看著清雲，她還是沒能完全明白，多桑明明稱呼阿公和阿嬤爹娘，為什麼阿嬤說多桑是被阿公和阿嬤領養來撫養的？

這問題真讓香子頭大，她想一定要趕快弄清楚這之間的關係。

「多桑，汝的兜佇佗位？」香子的突然發問教一家人都愣住了。

「香子的兜佇佗位，多桑的兜就佇佗位。」清雲四兩撥千金的回答香子。

香子滿意的抱住清雲，一時間把她想要挖掘真相的初衷忘記了。

一次的有驚無險並不代表日後也能如此幸運，清雲心知肚明這屋瓦下潛藏的危機不定時會爆一次，他不知道自己還能承受多少次這般無形的壓力，當下他決定，得尋個好時機把香子的身世跟她說個清楚。

在滿足飽足的奶水裡長大，律師公會書記的清雲將一個父親該做的都做了，該給香子的吃穿完全不缺，該給的父母之愛更是源源不絕。

除了被一雙父母視為掌上明珠外，莊浮與秀柱這對無血緣關係的父女也無不喜歡天真活潑靈巧又精力旺盛的香子。

莊浮見天庭飽滿的香子必是早生智慧，小小年紀便教她吟詩讀書，香子跟在飽讀詩書的莊浮身邊著實也讀了不少古籍典章，百家姓、千字文、三字經以及詩詞。

「少年易老學難成，一寸光陰不可輕；未覺池塘春草夢，階前梧桐已秋聲。」莊浮低沉嗓音緩緩吟著詩句，香子歪斜著頭顱傾聽，卻是完全不解詩句意涵。

「阿公，汝唱啥？」

「阿公吟詩啦！」

「詩是啥？香子嘛欲吟詩。」

「呵呵……香子嘛想欲吟詩喔？」莊浮習慣性的捋一把下頷，再摸一摸香子那頭濃密黑髮，無限愛憐的說道：「香子欲吟詩，來，阿公教汝，汝就愛好好學喔！」

「嗯。」

「香子，阿公吟一句，汝就綴咧吟一句，知無？」

「我知。」

「少年易老學難成」老沉的聲音之後是一陣稚嫩童音發出的「少年易老學難成」，祖孫兩人就這樣在後側屋裡讀詩消磨半天時光。

「香子愛認真，知無？若無，日子咧過是真緊，目一睨，阿公就老囉！」

「阿公無老。」

「阿公直欲六十歲矣，怎無老？」莊浮心頭一聲唏噓沒讓香子感覺到，他趕緊再往下吟詩，

「香子啊，汝愛記得『未覺池塘春草夢，階前梧桐已秋聲』喔！」

「喔，阿公，啥是『未覺池塘春草夢，階前梧桐已秋聲』？」

「這就是咧講，時間佇咱無注意的當中恬恬仔過去，等到咱想起來，想欲認真拍拚的時陣，才發覺過去親像一場夢。平常時仔咱家已攏無去感覺，到想起來的時陣，梧桐樹的樹葉仔落甲滿四界，人嘛老矣，袂當做啥矣。」

「……」香子歪斜著頭，似懂非懂的點點頭，莊浮看到的是一雙晶亮中透著茫然的黑眸子，這孩子分明尚不曉人間諸多辛苦，何苦現在就灌輸她人生的無奈呢？將來她要承擔的事比起她的阿嬤有過之，此時她方年少，就讓她恣意享受她所能感受到的快樂吧！

「來來，阿公閣教汝一首，香子愛聽予好喔。阿公唸一句，汝就綴阿公唸一句，知無？『春有

百花秋有月』。」

「春有百花秋有月。」香子童稚聲音吟起詩來有模有樣。

「第二句『夏有涼風冬有雪』。」

「夏有涼風冬有雪。」

「『若無閒事掛心頭』這是第三句。」

「若無閒事掛心頭。」

「上尾一句……」莊浮還未把詩吟出來，香子就搶著表現，「阿公，第四句我知，『便是人間……便是人間……』。」

「呵呵，袂記得啊喔，『便是人間好時節』啦！」

「對啦對啦，『便是人間好時節』。」

莊浮早見出香子剛毅命格，是天命註定要有兩對父母，其實這孩子生來性格豪放，合該男子之志，奈何身為女兒身，前生她究竟錯待了什麼？

香子入了他莊家，一路走來，頑皮好強的事多，安靜乖巧時候少，是阿賴耶識中還含藏著前世記憶與習氣吧？

可不是嗎？跟著莊浮沒吟上幾首詩，她就耐不住後院竹籬外孩童嬉戲聲的引誘，眼神直往外飄去。

莊浮才轉個身捻個菸草，香子就溜下板凳，向屋後水田而去。

「阿公，我來去後壁一咧。」

「香子，來，阿公講古予汝聽。」莊浮趕快祭出說故事這招，才能適時化解香子又要溜去後院的危機。

「好啊，好啊。」不到六歲的香子最喜歡聽莊浮講古了，一聽有故事可聽，立時轉身回來坐上她專屬的小木凳，仰頭靜靜看著莊浮慢條斯理吸一口菸，冉冉上飄的煙霧一圈圈在空中轉個不停，好像跑馬一般轉來轉去轉個不停。

「今仔日咱欲來講啥故事咧？」

莊浮吸一口菸，再徐徐吹氣，瞬間由他口中飄出縷縷輕煙，香子看著看著，雙眼瞇成一直線，隨著越飄越高的煙霧，頭仰得差一點就要往後翻倒，下頷趕緊向前一壓，雙腳踩住地面，定定看著前方那堵牆，用力要自己坐穩。

看著看著，那堵厚實牆面，牆面前是多桑在撥電話。

「もしもし、もしもし，麵店嗎？我遮是川端町二十五番，我欲叫一碗雜菜麵，緊共阮送來，是欲予阮香子食的喔。」

多桑的食指撥著電話，想著想著香子唇角微微翹起，她好崇拜多桑喔！

多桑常常會在牆上撥電話，過後不久真的就會有多桑訂購的點心送來，每次香子都吃得很快樂，那顆小小的心也填得飽滿。

每當多桑用手指在牆上撥轉圈圈，和商家通電話時，香子總歪著頭想一探究竟，到底多桑是怎樣變這戲法的。香子總迫不及待要拉下多桑還在牆上畫圈圈的大手，多桑通常都隨她去拉，一拉下後她就前前後後看個不停，然後歪著腦袋，因為她真的想不出多桑的手指怎樣在牆壁裡拉出一條電話線。

有時香子也會模仿起清雲，用她小小食指在牆上一圈兩圈的撥著，然後對著自己握起的小拳頭もしもし半天，就是沒有人回應，好讓她可以像多桑那樣接話下去。再不然她也會把耳朵貼在牆壁上，想聽清楚麵店老闆到底說些什麼。在香子小小心眼裡，她真的很想在多桑下班前為多桑叫一碗麵，然後在多桑回到家時送到，給累了一天的多桑一個驚喜。

可是香子從來沒撥通過牆壁的電話，倒是她一次又一次的吃著各種不同口味的點心。

昨晚香子才又吃了一碗好吃的切仔麵，現在阿公要說故事，香子聯想到的就是阿公說過很多次的「一碗麵」。

「阿公，我欲聽一碗麵的故事。」香子拉住莊浮的衣袖。

「一碗麵喔？」

「嗯啊。」

「一碗麵的故事汝怎聽不厭？」

「多桑買的麵好吃啊！」

「呃……」莊浮把菸斗抽離嘴唇，定定看著這個讓家裡有了朝氣的孫女，心裡溜轉過一念，他們莊家還真虧有了這個香子啊！

「汝坐好袂？阿公欲開始講古囉！」

「我坐好矣，阿公，汝緊講啦！」

「好好，阿公欲講一碗麵的故事矣……」

第七章

「亭兒，吃麵了。」

「？」

走出府衙未幾的黃庭堅，耳畔傳來清晰喚人食麵的聲響，頗感詫異。他考得進士之後，旋即被朝廷任命為黃州蕪湖知府，也才到任不久。正是想多認識府衙附近，一路行來並不多見屋宅，怎的就一直聽見有人喚著吃麵，內心也因此波動不已。

當下做了決定，不如循聲訪去吧！

走著走著，黃庭堅偏離了府衙，走到一處僻靜鄉間，不遠處正有一位白髮老嫗，在她家香案前燃香祭拜，桌上供著一碗芹菜麵，正當這時，芹菜香氣撲鼻而來，十分濃郁，黃庭堅還有聞香不覺湧上的熟悉之感。

舌尖正彈跳著需索麵品，就聽聞老嫗又對著香案呼喚，「亭兒，吃麵了。」黃庭堅走上前去，很自然的端起那碗熱騰騰的麵吃將起來，不多時，便將麵和湯吃得一乾二淨。時年二十六，在當朝堪稱詩書畫三絕的黃庭堅，吃飽喝足，一心滿足，才反身跨過門檻，便就驚醒回神了。

「唉呀，原來是一場夢！」

坐起身來，夢境猶是清晰無比，口中尚且殘餘著芹菜香氣，黃庭堅只覺此夢玄妙，支著額思索，到底這夢隱含了什麼？

次日午休，黃庭堅又作了與前一日相同的夢，夢中又來到了同一個地方，夢醒之後，夢中之事，猶是歷歷在目，而且口齒留香，細細蠕動一下舌尖，除了再次感受得到和昨日一樣的芹菜香，竟還在牙縫剔出芹菜屑。

黃庭堅立覺驚異，飛快起身穿好衣服，步出衙府，循著夢中記憶的路徑而去，果然來到一戶與夢境雷同的宅第。黃庭堅禮貌叩門，門啟時黃庭堅驚呆半晌，應門之人正是夢中老嫗。

「老婆婆，您昨日可有喊人吃麵？」黃庭堅開門見山直接就問。

「昨日是我女兒忌辰，因她生前喜愛吃芹菜麵，我每年都會準備芹菜麵一碗，遙呼她來享用。」

「呃？」黃庭堅一聽不免疑惑，「令嬡往生多久了？」

「呃……算算也二十六年了。」

「二十六年？」黃庭堅一聽老婆婆的回答，心頭再一懍，自己今年正是二十六歲，再一想，心下更驚惶，昨日不正是自己的生辰？

難道這之間有著什麼奇妙的聯結？

詫異之餘，因黃庭堅請教，老婆婆便聊起她女兒在世的種種情形。

「老婆婆家中可還有其他子嗣？」

「我只有一個女兒。」

「可否說說小姐在世時的情形。」

「我這女兒生前喜好讀書，信佛吃素，為了對我盡孝不談婚事，不幸在二十六歲那年生了場病往生了，但她臨命終時告訴我，說她將會再來看我。」

「……」此時黃庭堅深層意識裡似有所感，於是開口問道：「請問小姐生前閨房在哪裡？」

「就這一間。」老嫗指向西側廂房。

「我可以看看嗎？」

「你就自己看吧，我給你倒茶。」

黃庭堅跨入房裡，只見一座大櫥櫃依牆而立，伸手一推，木櫃是鎖著的。

「老婆婆，請問這櫃子裡都是些什麼？」

「是小女生平所看的書，全都鎖在裡面。」

「可以打開嗎？」

「可是不知道鑰匙放到哪裡去了，所以一直無法打開。」

這時黃庭堅突然靈光一閃，對於鑰匙的去處似有印象，便告訴了老婆婆。老婆婆果然在櫥櫃底部取出了鑰匙，至此黃庭堅心脈隱隱然波動，他迫不及待打開書櫃，發現收藏許多書冊文稿。黃庭堅取出細細閱讀後，更是大吃一驚，今生他每次參加考試所寫的文章，竟然全在這些文稿中，而且一字不差。

至此，黃庭堅心中已完全明白了，他回到了前生的家，老婆婆就是他前世的母親啊！黃庭堅於是跪地一拜，說明自己是她女兒的轉世投胎，並將老婆婆接回衙府奉養餘年，而他自己也走上了吃素習禪的路。

之後黃庭堅還在府衙後側栽植一片竹林，並建了一座亭子，命名「滴翠軒」，亭中有他自己的石刻像，他並且親自題了「似僧有髮，似俗脫塵，作夢中夢，悟身外身。」

一碗麵的故事說完了，莊浮菸斗也燃盡了最後一絲菸草。

好半天，香子始終同個姿勢，小小的頭顱斜傾了三十度角，視線對著大廳泥地上的光影，那道斜射的光譜之上灰塵爭相跳動著，可莊浮看得出香子重點並不在那些懸浮顆粒，香子很認真在沉思，她正想著什麼，莊浮雖能感知，但他卻也什麼都不問。

人世一遭，要遇上會遇上得遇上的事可多了，這些不得不的遇見裡傷神的事又怎會少，即將花甲的莊浮到底是在各種世事轉變中透悟因果循環，之所以說這些故事給香子聽，也只是希望日後香子在面對該逢上的難題時，能有自己一番心思一番覺知。

現在香子究竟在想些什麼？就讓小小年紀的她自己去傷腦筋吧！

「阿公，人真正會閣轉世投胎喔？」

莊浮吃了一驚，才要六歲的香子竟然發出這樣的疑問，莊浮不禁多看香子幾眼，這孩子不啻是個心性早熟的孩子，但她提出這樣的問題，是否真明白了輪迴轉世裡的糾結？那才是考驗一個人的大課題啊！

莊浮抿著上唇，陷入一種思考，香子是不是比同齡孩子要早些跌入紅塵濁世的染缸？這一跌入，她將會如何染著了？

「阿公，人真正會轉世投胎，是無？」

「……」

「阿公，人真正會轉世投胎喔？」

香子聲聲逼問，這到底要莊浮如何為她說解呢？她才是一個不足六歲還沒進公學校讀書的小女孩，即使她聰慧她靈巧她機敏，也不需這麼早就讓她嚐到人世的酸澀吧！

想了想，莊浮把問題拋回給香子。

「香子，汝講咧？」

「嗯……我想……應該是會閣轉世投胎吧！」香子支著下頷，好半天才說完一整句話，末了再加一句話回推給莊浮，「若無，阿公汝講的這个故事就是假的，無存在的，對無？」

莊浮萬萬沒想到，香子這般輕巧自然的拋出這個問句，他根本來不及接下，那瞬間仿如在他嘴裡塞進一個麻糬，鯁得他滿臉通紅說不出話來。

莊浮的故事說得越多，塞在香子腦海的問題也越多，可她終究是個還在成長的小女孩，遊戲玩耍同樣吸引她，她的許多精神與體力也都耗在戲耍當中。

這時期的香子除了跟隨阿公念詩讀書，最常做的是跟著秀柱去古井挑水，以及跟著秀柱去打工的水果攤陪著秀柱販賣水果，偶爾遇上節日秀柱和頭家忙得不可開交時，鬼靈精的香子竟也自動就幫著招呼客人。

「人客，這橘仔真甜，無貴啦！」

「唉唷，哪遮趣味啦，遮細漢的囡仔嘛會曉賣果子呢！」

來客的嘖嘖聲將水果攤上眾人的目光從正選著的水果移向香子，小不點的香子一點也不害臊，大器又霸氣的直挺著脊背，鎮定的回望眾人，小手正摸在一顆橘子上頭。

倒是秀柱不好意思，忙向香子這方走來，撫了撫香子的頭，笑笑對眾人說：「阮姪女啦，囡仔人毋捌代誌，請恁毋好見怪喔！」

「阿姑，我咧鬥賣橘仔，哪是毋捌代誌！」香子一派理直氣壯，秀柱兩頰都紅透了。

「呵呵，真古錐！」一位女客人摸摸香子的頭對秀柱說：「汝的姪女真巧，遮細漢就知影愛共阿姑鬥相共，真難得呢！」

女客人說著選了幾顆橘子讓秀柱秤重算錢。

另外一位上了年紀的老人則是說：「恁兩个姑姪過去生一定結了好的因緣，這世人才會當閣再來相揣閣結好緣。」

這些客人說的話，香子聽來都迷迷糊糊，似懂非懂，有些話好像阿公對她說過，但有些話又不是那麼好理解，香子沒花太多時間想那些讓她頭痛的事，她可是沉醉在每位客人都稱讚她可愛會幫忙，陶醉得茫酥酥了。

那個下午水果攤的生意比平日好很多，老闆的嘴一直笑得合不攏，也頻頻稱讚香子。而香子因為來自老闆和客人兩方面的讚賞，她更是賣力招呼來客。

黃昏時分秀柱領著香子要回家時，老闆特別拿了兩顆橘子給香子。

「香子，汝是我的福星，今仔日的生理遮爾好，攏是汝置蔭的，真多謝汝喔！」

香子不像一般孩子的害羞忸怩作態，她大方收下老闆送她的兩顆橘子，心裡盤算著拿回家先讓米甘供佛，因為米甘一向都是買回水果先供佛與祖先，拜完撤下後才是進了大家的五臟廟。

晚餐桌上秀柱把下午水果攤上的事一一轉述給父母兄嫂知道，幾個大人聽了逐一笑開並頻頻頷首稱讚。

「香子大漢仔喔，真乖！」清雲率先稱許香子的懂事。

「按呢，香子會當綴秀柱去賣果子，加減賺錢喔！」米甘樂陶陶。

「講彼是啥話？香子才偌大漢爾爾，叫伊去賺錢，汝是錢痟喔？」

米甘的提議不但引來莊浮的叨唸，還讓清雲與香子兩父女爭相說明未來的讀書計畫。

「阿娘，香子欲閣讀冊咧，賺錢的代誌等伊讀冊讀煞。」

「阿嬤，我猶袂去公學校讀冊呢，公學校讀了欲閣讀初等學校……等我冊攏讀完會去賺錢予汝，汝免煩惱啦！」

清雲父女說完都為各自說了讀書之事，感覺彼此心有靈犀，不覺相視一笑。

清雲很滿意香子對自己頗有一番期許，不會以眼下能做下幾筆水果生意而自滿，這樣的孩子說什麼都該好好栽培她，初等學校還不足夠，一定要盡心力讓她一路往上學習。

即使香子對讀書有自己的想法，但是六歲的小孩玩興正濃，有時也會不情願跟秀柱去水果攤，這種時候她想著的是和四鄰的孩子一起玩。

屋外的世界奇大無比，藏著許多趣味與知識的寶，香子喜歡做各式各樣的探索，她去水田邊觀察秧苗的抽長；她去小溪戲水還大膽彎身摸蜆；她在屋後院子追趕小鴨說是訓練鴨子跑步。

「嘎嘎嘎……」

一連串鴨子驚慌叫聲伴著拍翅亂竄，驚動了米甘來到後院，一看香子追鴨子追得正樂呼呼，心裡就有氣，氣了便大吼，「香子，汝是咧做啥？」

「我咧訓練鴨仔走飆（賽跑）。」

「汝是欲害鴨仔ㄘㄨㄚˋ屎嗎？」

「嗄？」香子停下動作，她想不明白的是鴨子也會ㄘㄨㄚˋ屎！

「後擺汝閣按呢試看覓，我就共汝修理予金爍爍，汝……」

米甘話還沒說完，香子早跑得遠遠的了，她可不想捱米甘的巴掌。

儘管家裡大人總是以各種恐怖說法限制香子，但香子最愛的還是屋外的寬闊天地，常常三拐四彎就閃出後門去玩，有時玩過頭，還得大人四處去找。

昭和八年（西元一九三三）秋天滿足又懷了身孕，除了家事，還有未滿三歲的龍芳要照顧，難免顧不上活潑好動的香子，再者也因香子再過一些時日即將去公學校念書，滿足想她必然懂事也就稍稍放鬆。

是個下雨天，午後滿足帶著龍芳睡了，香子趁著米甘睡著後偷偷溜到屋後水田去玩，那裡有太多有趣的事等著她去發掘。

這天去到水田邊，看見幾個男生玩伴挽起褲管下到小溪去玩，香子立刻轉身跑回家拿了畚箕，隔壁的三棋看見了開口便大叫。

「緊緊緊，香子，共畚箕提來。」

「汝家已袂曉轉去俖兜提，這个畚箕是我的。」香子翹著嘴邊說邊將褲管捲至膝蓋，然後義無反顧的踩過收成後的田裡直往不遠處的小溪走去，邊走邊彎腰拿畚箕朝溪裡撈，再雙手提起，水沿著細縫一串串滴落，很快的畚箕裡的東西便一覽無遺了。

「喔，有魚仔、狐溜、田螺呢！」

香子這一喊，幾個玩伴一齊圍了過來，連帶著大呼小叫，這時，另一個小孩也不服輸，高舉著他的畚箕喊著，「我遮滿滿攏是蛤仔，今暗要予阮卡桑煮蛤仔湯。」

香子一聽，不做他想將她的畚箕一傾，裡頭的田螺等全又回到小溪裡，有人發出捨不得的叫聲，「唉唷，有夠無彩啦，莫倒掉嘛會當予阮提轉去煮。」

香子不理會其他人說些什麼，她只知道她不能輸給臭吉米仔，臭吉米仔都能撈到一整畚箕的蛤仔，她怎會撈不到？就算撈不到滿滿一畚箕的蛤仔，也要撈它一整個畚箕的魚或是泥鰍。

才想到泥鰍，香子踩在溪裡的腳感覺有滑溜溜的東西爬過，心一喜，彎腰向著那滑溜東西走去，將畚箕用力往下插去，再撈起時，畚箕裡頭才不是她想的泥鰍，而是一條幾十公分長還向著她吐舌信的蛇，香子當場驚嚇得花容失色，靠近她身邊的幾個孩子也同時目睹那條扭動的蛇，幾個人一起尖聲驚叫，「蛇、蛇……」

當下什麼都顧不得了，香子畚箕一丟，和鄰居小孩拔腿就往岸上跳，回家拿畚箕才剛又回到現場的三棋，也在眾人的驚呼中感染了那份緊張，抱緊畚箕倒著走。那個剛剛還說要把整個畚箕的蛤仔帶回去煮湯的吉米仔，也怕被蛇咬傷，端著畚箕狗爬似的要上岸，整個畚箕因此歪歪斜斜，蛤仔就這麼往畚箕外潑灑，等到跳上岸邊時，蛤仔只剩下三五粒。

「哈哈哈，這幾粒蛤仔恁卡桑會煮九碗湯予汝吃。」驚魂甫定的香子率先嘲笑吉米仔。

「對對，一碗田螺煮九碗湯。」有人跟著起鬨。

「哼，香子，汝共我會記得。」

方才匆匆跑來在溪邊等著吉米仔的阿金，在吉米仔跳上岸時一手抓住吉米仔，一手還伸進溪裡想撿些蛤仔，吉米仔卻是不領情的狠狠甩開阿金的手，阿金一個重心不穩，上半身栽向小溪，眼看就要整個人都栽進溪裡了，幾個玩伴只顧驚呼卻也沒人伸手去拉阿金，香子情急之下不顧危險奮力抓住阿金的雙腿，六歲的香子費了好大的勁穩住阿金，十二歲的阿金也才能很快的自己使些力然後安全上了岸。

「吉米仔，汝真害呢，阿金是恁阿姊，汝閣按呢對伊！」

「彼阮兜的代誌，愛汝雞婆？」

「哼，講我雞婆，人阮多桑講姊妹仔愛和好。」

「恁兜參阮兜無仝啦！阮兜的代誌免汝管。」

「阿金是恁阿姊，汝就愛對伊禮貌。」

「香子，汝莫閣罵吉米仔……」阿金晃了晃香子的手怯怯的說，趁著這個空隙吉米仔恨恨的瞪著香子，並且大吼了阿金一聲，「行啦，轉來去啦！」

「阿金姊，汝莫睬臭吉米仔。」香子一生氣就在吉米仔名字前頭加上個臭字，吉米仔更是氣得七竅生煙。

被吉米仔大吼的阿金沒聽從香子的話，默默地跟著吉米仔走了，香子實在很看不慣吉米仔對待阿金的盛氣凌人氣焰，再怎麼說阿金都是他的姊姊。

她在家裡芳子對她畢恭畢敬，絲毫不敢沒大沒小，這一切都是阿公阿嬤和多桑卡桑教芳子對姊姊要有禮貌。香子想著不禁洋洋得意，芳子要是敢像吉米仔那樣沒分寸，她這個當姊姊的可就不會輕饒的。

「攏是阿金啦！啥人叫伊來溪仔邊找我……」吉米仔一進家門就又吼又叫。

「啊是按怎啦！來共阿母講。」吉米的娘從裡間出來，一把攬過吉米，「阿金共汝按怎？」然後一聲厲下，「阿金，我叫汝去溪仔邊叫吉米仔轉來，汝是毋情願抑是按怎？予吉米仔遮艱苦……」吉米阿娘手一伸就朝阿金大腿用力擰上一把。

這種戲碼幾乎每天都會上演，阿金習以為常默默忍受，誰叫自己是李領養進門的養女，她只求能在這個家裡好好生活下去，千萬不要像屋後那戶陳家人硬是要養女去酒家上班，再拿養女賺回家的血汗錢去豪賭。

吉米仔的生氣離去，香子也不以為意，只顧和一群玩伴繼續玩，直玩到天邊火紅的球一分分墜下，整個天空昏暗了許多一干人才不得不散去。

香子蹦蹦跳跳從後門進入，整好衣衫洗罷雙手才踏進大廳，才一踏進就看見太師椅上冒火的米甘，米甘那樣子教香子自然縮肩低頭，然後囁嚅喊了「阿嬤」。

「汝閣知轉來？」

「……」香子聽著語氣就知道大勢不妙，可能有什麼事觸犯了阿嬤，待會兒少不得會被罰，因此大氣不敢再出一聲。

「猶毋來佛祖頭前跪？」

被米甘叫到佛前罰跪，香子原以為只因雨天出去玩，也就甘願被罰。可這一跪竟就跪到晚飯時間已到，米甘都沒打算讓她起來，她都已經餓腸轆轆了，但米甘的脾氣香子也一清二楚，所以肚子再餓也不敢吵要起來。

下班一進門看到這一幕的清雲，心知肚明，必定是香子又惹惱了她阿嬤，清雲朝香子眨了眨眼，意思說她又不乖了。香子則露出求救眼神，兩隻手還胸前合十不停朝前晃動，請求清雲幫她向米甘求情。清雲先回房放好公事包並換下衣服，再出到大廳後才為香子向米甘求情。

「阿娘，香子跪真久啊喔！」

「跪較久咧予伊一擺教示。」

「阿娘，香子知教示啦！」

「汝喔，香子攏予汝寵歹去矣，一个查某囡仔人無查某囡仔款，和人查埔囡仔落雨天去溪仔底撈魚仔。汝敢知伊撈著啥？蛇呢，伊毋驚死，若去予蛇咬著，到時毋是哀爸叫母爾爾，是會無命的呢！」米甘咬牙說得用力，連她挽在腦後的髻都左右晃著。

面壁跪下的香子一聽就知道必定是吉米仔來家裡告狀，恨得牙癢癢的，心理叨念著：臭吉米仔，就別讓我抓到把柄，一定要他好看！

但對於抓到水蛇這事此刻真有點後怕，香子暗暗吐舌幸好沒被蛇咬到，不然說不定她現在已經沒辦法跪在這裡了。

「除了這項，伊啊，閣使弄三十九番李家上細漢的囝莫欺負佃兜的養女阿金，伊管人厝內底的代誌做啥？予彼傢伙的人來咱厝跳。」

香子聽到養女一詞愣了一下，但她沒空去想，她忙著要陳述自己的看法。

「啥人叫吉米仔對阿金姊遐無禮貌？」香子忘記自己還受罰。

「汝看汝看，像啥款，閣敢應喙應舌？」米甘氣得七竅生煙還站了起來，順道念了句俗諺「好貓管百家」（多管閒事）。

清雲看這情況也為香子這行為捏了一把冷汗，他趕忙俯下身一手摸著香子的頭，語重心長的說道：「香子啊，別人兜的代誌咱無權利去管喔！」

香子張口還想說些什麼，抬眼看見清雲使勁眨眼向她使眼色，也就不甚情願的把話再吞回肚子裡了。

「香子啊，汝傷活骨啊喔，汝敢袂記得舊年汝佇頭前水溝撈魚仔，差一點仔予水沖走，汝袂記得啊喔？」

遙遠的記憶經多桑一說，模模糊糊張開一張網，香子依稀記得那是發生在她五歲的事。那一次好像自己也有被嚇到，如果不是多桑就在旁邊，一看情形不對，趕緊將她撈起來，她恐怕早就隨著梅川的水流到大海去了。後來家人都禁止她去水邊玩，她自己也不想再經歷那種恐怖經驗，從此就整個重心全放到屋後的水田了。今天這個小溪戲水事件只是個插曲，臨時起意而已，如果不是那些男生先下水，她也不會想到要跟進。

「攏是汝這个做人老爸的人，無代無誌就教囡仔撈魚，這馬好矣，無去頭前水溝，就去後壁的溪仔。」米甘停了停又說：「看是欲按怎教，香子才袂遮爾仔搞怪。」

香子不需回頭看，就知道阿嬤一定又是一陣搖頭，可以想見的是，阿嬤那個用黑網網住的髻，又會被晃得頭暈眼花。香子扭著身體讓兩個跪得發疼的膝蓋輪流休息，因為自己的貪玩害多桑被罵，實在對多桑過意不去。香子扭過上身，瞇著眼對清雲一笑，清雲所有煩心與擔憂的事，都在香子這一笑中煙滅了。

那當下，也有一念在清雲腦際閃過，香子這孩子他真是愛啊，即使這孩子是這樣的讓人頭疼。

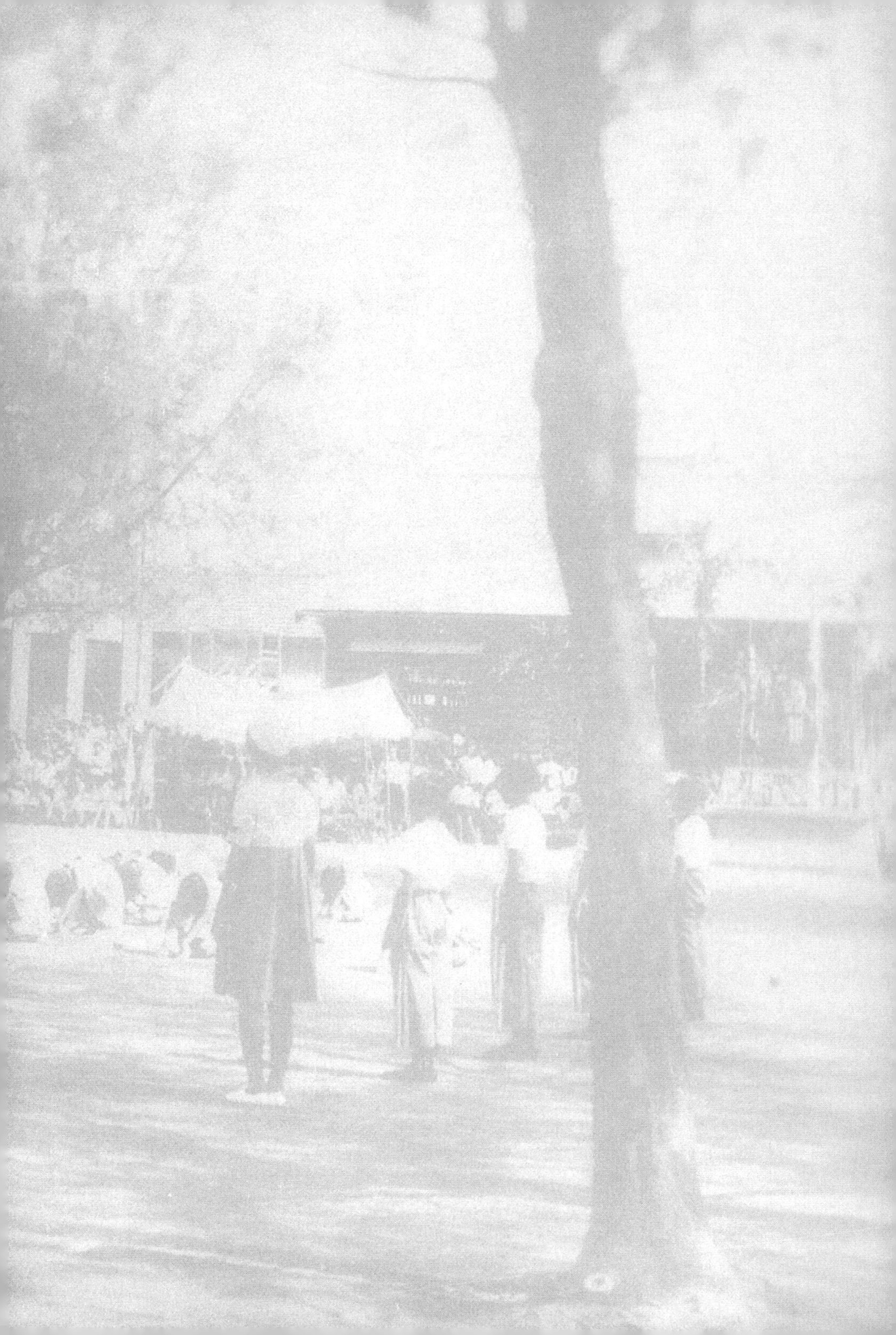

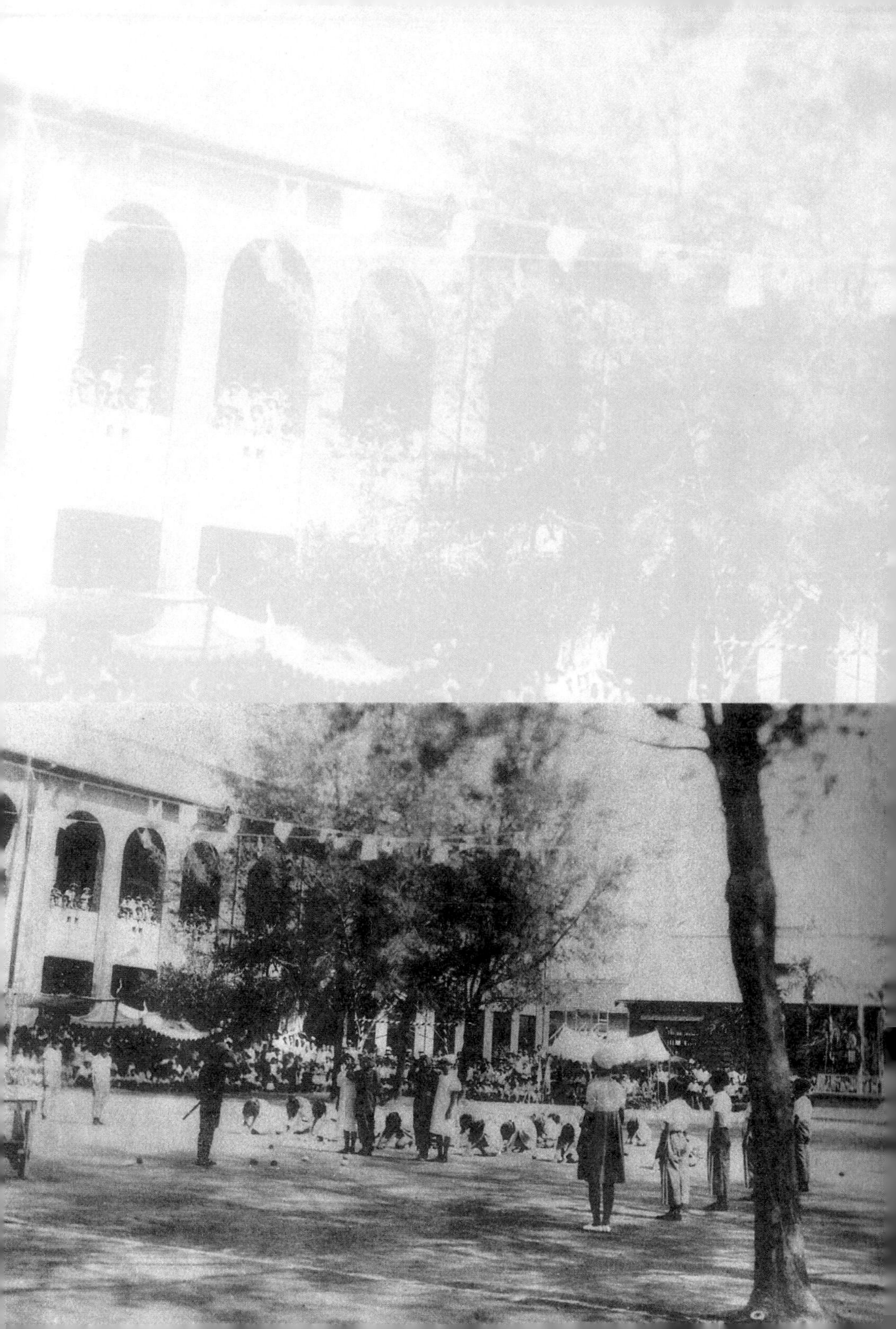

第八章

屋後小溪撈到水蛇事件後，又過半年，滿足又產下一名女嬰取名龍銀，滿足要忙的事更多了，也更無暇兼顧到香子。

清雲每日下班回到家的第一件事，便是確定香子是否在家。他倒不是傳統封建思想，一定得要女孩子整日窩在家裡。大門不出二門不邁已不是現今社會對女孩的要求，可清雲也不願香子過度活潑，萬一在戲耍中受了傷甚或丟了小命，他如何受得了呢？

「香子有佇厝內無？」清雲總在進門向米甘請安後朝屋裡問著。

「真正有佇厝內啦！」

算準清雲回家前五分鐘才從後門進來的香子，早在進門後匆匆在廚房水槽洗淨雙手，那時還遭到滿足睨眼的包庇，然後氣定神閒的往前廳走去，正聽到秀柱回應剛進門的清雲，她垂下頭竊竊笑著，方才跑到屋後水田去玩的事，沒被忙著去外埕收棉被的秀柱看見是她幸運。

「多桑，多桑。」香子興沖沖迎向前去，雙手直晃著清雲左手。

「香子，今仔日有乖無？」清雲以右手摸摸香子的頭，香子頭一仰大言不慚的說：「香子足乖咧，多桑欲賞我啥？」

「敢講家己乖？香子啊，汝真正大面神喔！」歪躺在太師椅上吸著菸斗的莊浮這樣取笑香子。

「阿公，我是細漢囡仔，才不是神咧，阿嬤講神攏嘛奉祀佇神桌頂，人我是佇土跤行的查某囡仔啦！」香子翹起唇角回應莊浮，靈巧的香子也把阿公那一抹讚許的笑容看進眼裡。

莊浮把菸斗從嘴裡取出，幽幽吹出一縷煙，那煙隨即輕輕向上揚升，香子望著那縷煙霧看直了眼，那煙在空中轉著圈圈，香子有種被多桑抱著轉圈圈的感覺，不知不覺露出笑容。真好，多桑疼我，阿公說我很棒，真教人快樂。

香子因為芳子妹妹而讓她的姊姊架勢日漸明顯，平常心血來潮便對著芳子教東教西，這一時間突然失神，竟把米甘當成芳子妹妹，很認真要教念書了。

「阿嬤，汝隨我念，えいが，阿嬤，汝緊唸啊，えいが……」

香子神情非常認真，清雲一旁看著，心裡幾分安慰，這個非自己骨血的女兒，和自己一樣肖龍，看起來是個喜歡學習，並且有心努力的孩子，但她現在面對的是，家中掌大權的母親，母親怎能由她這樣教導，他若不趕快出聲制止，恐怕會引起一番波瀾。

「香子，汝講多桑惜汝無？」清雲手才伸出，香子趕在芳子之前跑進多桑懷裡，「多桑上惜香子，香子知影。」然後愛嬌的在養父身上磨蹭。

「香子攏予汝寵歹去矣！」米甘哼了一句。

「阿娘，袂啦，香子真捌代誌，後擺汝就會知，這間厝若無香子就慘囉！」

「對嘛，無我會慘喔！」香子也順著清雲語尾自豪道。

「汝看，汝看，像啥款？汝才講伊捌代誌，伊尾錐就翹起來，真毋是款喔！」米甘大搖其頭，但善於察言觀色的香子，看阿嬤那臉上含帶笑意，她知道阿嬤只是說說，不會對她怎樣。

「阿娘，聽講今暗娛樂座有歌仔戲，食暗飽咱來去看戲好否？」清雲恭敬邀請米甘，米甘笑笑點頭首肯。

「喔，足好咧，欲去看戲喔。」香子跳著拍手，芳子仰頭愣愣看著，都還沒能將心裡那一絲絲想望說出口，香子垂下眼蹺蹺的對芳子說：「芳子，汝猶細漢，袂當去。」

「啊……」芳子都不知如何接話了。

香子不但自己定了芳子看戲的門檻，還轉身徵求多桑認同她一票：「多桑，對無？芳子猶細漢，毋好去戲園喔。」

清雲蹲下身抱起口齒還不甚清晰的芳子，芳子已搶先要求：「多桑，芳子嘛想欲看戲？」

「汝細漢袂當去。」香子仰頭說，芳子把頭枕在父親肩上，也向姊姊回嗆，「人嘛欲去，人嘛欲去。」

「吵啥？」米甘一發火，連清雲也不敢多說什麼，他只是輕聲在芳子耳畔安撫她，「芳子乖，等汝較大漢咧，多桑就焄汝去看戲。」

芳子挺起身子面向著父親，很鄭重的要求：「多桑，等我較大漢，我欲看足濟足濟喔！」

「好，看足濟足濟。」清雲慈愛的摩挲芳子頭頂稀稀疏疏頭髮，這孩子忒是認命，日後可別受人擺布啊！

一週七天，香子最喜歡星期天了。

星期天清雲不需去律師公會上班，她整天都可以和清雲相處。

但就算清雲還是得忙一些需要男人修繕的家事，並不能整天都陪著香子，香子心裡仍是踏實滿足的，只要轉個身就看得到清雲頎長的身影，宛如一顆大樹，她盡可以在這棵大樹下玩耍遊戲，她小小心靈就滿滿甜滋味。

近來養女心結偶然飄出，看著清雲慈心為鄰人服務的舉動，香子總能有自己一番解說安撫自己的心。

一樣是星期天上午，清雲還在忙著整理炊煮得用的柴火，大埕外已經幾個小孩直往屋裡探頭探腦。這一切被趁著大人沒注意就踅出大廳還不足四歲乳音仍重的芳子瞧見，她喝斥了一聲。

「趕衫（看啥）？」

「嗄？」

「趕衫（看啥）？」

「？？」一個小男孩問同伴，「伊講啥？」

「伊問恁咧看啥啦？」香子在屋裡聽見芳子聲音忙探出頭來探查，「芳子乖，去卡桑房間鬥顧銀子好無？」香子輕聲要求芳子。

「嗯。」

香子目送芳子入內後，回過頭踏出屋外，一眼望見陸續到她家大埕的鄰居小朋友，想也知道是這附近鄰人的小孩，趕來赴每個月第一個星期日的莊家歐吉桑義務剪髮日。

「恁先等一咧，阮多桑佇厝後無閒，隨來。」

「噢。」

香子知道這些小孩或許是自己記得，也有可能是家人提醒，總之現在才剛過八點，就已有幾個小孩來此等候了，顯然他們都喜愛多桑的理髮技術。

香子有記憶以來，每個月的第一個星期日上午清雲為四鄰小孩理髮這件事，總讓她對清雲的為人更加敬佩。清雲都是在自家大埕擺上一張圓凳子，另外準備一塊不用的布，然後再準備一把剪刀和一把推剪，就能為四鄰的孩子服務了。

每每看到清雲為住家附近的幼童剪髮，香子心裡便滿是歡喜，她高興自己有個慈心的多桑喜歡為眾人服務，她更高興的是多桑為她的玩伴剪髮，多桑總教她要先對別人好，最後再輪到自己家人，所以她和芳子的頭髮總是最後人潮散去後才剪。

今日既然多桑還在屋後幫著架穩曬衣竹竿，她是多桑的長女，就先為多桑做些前置作業好了。香子既然這麼想，便也立刻裡裡外外進進出出，不但搬來了一張圓板凳，還去把多桑向來使用的布巾拿來，至於剪刀和推剪，因是利器，而且多桑再三囑咐過，小孩子不能隨意拿取，香子也就停手了。

可是多桑仍然還沒現身，小孩子中有人躁動了。

「歐吉桑怎猶袂來？」

「共恁講，阮多桑猶咧無閒，稍等一咧嘛。」

「猶閣愛等偌久？」

「吉米仔，汝莫吵啦，香子毋是講啊，歐吉桑猶咧無閒。」

「是啦，吉米仔，汝恬恬耐心等嘛，歐吉桑是一定會共咱剃頭啦。」

相繼幾個小孩對吉米仔曉以大義，他雖仍是不大爽快，但也不敢再多發牢騷了。就在這時，兩三個女孩率先自動排起隊來等候清雲為她們剪髮，香子看在眼裡，就敢打包票說川端町的小孩，不管男孩或女孩都愛極了這一個月一次的免費剪髮。

清雲忙完屋後的事，很快來到大埕，他一現身，等候剪髮的孩子無不歡欣。

「歐吉桑來矣、歐吉桑來矣。」吉米仔帶頭呼喊。

「恁真乖喔，攏會曉排隊，真有規矩，真好、真好。」

「因為阮欲攄頭毛矣。」

「是鉸頭毛啦！」

光是為了剪頭髮和推頭髮不同語詞，男孩和女孩個個爭得面紅耳赤。

「我嘛欲攄頭毛。」

「人是鉸頭毛啦！」

「阮是查埔，是攄頭毛，恁查某才是鉸頭毛，對無？歐吉桑。」

「對、對。」

「毋過，歐吉桑，阮的頭毛是用鉸的，對無？」

「對對，恁講的攏對，恁愛乖乖排隊，我才欲幫恁攄頭毛鉸頭毛喔！」

這種時候，香子就很懂事的擔起管理秩序的小幫手。

「恁有聽著無？阮多桑講恬恬好好仔排隊，無就免想嘛欲攄頭毛喔！」香子故意在吉米仔面前這麼說。

「是歐吉桑攄的頭毛好看，若無我才無想欲踮遮攄咧。」吉米仔也愛逞口舌。

「無想欲攄頭毛汝就走嘛，汝走啊、走啊！」香子抓住吉米仔語尾咄咄逼人。

「香子，毋通按呢，多桑毋是共汝教過，對人愛較有禮貌咧。」清雲出聲制止香子。

「汝看，歐吉桑講對我愛較禮貌，知無？」吉米仔順手摸瓜教香子恨得牙癢癢的。

「臭吉米仔，汝……」

「香子，汝入去斟一甌茶來予多桑啉。」

「噢，好。」香子不得不快閃進屋。

「吉米仔，後一个換汝喔，毋通閣講話，若無會食到頭毛。」清雲鄭重其事警告吉米仔，吉米仔這才安靜了下來。

這年是昭和九年（西元一九三四），夏日時香子剛剛再度當了姊姊，即將滿七歲的香子自覺此後責任重大，她要好好照顧兩個妹妹，只有把妹妹都教好，阿嬤才不會不如她的意就罵人。

阿嬤管起人來兇得比獅子還要可怕！

這個家裡什麼都好，就是米甘太愛罵人了。無論什麼狀況都可能惹得米甘不開心，而遭來一番責罵，香子心裡完全沒個準，不知怎麼去避免，其實就連清雲和滿足也很難摸透米甘的情緒，有些時候他們越是小心翼翼，越是容易招惹米甘。

不久前，一天晚飯後清雲藉著柳堤散步的名義，把滿足也帶了出去，後來兩人還去劇院看了戲，看完戲回家路上清雲提議幫香子帶點心回去。

「咱順路買一个碗粿轉去予香子食。」

「敢欲，我看莫啦！」滿足直覺就感到不妥，她還跟清雲說了，「汝莫共香子寵歹去呢。」

「袂啦，香子這个囡仔毋是一兩个仔碗粿就會寵歹的。」清雲倒是對香子十分肯定。

偏偏買碗粿時，夫妻兩人都忘記家裡還有個難侍候的米甘，忘記多買一個孝敬米甘。

那晚回到家時間已晚，剛要進門時，滿足才想起忘了備下米甘的點心。

「欲按怎？袂記得買一个阿娘的。」滿足囁嚅說道。

「啊，對喔，我怎無想著？」清雲拍了自己前額然後對滿足說：「我看咱較輕聲咧，莫共阿娘吵醒。」

滿足點頭如搗蒜，可心頭仍然忐忑。

清雲與滿足躡手躡腳地進了屋，屋裡昏昏暗暗，只有大廳那只兩燭光的燈泡透著稀微黃光。

原是睡著的香子彷彿心有靈犀一般，在清雲滿足進門的同時也從米甘身旁翻身而起，她知道該輕手輕腳以避免吵醒一旁的米甘。香子雙手雙膝貼著榻榻米移動，輕輕推開紙門爬出房間，看到剛剛躡手躡腳踩進前廳的清雲和滿足，一骨碌的站起身來，她正要張口，清雲和滿足不約而同的把右手食指直豎在嘴巴前面，瞬間香子便明白了，這是他們三人的祕密，於是微笑點頭回應。

昏暗裡夫妻父女母女以著眼神和手勢進行了一場無言的溝通，可他們三人心裡都填著滿滿的甜意。

滿足進廚房取了碗將買回的碗粿裝在碗裡推向香子，並以唇音在香子耳畔說了，「香子，這个碗粿汝緊食食咧緊去睏。」

香子一邊點頭一邊接過手，然後迫不及待的愉快吃著香滑碗粿。聰慧的香子知道深夜裡這份唯她才有的消夜，她必得悄悄進行，她才不願芳子和銀子來瓜分她獨享的榮寵，阿嬤呢？她壓根都沒想要把這份多桑和卡桑給的愛轉送給阿嬤。

香子以最快的速度吃完碗粿，最後一口吞下肚時還意猶未盡的伸出舌頭左右嘴角舔了又舔，滿足幫著香子把嘴角擦了擦，輕聲到宛如蚊吶的叮嚀香子，「喙擦擦咧緊去睏。」

「香子聽話，毋通吵到阿嬤。」清雲也攬了香子柔聲再說一次。

「……」香子抿緊嘴點頭無聲回答。

帶著飽足再爬回房裡的香子，尚且陶醉在剛才那可口碗粿之中，完全沒料到米甘已經鷹隼一般等著攫取她這隻獵物。

香子極是輕巧的掀起棉被一角，然後以極緩慢極緩慢的動作躺下，深怕一不小心碰觸到米甘的背，就在她很認真盯著米甘背部的那時，米甘出其不意的轉過來，那雙鷹一般的厲眼著實把香子嚇著，孩本能的往後震了一下，且好半天回不過神來。

「呃……」

「恁多桑和卡桑看戲轉來買啥予汝食？」

米甘的問話讓香子更驚嚇了，心裡千轉百回的狐疑，阿嬤怎會知道多桑和卡桑是去看戲了？阿嬤不是睡著了嗎？我什麼都沒透露，阿嬤怎麼會知道我有吃東西，她又是從哪裡得知多桑和卡桑有買點心回來？

「汝食啥？」

「……」香子還在想該如何回答時，感覺棉被下另有一隻手扯著她的褲子，香子知道秀柱姑姑也醒了，可她不敢轉頭去看，但她知道話不能隨意說出口。

幾分鐘前香子嘴裡還生著津，此刻米甘那壓低的嗓音聽來如鬼魅，那又低又飄忽不定的聲音只有香子聽得見，米甘這陰鬱的問話，害得香子方才吃下肚的碗粿，又一次反胃再經由食道回到口腔來，這次口齒之間就不是留著香了，而是一種說不清楚的酸味。

「恁多桑買啥予汝食？講。」

香子還在遲疑，但米甘那一分分逼近攝人魂魄的眼神逼出香子一身汗，害怕的情緒可能傳導給秀柱姑姑了，秀柱姑姑都快扯下她褲頭，但她自己絲毫無知覺，心一急就全盤托出了。

「多桑買碗粿轉來予我食。」

然後米甘冷冷說了一個字「睏」，香子什麼都不敢想，緊緊閉著眼睛，香子以為自己會很快就睡著，卻沒有。

直到就著透進紙門的微弱光線看到阿嬤那張臉皺出百褶時，香子才恍然明白這下事態嚴重了，她一手掩著嘴，不知該如何去扭轉頹勢。享用碗粿之前卡桑特別叮嚀再叮嚀的話，這時再一次灌進腦內，「香子，明仔載阿嬤若問汝今暗有食點心無，汝愛講無喔。」

這時都還沒到天明，阿嬤怕是要興起一場腥風血雨了。

怎麼辦？香子不知道能怎麼辦，卡桑叮嚀時她還覺得卡桑那是多慮，但此刻她倒是完全明白這個屋子將要因為一個碗粿而興起一場風坡，她很想避掉，但眼看是無可挽回了。

米甘霍的大力掀開棉被就從榻榻米一躍而起，香子的驚駭比剛才更甚。米甘突如其來的起身，著實嚇了香子一大跳，第一個浮上心頭的念頭是，多桑買回來的碗粿整個被她吞下肚了，阿嬤這時起來也沒得吃了，阿嬤是起來做什麼？

原先香子還很鄉愿的將米甘的起身想成說不定是起來小解，可直到米甘暴力推開紙拉門時，她才領悟到風暴已然颳起了，尤其秀柱還在她耳畔輕輕說了聲，「汝會害啦！恁多桑參卡桑會予汝害死。」

香子的眼皮是如何也闔闔不上，紙門外大廳處傳來米甘拉開太師椅劃過地面的聲音，不需多想都知道那力氣之大，然後是大吼清雲和滿足的聲音，香子被震得從床鋪跳起來，跪爬著移向房外，大廳裡正上演著一齣兇惡阿娘教子的戲碼。

「恁目睭內敢抑閣有存我這个阿娘？」米甘手持藤條坐在大廳裡那張太師椅，往後梳的髮髻因為躺臥稍稍鬆散了，光潔得發亮的前額映著廳裡兩燭光的光線，大廳頓時明亮許多。方才的罵聲一停，米甘的嘴隨即癟成一片硬鋼似的，冰寒逼人，香子看了禁不住打了哆嗦。

夜靜得像是害怕被波及，無聲無息，清雲與滿足兩夫妻驚惶顫抖求饒的語音，宛如拉出將斷琴絃，一聲聲驚嚇著香子。

「阿母，阮毋敢啦！」

「毋敢？」米甘從鼻孔發出的冷笑，竟然能夠穿透日式紙拉門，射中另一間房裡的銀子，銀子扯著喉嚨大哭起來，清雲和滿足沒敢去屋裡哄哄銀子，由她去哭，不一會兒慢慢變成抽噎到停了哭聲。

燠熱七月天裡，香子沒來由地自背後升起一股寒意。

多桑和卡桑到底是哪裡惹惱了阿嬤？

「是按怎暗頭仔兩人相招講欲去散步，散步到佗位去？這時才轉來？」

阿嬤是找不到話題指責多桑了嗎？多桑和卡桑出去之前，已經問過阿嬤，阿嬤也沒攔阻說不可去，怎麼這時候食西瓜半暝反症，不給多桑和卡桑睡覺，硬要栽個罪名給他們。

「行行咧了後順煞去看戲。」清雲代表回答。

「看戲？」米甘鼻腔隨即在哼出：「汝袂記得厝內猶有細漢囡仔嗎？滿足。」

米甘這句叫滿足更驚惶，可她又不敢回話。

多桑和卡桑不能去看戲嗎？香子舔舔唇角，方才那碗粿香氣還殘留著呢，多桑待她這麼好，她實在不忍心看見多桑和卡桑無故被責難，香子匍匐爬過榻榻米走道，躡手躡腳爬向後屋，經過卡桑和多桑的房間時，發現紙門沒拉上，伸長脖子望向屋裡，只見阿嬤吼聲響起那剎那就已掀被快速移至卡桑房間的秀柱姑姑正哄拍著銀子，秀柱姑姑空出右手朝香子比劃了一下，香子看懂秀柱姑姑在指責她。香子趕緊閃過黑暗中秀柱姑姑責備的眼神，輕輕拉開莊浮的房門，爬向面向著壁櫥睡覺的莊浮，香子輕輕拉了拉莊浮的衣襬，莊浮回過頭來，舉起右手搖了搖，示意香子他不想插手這件事。

香子對著莊浮噘嘴生氣，不管暗夜裡莊浮是不是看見了，香子都要讓莊浮知道她生氣了。

「阿公，我無愛佮汝好矣！」

「香子……」

「阿公，汝真無路用呢！規厝內攏阿嬤咧管。」

「……」莊浮默默無語。

打從香子曉事開始，她們這一家凡事都聽米甘編派，莊浮一方面因長期包容米甘，已養成米甘跋扈作風，二方面日人治臺之後他沒能有所作為，年歲漸長之後除了窩在房裡讀書外便是吸食鴉片了。可在香子小小心裡，她完全不知大人世界裡的曲曲折折，她總想阿公是太過忍讓阿嬤，有時也想可能是因為阿公吸食鴉片，才使得阿嬤不得不取而代之掌理這一家，可是阿嬤也管得太多了，現在居然也管到她多桑卡桑散步看戲，就連買個碗粿給她吃這樣瑣細的事都要管，以後恐怕還會管得更多。

沒搬著救兵，香子氣呼呼又回到大廳邊上。

大廳裡清雲和滿足還是長跪請求米甘息怒，兩人頭垂得老低以示心有悔意，米甘則依舊高高在上的審視著子媳二人。

「嗯嗯，看戲就看戲，看煞轉來就是了，閣去買啥物碗粿？香子這个囡仔就是按呢予恁兩翁仔某寵歹去。」米甘清清喉嚨繼續責備。

清雲這下子總算明白了，原來母親大人生氣是為了這樁，長跪在地的夫妻因為明白也才清楚如何應對。

「哎呀，都怪自己剛才忘記在香子返回房間前再交代一次，要她無論如何都不許說吃了碗粿，唉，都到這時了，只能怪自己。」清雲心裡暗叫一聲。

跪在清雲左側的滿足一聽米甘這樣說，心下瞭然之際也怪著香子這小傢伙，平時看起來古靈精怪的，為何在她阿嬤問話時候，也不知該撒個小謊為父母護個航。

而偎在大廳一旁牆面的香子差點沒跳起來，她也不過吃下一碗碗粿，當真就會被父母寵壞？阿嬤也太誇大其辭了吧？

香子看見米甘離開太師椅，手持著方才已拿在手上的藤條，走上前去便朝跪在地上的清雲和滿足鞭去。

「阿母，請汝莫受氣。」

「叫我莫受氣？恁目睭內敢有咧存我？」

「阿母，是我毋對，沒請汝起來食點心，後擺我袂閣按呢矣。」

「後擺，汝抑想欲有後擺？」

「阿母，毋是啦，我毋敢。」

香子被大廳這一幕嚇壞了，手腳俐落地又爬回最後一間屋子，偎靠著莊浮不停啜泣，「阿公，多桑參卡桑足可憐呢！阿嬤　藤條拍個……嗚嗚……」

莊浮再一次從面壁姿勢轉過來，拍了拍香子，安慰她說：「汝緊睏，明仔載就無代誌矣。」淚眼看著莊浮，香子覺得大人世界真難懂，她很累。

這時秀柱也進到莊浮房裡，香子向秀柱努努嘴，秀柱則是朝她眨眨眼，一家人都因為米甘番性一起而搞得不能好好睡覺。

香子懊惱極了，因為自己的不加掩飾，害得父母被阿嬤氣惱沒給她奉上點心，多桑都已三十二歲了，遇上阿嬤發怒，他工作場域的名銜也幫不了他，他唯有懺愧跪求原諒，才有可能消去阿嬤的怒氣。

這事後來怎麼了香子就一無所知，因為她累得就在莊浮房裡呼呼大睡。隔天一早醒來，發現自己竟是睡在阿公房間，用力一回想，昨天夜裡阿嬤上演的那一齣教子的戲才又回到腦海，這也才想到，不知多桑和卡桑昨晚有沒有得睡？阿嬤究竟「番」到什麼時候？

到了前廳，香子看見了米甘還是怯怯的，倒是米甘一副事過境遷的神情，看不出是不是還在生氣，但當米甘用手指擰了擰香子臉頰，酸著說道：「汝喔，遮爾好命，吃甲碗粿攏抑黏佇喙角。」

香子用手剝下嘴角那塊乾了的碗粿小屑屑，彷彿還留有前一晚多桑與卡桑疼愛的溫度。

第九章

清雲與滿足被責打的那一幕成了香子夢魘。

接連幾個夜晚香子總是夜裡驚夢，尖聲驚叫著：「阿嬤莫閣拍多桑啊……」一壁拉門之隔的清雲滿足聽得一清二楚，同時也聽進了米甘咬牙責罵聲，「死查某鬼仔，眠夢亂講話叫人免睏喔！」然後必然是擰了香子一把，清雲和滿足從香子那回應就知道孩子被捏醒了。

「唉唷，阿嬤，汝哪共人捻做啥啦？」

「誰叫汝睏毋睏亂眠夢……」

「……」

紙拉門另一側的清雲和滿足黑暗中相視一望，在彼此那一點瞳孔亮光裡見識娘親的無理，也心疼香子被如此無理對待。滿足原先心裡對香子的稍稍不諒解，便也讓夜裡的黑暗給收拾了。

那事過後幾天，滿足洗完衣服後院晾著，香子三步兩步也跟來了。幾日來滿足總不捨清雲那一夜的遭遇，雖然自己那夜也是跪得兩個膝頭又紅又痛，手臂背部被藤條鞭得疼痛無比，但她更是心疼清雲。

「香子啊，多桑惜汝麼？」滿足問香子。

「惜啊。」忙著玩腳邊石塊的香子頭也沒抬的哼了一聲。

「多桑惜汝，汝煞害伊予阿嬤罰跪。」

香子一聽停下玩耍仰頭盯著滿足，腦海裡浮起那一夜的景象，背脊忍不住起了一陣涼。

晾著衣服的滿足問了香子大半天，香子只顧凝望滿足，也沒回上半句。

衣服晾好後，滿足揉揉香子一頭濃密黑髮，這孩子雖不是自己懷胎十月生下的，可她古靈精怪的，要人不疼也難，只是如果再一次像昨晚那樣被婆婆責罰跪上一夜，自己鐵定吃不消，身體要是吃不消，到時候可也沒心神去疼這孩子了！

「多桑疼汝買汝愛食的碗粿予汝吃，汝閣講予阿嬤知，後擺毋買予汝吃矣喔！」

「彼是阿嬤一直問，人才會講矣！」

滿足也知這事也不能怪香子，婆婆那個性她是知道的，凡婆婆想知道的事，無論如何她也會問出來，香子不過七歲多的孩子，她如何避得了婆婆的精明問話？這孩子也因為這事惡夢連連，如果還要加以責怪，那就苛刻了一點，這一想心一不捨，將香子一把攬過身邊慈愛撫著她那小小肩頭。

香子心裡則是一陣對一雙父母的歉意，那日真應該緊咬牙齒不回應阿嬤，因為歉意，香子雙手環住滿足的腰，緊緊抱住。

恐怖惡夜之後，香子一直以為米甘會要求清雲陪她去看戲，可是過了好幾天，無論米甘或是清雲都沒開口說要去看戲，香子眼巴巴的盼著，她自己也很久沒去娛樂座或樂舞臺看戲了。

百無聊賴時，趁著滿足沒留意，香子拿了一條清雲的手帕煞有其事的揮著哼著，學著的盡是戲班演出的戲齣，雖是怎麼哼也哼不全一句完整戲詞，可卻扮得有模有樣。

儘管唱出口的戲詞零零落落，香子還是樂在哼唱之中，並且還頗是沉醉其中。

滿足偶爾回過神看到香子這一番自得其樂，煞是覺得好玩，不覺莞爾了。

倒是米甘也撞見幾次香子模仿戲子唱戲，可就一副深怕香子從此深陷其中，不知人間還有其他重要事似的。

「香子，莫遐三八，搬啥戲？汝後擺無愛讀冊嗎？」

米甘憂心忡忡神態總讓香子莫名。

每每米甘這麼一說，香子便會停住手腳動作，她不是承認自己三八，而是她很想去公學校讀書，因為清雲跟她說過識字的重要，以及飽讀詩書百利無一害，她是不想讓米甘將她視作不喜歡讀書的孩子。

可香子心裡也常有疑問，米甘特別愛看的歌仔戲，常常演出忠孝節義的戲碼，甘草人物雖然也不乏，但每個角色人物卻都不盡然是三三八八，何以她若自己即興玩唱一會兒，米甘便要說「莫遐三八，搬啥戲？」

演戲的人難道都三八了？

香子實在不明所以啊！

以往清雲帶香子去看戲，她總喜歡在那些戲目裡，遐想戲齣裡各式人物的種種悲歡離合，甚至還會聯想到現實人生，將所知的各親朋與戲裡人物做上連結，她總想知道真實生活中是不是也像戲裡的那樣雜含了諸多喜怒哀樂？

這一日，清雲下班一進家門向米甘請安時說了，律師公會的小林律師給了他兩張娛樂座優待券，他打算晚飯後就陪米甘去看戲。米甘和香子打從清雲說過有娛樂座優待券之後，雙雙按捺不住那顆雀躍的心，一老一小眉眼裡都是盼望，爭著要在晚飯前洗浴擦澡。飯後兩人好整以暇等著清雲沐浴弄妥一切，好出門去娛樂座看戲。祖孫兩人不時將視線拋向浴間，再朝著對方眼睛眨呀眨的眨個不停，那是相互以眼神詢問對方，這個要帶她們去看戲的男人怎麼這麼蘑菇？

「怎樣猶袂洗好？」

「哪會洗濟久？」

終於等到清雲拉開浴間的門，香子急叭叭從板凳上跳起來。

「行喔，阿嬤緊咧啦，無會袂赴呢！」香子拉著米甘的手忙著要往外走。

「汝咧趕緊啥？恁多桑猶未用好啦。」米甘心裡其實也急，但表面上還是要故作姿態。

「多桑好啊啦！」

「猶袂……」米甘還故意慢條斯理的整理著頂上還很完整的髮髻，她的習慣是務必要讓每根毛髮都服服貼貼紮進髻子裡，香子還真怕這一整就天荒地老了。

幸好這時清雲進臥室穿好衣服立刻便來到大廳，香子再不必擔心。

「滿足，汝踮厝內將囝仔顧予好，我炁阿娘參香子來去看戲，戲煞就會轉來。」

沒能連妻子都一起帶去看戲，清雲心裡對滿足不無抱歉，眼裡盡是柔情蜜意，把滿足一顆心裹得甜滋滋的。

「我知。」滿足簡單回應之後，略彎下身叮嚀著香子，「香子，愛聽阿嬤參多桑的話，毋通撓撓旋，知無？」

「我知啦！」

「好啊，咱可以來去囉！」米甘發了話好像她才是主導這一切的人。

「多桑，人嘛……」臺灣歲五歲其實才剛滿四足歲的龍芳，在父親和阿嬤臨出門時，才把憋了一整晚的情緒放出來，但也還只是放出一半。

清雲停下腳步，蹲下身抱起龍芳，右手摩娑過龍芳稚嫩的臉龐，「芳子乖，今暗汝踮厝內參卡桑作伴，汝是一个足勢的阿姊喔，因為汝會共恁卡桑鬥相共照顧銀子，對無？」

「對。」芳子從父親的話裡自覺是個稱職的好姊姊，清雲這番話的陷阱不是她這個年紀的孩子懂得了的。

「是啦，芳子汝是卡桑的第一名助手，緊來鬥顧銀子。」滿足也趁隙讚許芳子。

芳子從父親臂彎滑下來，走向搖籃，搖籃裡躺著昭和九年夏天出世，到今年昭和十年（西元一九三五）初冬已經一歲多的銀子。芳子輕輕推著搖籃，洋洋得意於她是母親的好幫手，是疼愛妹妹的好姊姊。

清雲對芳子露齒笑了，轉過頭給香子一個眼神，香子懂得那個暗號，她默不作聲拉起多桑的手往外走去。再過不久就要八歲的香子，已經學會從多桑的眼神裡理出一種法則，更多的是她與多桑的默契，多桑不需多說什麼，她便能做出最適切的反應。芳子現在正沉浸在自我驕傲裡，而這也正是他們可以趕快出門去看戲的好時機，香子竊喜的拉牽著多桑的手，回過頭又一想，這好像在演戲，她和多桑、卡桑合演一齣矇騙芳子的戲。

「緊來走啊咿啊咿啊咿……」香子唱起歌仔戲裡聽來的「走路調」，覺得好有趣，扮戲的人生，真是好玩，她唱著樂不可支。

「汝咧三八啥？」米甘戳了香子右額一下，香子趕緊閃身躲到清雲身後，清雲自然明白香子的心思，這個出生五十四天就抱來養的女兒，和自己同屬龍這個尊貴生肖的香子，總是機伶得教人不想疼她也難。

娛樂座在大正町，得走櫻橋通，香子雖然懷念清雲單獨帶她去看日本電影的那個下午，但每每想到要走一段不算短的路程，她就會懶得開口要求清雲帶她去娛樂座，這回是公會裡的日籍律師贈送了優待券，不去看就太浪費了，但來去兩趟不算短的路程，總削減了許多看戲的快樂。

所幸，米甘也是比較偏愛座落在初音町的樂舞臺劇院，如果不是有不看可惜的優待券，清雲也是會順著米甘的意，就帶她們祖孫倆去樂舞臺。

樂舞臺畢竟是臺灣人興建的電影院，和日資的娛樂座營運上多有不同，樂舞臺演出的常是米甘喜歡的歌仔戲，一個檔期就是一個月，每每戲團在樂舞臺演出，米甘隔三差五的就去看一回，看戲看到和演員熟識，還認了一位名叫來好的女旦為契女。

娛樂座看戲那日過後沒多久，從鄰人口中米甘知道樂舞臺新近上了一檔歌仔戲，米甘說什麼都要去看，因為她認的契女便是這齣戲擔綱的女旦。凡她開口說要去看戲，清雲又怎敢拂逆？可要這樣每隔三五日就跑樂舞臺一回，不知情的人還以為他迷上哪個戲班演員呢！於是他想出折衷辦法，他負責接送及購票，然後由著米甘帶著香子去追戲。

已經一連數天了，米甘和香子晚飯總快快吃完，彷彿戰場上追兵就要殺到，不得不急急填飽肚皮。祖孫兩個一吃飽才放下碗筷，就等在門邊頻頻望著清雲，那神情是催趕清雲帶她們出門。

幾日來，兩祖孫追戲追得可快活，同樣的劇碼天天看也不嫌膩！

來好是劇團裡的小旦，只要是她演的戲，米甘一定要看，這個月的戲碼又是來好擔綱主旦，這天米甘要求清雲無論如何得陪著一起看，說是捧契妹的場，清雲也只好應米甘所求一同前往了。

中場休息時，米甘到後臺去看來好，香子愛湊熱鬧也跟著去，然後混在一群團員之間，磨磨蹭蹭，大人們還聊著天她卻已經呵欠連連，然後偎著劇團戲服箱就睡著了。

大人們一聊便忘了還有個小香子，座位上候著的清雲料想後臺有米甘又有米甘相熟的演員，也就放心沒跟去後臺，誰知下半場開鑼各角色起身準備上戲，這時米甘回頭卻找不著香子。

「香子、香子……」在外頭米甘收斂一些，語氣輕緩些。

「阿好契母，恁香子佇遮啦！」劇團裡一位生角指著戲服箱，「毋閣，伊睏去矣！」

「香子、香子。」米甘穿過數位著好戲服的演員，靠近香子搖她，香子睡得極沉，小嘴嚅動一下，沒出聲，照睡不誤。

「無關係啦，予伊踮遮睏，散戲恁才來悉伊轉去。」阿好邊對著鏡子貼頭片邊說。

「按呢敢好？」

「無啥毋好，後臺攏有人，香子袂無去。」阿好再整了整頭上珠釵，回了米甘一句，「契母，汝緊去坐好，下半齣就欲開演囉！」

「是啦，無定稍等一下前臺樂師奏樂落去，伊就會醒來。」另個小生扮相的演員指著香子。

「噢。」米甘倒也同意那小生說的話，戲一開演，歌樂一演奏下去，管絃一起，香子也該要醒了才是。但在離開後臺時，米甘還是略帶不安的回望了香子一眼，那當下心頭突的閃過一念，香子可不會因為後臺睡了一覺就說也要演戲吧？

臺上樂師都就定位了，前臺與後臺相連的幕簾，已站了一位著好戲服準備出場的演員。

清雲只見米甘向座位區走來卻不見香子身影，整個神經都緊繃起來，那可是他的心肝寶貝呢！

「阿娘，香子咧？」清雲半起身急急問道。

「香子睏甲毋知人。」米甘把清雲拉下座位，輕輕嘟噥了一聲。

「嗄？」清雲沒料到後臺那樣人聲鼎沸的地方，香子也能睡著。

「我看稍等一下伊就會予絃仔聲吵醒。」

米甘才說著，臺上幾個樂師分別演奏起各自手上的樂器，清雲還想說些什麼，也不得不在喧天樂音裡噤了聲。

清雲就不知香子真能睡得這樣熟，連前臺文邊武邊的殼仔絃、大筒絃、月琴、笛子以及五子仔、喀仔、竹絲板一陣陣參差響起，都無所感。前臺各類樂器間歇演奏，各個角色不同戲詞一一響遍整座劇院，陪著米甘看戲的清雲，不時伸長脖頸，想要留意後臺睡著的香子，他就怕香子醒來沒見著大人會心慌，可與後臺相連處的布幔已經放下，他什麼也看不到，一顆心便這麼提著上上下下好一會。後來回頭一想，香子這孩子自小就有膽識，就算中途醒來，大約也不會驚慌失措，她應是會自己尋到前臺來，清雲原先的忐忑這才舒緩一些。

然而直到下半齣戲演完謝幕，清雲仍然沒見到香子小小身影。

「香子怎遮爾好睏？」最後一個樂音停止，清雲對著米甘開口說道。

「是啊，人這歌仔戲攏唱煞囉，伊抑是睏。」米甘說著站起身，清雲立即隨著米甘走向後臺，清雲雖是關心他的香子，可他也知道後臺都是歌仔戲演員換裝地方，他實在不好唐突踏入。

「阿娘，我踮遮等，汝將香子𤆬出來，咱就來轉。」

「嗯。」

米甘一進後臺，後臺吵吵嚷嚷，除了一團演員外，還有幾個像米甘這樣的戲迷，追著自己喜歡的演員進了後臺。幾個率先進入後臺的演員，看見向右蜷縮身子睡得極熟的香子，無不嘖嘖稱奇。

「唉唷，毋捌看過有囡仔遮爾好睏。」

「是啊，拄才樂器唱歌遐大聲無共伊吵起來，這陣咱遮濟人佇遮講話抑吵伊袂醒，真奇怪呢。」

「香子、香子，起來，戲煞囉，咱欲來轉囉！」但香子卻是睡得十分安穩，任由米甘又推又搖，還是不醒人事。

「我看歹叫喔，拄才前臺文武場歌樂強強滾，伊嘛是照睏。」說的人是新進演員只當「舉旗軍仔」的角色，多數時間在後臺看著前臺學習，她便是看著香子睡了半場時間的人。

「細漢囡仔爾爾就遮有定力，我看後擺不得了喔！」

「阿好契母，恁兜的香子以後絕對是好腳數。」演員你一言我一語，說的都是稱讚香子的話。米甘則謙虛地回應，但話裡也不無竊喜，「呵呵，一個囡仔人有啥腳數通講？」

「喔喔，歹講喔。」

「我看，契母，今暗就予香子參阮作伙睏。」

「這……」米甘雖是家裡發號司令之人，但對於將清雲心愛女兒留在劇院的建議，她覺得還是該問過清雲才好，「我來去問阮囝看覓咧。」

不便進到後臺的清雲，在逐漸空曠無人的樂舞臺前臺等著，他正環顧四周，看著這座時至今日已有十六個年頭的臺中極富盛名的娛樂場所，尋思賴墩等地方仕紳興建並啟用樂舞臺的心情，米甘便已由後臺匆匆來到。

「清雲哪，香子睏甲眠眠，叫隴袂起來，阿好佪講留伊今暗踮遮睏。」

「按呢怎好？只有伊一个囡仔。」

「抑有阿好佪規團的人。」

「阿娘，香子毋是劇團的人啊！」

「若無，我嘛留踮這睏。」

「呃……」清雲沒料到阿娘還有這一說，這下他就不好再多說什麼了。

那個誤打誤撞留宿樂舞臺後臺的經驗，開了一個先例，香子小小心靈感覺和戲裡人生更接近了，有一種難以言喻且按捺不下的興奮，好像在演員和道具間睡上幾天，自己都快成了劇團的一員，也將要走進演員所演繹的戲齣裡了。

隔天上午米甘才帶著香子回家，一進門香子迫不及待向滿足轉述昨晚自己睡在樂舞臺後臺的種種，說一次不夠，還抓著快要五歲的芳子手舞足蹈說得自己樂陶陶，芳子卻是聽得如入迷霧之中一臉莫名其妙。莊浮從裡屋出來，香子滿肚子快樂還沒散盡，她拉住莊浮的手一逕說著，莊浮也由她去說。

凡事有一就有二，有那睡在劇場後臺的第一回，便有接續下去的第二回，後來索性戲團在劇場演一場戲，米甘和香子祖孫倆就跟著劇團住在樂舞臺後臺，清雲為了這一對祖孫戲迷，只得天天來往家裡與樂舞臺之間，陪著看戲，同時也看看香子，否則一場戲連演十天半月，他可是會捨不得他可愛的女兒啊！

昭和十一年（西元一九三六）三月有座臺灣規模最大的民營歐式劇院，也是臺中繼樂舞臺之後，第二座由臺灣人投資興建的現代化劇場，座落在櫻町的天外天劇場竣工啟用了。這座劇場有三層樓的空間，可容納六百三十席觀眾，開幕之後輪流上演電影、歌仔戲和京劇，另外劇場還設置了食堂、咖啡廳、跳舞場與茶店等空間。

律師公會的律師們偶爾會轉送優待券給清雲，米甘和香子因此也有幾次天外天劇場看戲的經驗。天外天劇場遠在櫻町，在臺中驛的後側，自小勞動慣了的米甘沒把這樣的腳程看在眼裡，尤其是如果去天外天看劇，還可以繞去楠町莊浮大哥女兒的婆家，清雲拜訪堂姊一家，香子也識得秀柱姑姑之外的姑姑。

與人互動香子非常喜歡，但遠在臺中另一頭的天外天劇場，香子就不是很喜歡去，主要是從川端町走到櫻町距離不短，雖是迎著晚風，走來還算涼爽，但不算短的距離，兩條腿可還是會很痠。出了家門香子總不停仰頭看著多桑，有時乾脆賴著不走。

「香子啊，按怎不行了呢？」清雲輕聲問道。

「人腳足痠呢。」

「腳痠喔，來，多桑揹汝行。」清雲說著當街蹲了下來，完全不在意路人怎樣看他。

香子一聽高興極了，繞到蹲著的清雲身後，雙手扒上清雲的厚敦敦的肩膀，雙腳一蹬就要躍上清雲後背，可她的腳才剛讓清雲雙手挽住，米甘就開口罵人了。

「囡仔人有腳毋行，愛人揹，成啥款？」米甘先唸了香子幾句，接著就對清雲下達了命令，「清雲，將香子囥落來，伊攏予恁兩翁某寵倖歹去，香子已經八歲外，閣定定哀遮疼遐痛，我煞不知伊咧假鬼假怪。」米甘此話一出，清雲斷不敢忤逆，這一向是阿爹教導他的。就算清雲還想多寵香子一些，也因母親這樣阻止而作罷。

「阿嬤，人無啦！」

「無上好，按呢汝就家己行。」

「阿嬤……」

「愛看戲汝就緊，無戲若開演，頭前汝就看袂著囉！」

清雲的手剛放開時，香子還殘存著希望，或許等一下多桑又會挽著她的腳，再把她的小屁股往上一頂，她就可以舒服的貼在多桑的後背了。這一切在清雲站起身之後，香子終於明白那是空想，路最終還是得自己走，她噘著一張嘴老大不願意的拖著木屐，清雲才想開口說說香子，米甘就又搶先罵了：「木屐按呢拖，恁卡桑無教汝嗎？行路愛輕輕仔行，腳愛舉起來再閣囥落去，伊無講嗎？」

香子不敢再放肆了，因為自己一些行為總是害卡桑被阿嬤責罵，她不想再當害人精。

走著走著，香子轉而在心裡窸窣，沒出聲音的喃喃頂著阿嬤。可心裡一股氣沒說出來很難受，香子拉住多桑的手，夜色裡垂下頭來看她的清雲看到一張委屈的臉，百般不忍，於是用勁握緊香子，那一瞬，香子所有的不愉快都被晚風吹得無影無蹤，在她仰頭看清雲時也看見了滿天星星，天空繁多閃閃發亮的星星，有一種說不出的美麗，香子忍不住走兩步就抬頭看一眼，然後低頭滿足的笑著。

香子心裡想著，有多桑真好。

第十章

昭和十年（西元一九三五）四月二十一日，暮春的清晨仍有些許淡淡涼意。

這一日雖是星期日，米甘所帶領的這一家一如過去的每一天，農家一般，雞啼則起。

清晨六點多，米甘正忙著整理神桌準備清早供佛禮拜，滿足則是灶下忙著打理一家人的早飯，莊浮後院裡活動了筋骨，幫忙餵養那些雞鴨鵝後，剛回到房裡拿起書本正翻著要看，清雲也才漱洗完畢慢條斯理要回房看看芳子和銀子兩個親生女兒，秀柱挑完水回來進房要去喊醒香子，秀柱知道香子若再慢一點起床就又要被叨念了。

忽然間無預警地一陣天搖地動，門框窗框彷彿意見不合似的爭得隆隆作響，屋子裡一些放置在高處的物品匡啷匡啷的掉了滿地，瞬間發生這突如其來的震動，清雲和滿足房裡原還睡著的芳子和銀子被驚得嚎啕大哭了起來，米甘房裡的香子則是被一連串的搖晃以及一牆之隔的妹妹們哭聲驚醒，一骨碌坐起來，卻是楞坐床榻上，還一臉睡眼惺忪，沒回過神。

米甘前廳裡高聲喊著：「地動、地動，緊來走……」

清雲飛奔進房左右手分別抱起芳子和銀子，快速往外奔去，經過米甘的房間時，探頭看了一眼，立即大喊：「秀柱，緊共香子焉出來外口……」然後又連聲喊道：「阿爹、阿娘、滿足，緊出來外口……」

等到一家人都奔出大埕，地殼稍稍停止喘息，搖晃或許還有，但人人都明顯感覺比起方才暴怒似的狂舞要輕微多了。

「唉唷，驚死人呢！這个地動有夠大，毋知有偌濟厝倒去……」米甘直拍著前胸，「咱一家大小攏平安上好。」

「好佳哉咱的厝無倒，輾落來的物件撿撿咧就好。」

「阿爹，我稍等才來去撿。」清雲說。

「多桑，地動喔？」香子這時才明白剛才那一陣慌亂是因為地震。

「嗯。」清雲無暇跟香子多說，他還要安撫手中還在嚎啕大哭的銀子，「銀子乖，無代誌……」剛才奔出後已被清雲放下地的芳子則是一臉驚恐，直抱著清雲的一條腿不放。香子靠過來拍拍芳子的肩安慰她：「芳子無驚，地動無矣，來，阿姊牽。」

「去，芳子予阿姊牽。」清雲也勸著芳子去香子那兒，芳子倒是也聽話的讓香子牽去坐在大埕邊上。

那天稍後清雲將家裡整頓好之後，便出門去了一趟川端町和初音町，他知道一定有些人家需要協助復原。沿路他看到東倒西歪層層疊疊壓成一團的樑柱牆垣，路樹有連根拔起的，也有攔腰折斷歪向路面，傾倒的房屋之下都有哀嚎呼救的受困民眾，更慘的是部分已成了血肉模糊無生命跡象的軀殼。那情景教清雲心痛，他不知如何形容，只是腦中一直迴盪慘不忍睹四字。

清雲趕忙協助需要幫助的民眾，大家同在一座島嶼，說著同樣語言有著相同文化，即便彼此不熟識都陌生，但生死關頭人命關天之際，誰還想那些枝微末節的事，挽起袖子盡力幫忙搶救才是第一要務。

那天清雲直到天黑了許久才回家，家裡人看到一身髒污滿臉倦容的清雲都嚇了一跳，香子問、米甘問，大大小小問個不停，清雲忍住哀傷，告訴她們他去幫忙搶救地震受災戶，每說到罹難民眾便心酸哽咽，直嘆人生無常。

剛剛進入公學校念書的香子聽到清雲這番陳述，一則是感嘆人命如螻蟻，一則由心中湧出一股對清雲肅然起敬的波濤。

第二天清雲堅持送香子上學，因為香子才是小小一年級生，清雲擔心地震後路況不佳香子不會變通，也擔心地震造成的重大慘況會嚇壞香子。

父女倆一出家門，隨即被柳町，新富町一帶傾斜倒塌的景象震懾了。清雲昨日是向北而去，今日則是朝南邊走，才出家門沒走多遠，沿途已看見無數死傷同胞，悲慘狀況教人不忍卒睹。他們從川端町走到大正橋通（現今的民權路），沿路看到的房子倒的倒塌的塌，救災人員正忙著處理被屋樑屋柱壓著的人體，經過位在大正橋通和村上町轉角的臺灣總督府臺中病院，由各地送達需要處理的傷患不計其數，一波波潮水般湧至，病院的醫護人員已疲於忙進忙出了，可還是忙不過來。

看到這種情形，清雲當機立斷要香子自行走路去上學，自己好留在那裡略盡綿薄。

「香子，妳自己去上學可以嗎？」清雲先徵詢香子，「妳看，病院這裡這麼混亂，這麼多人受傷，多桑留在這裡幫忙，妳自己去上學好嗎？」因是在大街上，清雲以日語和香子交談。

香子堅定的點點頭，「多桑，你不必陪我去學校，我自己可以的，平常我就是自己上學的啊！」

「那……香子要走好喔！」

「嗯，多桑，さようなら。」

「香子，さようなら。」

望著香子小小背影，清雲不無歡喜，這孩子真是懂事，而且也很勇敢，面對昨日那個突如其來的大地震，她沒有驚慌，在父母忙於整理時，她很有長姊風範，把兩個妹妹照顧得妥妥貼貼。今天是星期一上學日，她更沒有吵著不去上學，此時在街景無比可怖無比混亂的狀況下，她依然十分鎮定，同時還極貼心願意成就清雲投入救援行列，這孩子真是值得人疼哪！

和清雲道了再見後，香子堅強的向著幸公學校走去。一路走來慘不忍睹的災後景象令人怵目驚心，香子小小心靈不無驚慌害怕，但多桑選擇幫助受傷的人，那慈悲心腸如同他平日幫助川端町的鄰人，每月為鄰居小孩剪髮，這是好事，她自己就算心裡有些微恐慌，也要快快讓自己平靜下來。

從地震的驚慌中渡過，日子一天天平順的過著，很快也進入昭和十一年（西元一九三六）冬日。

有一日黃昏，香子幫忙照看銀子，搖籃邊的香子邊看書邊推動搖籃，無意間手指碰觸到銀子的前額，灼熱感覺讓香子嚇了一跳，放下書本仔細瞧瞧銀子，發現銀子的兩個臉頰一片通紅，那超乎尋常的情狀，她本能感覺有異，趕緊奔去廚房告訴滿足。
「卡桑，銀子怪怪呢，若像發燒喔！」
「囡仔發燒感冒平常代誌，大驚小怪！」米甘斥了香子一句。
「阿嬤，銀子燒甲會燙人，喙顊閣紅甲會驚人呢！」香子試圖讓米甘明白銀子這次發燒不可等閒視之。
滿足正忙著晚餐，再加上米甘的態度，使得她不敢前去看看銀子。香子沒辦法，只能去取一條手帕擰濕了擦著銀子前額和手臂，米甘見狀這才去準備家裡常備的左手香和車前草為銀子退燒。可這次不知為什麼竟然沒有效果，銀子連續幾日高燒不退，清雲和滿足數日來為這孩子的狀況也憂心忡忡，心頭總壓著一塊石頭。
「講甲欲驚死人喔！」
日本政府雖是很重視環境衛生，也極用心在推廣疾病預防工作，但每年還是有幾種傳染病沒能完全掌控，總有一些病毒逮到機會就四處流竄，不幸的就感染上了。染上傳染病的病人，也還是有幸與不幸的差別，不幸的可能最後是一命嗚呼，幸運一點的雖然治好了傳染病，但也可能帶個後遺症，或殘疾終生。
銀子就是在那一波流行病肆虐時不幸感染到小兒痲痺的病毒，一開始家裡不甚清楚，以為發高燒只是單純的感冒，直到銀子持續高燒不退時，清雲夫妻倆開始慌張，滿足跟著銀子吃不下任何東西，而清雲的焦急也不亞於滿足。

已經進公學校念書的香子，從學校宣佈事項得知，有些疾病具有傳染性，因此會用手帕掩著口鼻選擇有點距離的看著床榻上痛苦不堪的銀子，五歲的芳子沒有衛生概念，也不懂要學香子那樣做保護措施，她常常忘記清雲夫妻的提醒，很自然就要靠上前去關心銀子。

「銀子乖，汝真緊著會好起來啊，二姊才揹汝去𨑨迌。」

「＊＊％％＆＆……」

銀子因為高燒而囈語，又因方才牙牙學語，她說的當然沒人聽得懂。

米甘看銀子日漸消瘦且發燒情形沒好轉，便禁止清雲和滿足再帶銀子去東平診所看病。

「免閣去看醫生，白了錢。」米甘的神情比她的話還讓人感覺冷。

「阿娘，銀子是我的親生查某囝，我怎能目睭金金看伊無脈毋救伊咧，我是一定愛送伊去病院。」清雲焦急臉色中透著堅定。

「若是救會起來送病院是好的，若是無效咧，錢毋是白開的？」米甘說得咄咄。

「阿娘，咱無試怎會知影銀子有救無救？」

「清雲啊，汝無將阿娘看佇目睭內是無？」

米甘搬出清雲最無法承擔的話，清雲兩肩倏地無力垂下，律師公會書記的他，常教著川端町的左鄰右舍要盡孝行善，自己怎能自掌嘴巴，作一個忤逆之人？但是做為銀子的父親，他有義務讓孩子平安健康，所以他試圖再和母親溝通，懇請母親准許。

「阿娘，我閣𤆬銀子去看一擺醫生就好，若是閣無好，清雲就聽汝的，但是這擺請阿娘無論如何攏愛答應清雲。」

「阿娘，請汝答應予我參清雲炁銀子來去看醫生。」懷抱銀子的滿足拉著清雲跪下來懇求米甘。

米甘定定看著跪在她跟前的清雲夫妻，那一剎那滿足以為婆婆是答應了，才有一絲希望時，米甘卻是冷硬說道：「無是銀子較要緊？抑是阿娘較要緊？」

真真是「良言一句三冬暖，惡語傷人六月寒。」

清雲背脊一陣涼意襲來，頓時跌坐跪著的小腿上，兩行熱淚沿著眼角汩汩流出，千恨萬恨他不敢恨米甘，他只恨自己無能，無能為自己的孩子爭取送醫的機會，銀子會不會恨他這個父親？

「銀子就共伊囥墊壁角就好，會好伊自然會好，若是袂好……彼抑是伊的命。」

這話滿足聽來真是絕情，低頭垂眼看一眼懷裡熱烘烘的銀子，心底不禁哀嘆一句，「唉，銀子啊，這是汝的命！」

米甘在踅進房間之前突然又迴身往回走，她走到每日晨起都會推到兩側的門扇前面，雙手伸出用力取下一扇門板。

晚飯後跟著莊浮在房裡讀書的香子，斷斷續續聽到穿牆而來的父母與阿嬤的對話，雖是滿心憤怒，但仍鎮定，在這個家裡，阿嬤常是這樣的嚴苛無理。可她也想不明白，銀子到底是多桑的血脈，不像她是抱來養的，阿嬤的心不應該這般不慈啊！

香子滿腦門胡思亂想，始終沒能有個正解，偏過頭去看看阿公，卻是老僧入定一般紋風不動。有過上次多桑卡桑因為夜裡看戲回來買了碗粿給她吃被阿嬤罰跪，她去求阿公出手相救，卻被阿公一番道理給拒絕的經驗。那之後香子就明白，阿公不做白費力氣的事，早已是比修行人更像修行人。

直到莊浮放下書本站起身時，香子才跟著起來緊拉著莊浮的手走向大廳，然後一老一小同時看見米甘拆下門板這一幕，心緒卻大不相同。

「阿嬤，門板拆落來，汝毋驚賊偷來嗎？」香子問出很實際的事。

「大妗喙，這陣日本政府管遮嚴，誰敢做賊偷？無愛命較緊！」

米甘的回應加了犀利一瞪，讓香子感到好心提醒沒得到肯定，還被指是口無遮攔，真是自討沒趣，咬著唇還是依在莊浮身邊好些。

「米甘，汝何必堅持毋予清雲翁仔某炁銀子去醫生館咧？」

「醫袂好，加開錢。」

「千萬毋通按呢講才好，銀子伊吉人自有天相。」

「汝遐厲害，會看命。」

「冊內底有講，上天有好生之德。」

「莫踮遮講講遐的有的無的，去讀汝的冊就好。」

阿嬤連阿公都不留情面，偎著滿足的芳子更是不敢輕舉妄動，她的雙手緊緊纏在滿足腰際，滿足騰出一隻抱著銀子的手拍拍芳子的手，她要孩子放心，其實自己心痛如絞。

清雲看見母親拆下門扇，顧不得他爭取女兒就醫失敗，一個箭步向前幫著取下門扇，這時聽見米甘喃喃自語著：「咱拆一扇門板予銀子躺，毋通予伊睏土跤。」

啊，原來母親仍有慈悲，這想法剎那之間在清雲腦海閃動，可難道母親的慈悲只有這麼一點點？門扇一放平，米甘快速搶下滿足懷裡的銀子往地上門板一放，回頭跟全家人說，「銀子就囥踮遮，恁誰人攏袂使來抱伊起來，會好會死攏是伊的命。」然後頭也不回的進房去了。

米甘為銀子拆門扇的舉動，看在滿足眼裡不作慈悲想，她只覺那是矯情、刻薄的慈悲，她完全不能接受，可她又無力反抗。

「銀子，我的囝啊……」滿足滿臉淚水縱橫，她搥胸頓足，因為自己無能為女兒爭取到就醫的機會。

「滿足，汝信阿爹無？」莊浮望著兒媳兩人的眼神似是穿透到久遠年代，連聲音也幽幽邈邈。

滿足泣不成聲，只是點頭。

「那按呢，汝目屎擦擦咧，阿爹共汝講，咱人佇這个世間，雖然攏是要求圓滿，但是總有種種境界現前，境界來的時咱愛按怎來轉境，這就愛有智慧，有時陣看起來無好的代誌，實際上是咧考驗咱的心，所以毋通傷執著佇一个所在，知無？」

父親的話頗富哲理，清雲慢慢咀嚼，心情也漸漸平靜，只是滿足仍在悲傷哀悽之中。莊浮見狀於是再說：「滿足，銀子這世人無論如何攏是汝的囝，這陣汝心情先平靜落來，人佮人的意念會相通，銀子會感受著恁翁仔某予伊的祝福，伊就會好好活落來。」

滿足不甚明白莊浮的話，但若為銀子好，她願意試著讓自己靜下心來。

讓銀子躺在門板上，已經兩天了。銀子到底是香子的小妹，每日上下學她都會過去看看銀子。這一天，香子下學進門喊過阿嬤和卡桑，再朝裡屋喊了阿公後，就急急要看孤零零躺在屋角的銀子，這一看非同小可，怎的才半天工夫，銀子全身竟然爬滿螞蟻，明明早上上學前看她還好好的啊！

「阿公、阿嬤、卡桑，恁緊來啦，銀子直欲予蚼蟻扛去啊！」

香子的聲量不小，穿透牆扇鑽進分別在前後院的米甘和滿足耳朵，連同在最裡屋的莊浮也被吵得放下書本和菸斗，三人分別走向大廳角落。

「唉唷，哪會按呢……」米甘吃驚得張口結舌接不下話了。

「銀子按呢有救啊！」莊浮這一說遭來米甘白眼，「汝是咧講啥？銀子這馬規身軀攏蚼蟻。」

「汝莫受氣，米甘，汝想看咧，無定著是蚼蟻將銀子身軀的病毒吸了了矣。」

「……」莊浮之說讓米甘靜心想著。

「銀子……」滿足屈膝邊撥著螞蟻邊喚著銀子，帶著深深自責，銀子似有所感，她眼皮略略皺了皺，但乏力撐開。

「滿足，汝看銀子若像抑有淡薄氣息仔。」米甘看見銀子尚有微弱氣息，莊浮趁機又跟滿足說了，「滿足，汝愛相信汝參銀子母仔囝的緣分毋若按呢爾爾，是汝的囝就會是汝的囝。」

米甘聞言轉頭打量了莊浮幾眼，難不成這個老頭讀書讀到通天理知人命了？米甘忍不住唇角微翹，綻出一朵極小極小的花。

滿足朝著莊浮點了點頭，禁不住滴下了淚水，慈母的淚水順勢淹沒了幾隻螞蟻。但她很快轉哭為笑，因為她探到銀子的額頭，明顯感覺燒已經消退了，她要趕快把這個小女兒清洗乾淨，還她一個本來面目。

「走走，惦這些蚼蟻緊走。」香子也蹲下來幫忙，芳子也來了，大家齊力幫銀子驅趕身上成千上萬的螞蟻。

「唉唷，蚼蟻有夠濟，足歹趕，卡桑咱用水沖好否？」芳子說。

滿足還沒回話，莊浮已先發聲阻止了：「芳子，蚼蟻嘛有生命，千萬毋通用水沖蚼蟻，汝愛想無定是個將銀子的命救倒轉來的，咱愛感謝遮的蚼蟻，毋通殺生，知無？」

莊浮的話又一次教滿足深思，也令米甘大大的刮目相看，就連一旁的香子也邊驅逐螞蟻邊感謝螞蟻，香子都沒注意到自己是用日語思考。

「真是你們救了我的妹妹嗎？那我應該要謝謝你們囉！但是現在請你們趕快離開我妹妹的身體，拜託拜託。」

三個大人兩個小孩分據銀子身旁，細心的撥著螞蟻，完全沒留意時間快速流過，屋外早已一片漆黑，連清雲穿過前院走進屋內都沒人察覺到。

「銀子按怎了？」清雲一見眾人圍跪銀子身旁，以為銀子怎樣了，一時悲從中來，淚水不自覺的汩汩流出。

米甘回頭看見這情形大為光火，不過是個兩歲多的孩子而已，清雲有必要如此看重？

「不過是一个兩歲外的囡仔，值得汝按呢傷心流目屎，另日我佮汝的阿爹百歲年老的時，我看汝是袂哭喔！」

米甘的冷言冷語將清雲的淚水凍結了，她不知自己這番酸言酸語竟預告了未來。

清雲望著米甘的臉，那眼神裡沒有體恤沒有愛憐只有多到滿出來的責怪。滿臉瞬間凍結的淚痕，教清雲表情都生硬了。

清雲還在想著該如何回應米甘，銀子畢竟是他的骨血，若孩子怎樣了他傷心難過也是人之常情啊！

「汝講話何必就遮爾酸咧，閣再按怎講銀子嘛是清雲親生的骨肉，銀子遮細漢，若有三長兩短，清雲做人的老爸當然嘛是會艱苦。閣再講，對家己的囝兒序細會愛護的人，是一定會有孝序大人的，做汝免煩惱，咱清雲，是一等一的孝子。」莊浮說完這番話順手拍拍清雲的肩，告訴他，「銀子無代誌矣，清雲，汝放心，汝仝款是有三个查某囝的老爸。」

「銀子……」

「銀子真正無代誌矣。」

「多桑，銀子無燒啊！汝毋通閣傷心。」香子回頭向著清雲這麼說，那瞬間彷彿一隻溫暖的手撫過胸懷，清雲整個人都輕鬆下來。

銀子到底是福大命大，任由螞蟻爬滿全身，倒是讓高燒莫名的消退了，撿回一條命的銀子帶給全家無上的喜悅，可在滿足將銀子清洗乾淨後，卻發現銀子的右腳蜷曲無法伸直，證實她是感染了小兒痲痺的病毒，此後將是終生跛了一隻腳，這個發現使得方才的喜悅逐漸消融，反而在滿足心裡刻上一道極深極深的痕印。

那個痛，將一生伴隨滿足與銀子，清雲清楚知道。

清雲膝下沒有兒子，親生女兒之一的銀子又身帶殘疾，米甘因而日思夜想這到底哪裡出了問題，面對滿足時臉色便常是陰晴不定，讓人難以捉摸。

後來聽得人家介紹柳町有個算命婆，她便興沖沖的找了去，那次還帶著香子一起。

「阿嬤，咱欲去佗位？」

「來去一个看命阿婆遐。」

「去看命阿婆遐做啥？」

「算命啦！」

「阿嬤，命是用算出來的嗎？敢毋是生出來的？」香子對米甘的說詞有異議。

「汝哪遮厚話？囡仔人有耳無喙。」

「阿嬤，我有耳嘛有喙啊！」香子實在不明白米甘的意思。

「汝這个囡仔，我是叫汝恬恬莫講話……」米甘動怒了。

香子這下不敢不閉嘴噤聲。

但香子還是不明白，為什麼有問題不能問，多桑都說不懂的地方就要提出來，這樣才能去找尋答案，可為什麼阿嬤卻叫她不要多話？

另一個讓香子迷糊的地方是，命有辦法算出來嗎？命到底要怎樣算？像一加一、二加二那樣嗎？

香子不再說話就讓米甘牽著一路走過柳川橋走上榮橋通，然後三拐四拐，拐進了一條小巷弄，小巷弄裡陰陰暗暗，感覺住著奇怪的人。隨著米甘再下了幾個階梯，然後進了一間幽暗窄仄的小房子，剛推門進去時，門扇咿啞了一聲，香子心臟兔子般上下抖動跳著，她自己都感覺到了。

「請問看命仔的有佇咧無？」

米甘的聲音在闃黑中飄盪，香子忽忽有異象之感，彷彿卡桑打毛衣的毛線球滾過似的毛成一團，她拉拉米甘短衫衣袖，米甘反射動作一來便甩開了香子的小手，香子一慌叫了出來。

「阿嬤……」

「汝是欲做啥？」

「啥人？」

三個聲音，有慌亂有斥責有平靜，稚嫩童音咬牙狠勁蒼老語調雜疊一起，硬是生出些許驚悚氣氛，使得香子所在的這間斗大室內更加黶黑許多，香子直壓著身體裡要蹦跳出來的慌張小兔子，她告訴自己，別怕別怕，阿嬤就在身邊，這屋子若真有什麼怪獸，不會只抓她這個八歲小女孩。何況她身邊的阿嬤兇起來有如凶神惡煞，這屋裡就算真有什麼難纏的精靈鬼怪，也不見得鬥得過家裡的大惡人！

香子還在天馬行空胡亂編著鬼怪靈異劇情，就見一位比阿嬤還老的婆婆從暗處的一片布簾後閃身出來，初時香子心裡慌張不安，手腳直打顫，稍稍安定後就著木窗框縫透進的幾許光線，香子見到一張滿是皺紋但端著笑容的老臉，即使那笑容很奇異，香子也安心許多了。

「恁是啥人？來遮欲做啥？」

「呵呵……我是初音町李仔孀介紹來欲算命的啦！」米甘客氣地回答讓香子很不適應。

米甘那小心翼翼的神情香子從來沒見過，她真不知道米甘這樣的改變是什麼原因，到底這屋子裡有什麼壓得住她阿嬤烈性子的巨獸？還是阿嬤的命來到這裡就被控制了？這些疑問沒人能為香子解答，但香子卻因此對那位滿臉皺紋的老婆婆存疑之外又多了敬畏之心。

「算命喔？這个查某囡仔？」老婆婆指著香子問。

「毋是伊……」

儘管米甘這麼回答，可那算命婆卻是一雙眼鷹隼一般直盯著香子，香子被老婆婆看得渾身不對勁，總覺得被透視了，體內有多少器官、甚至五臟六腑裡有些什麼似乎都被看得一清二楚，她實在不喜歡這樣，便閃閃躲躲到米甘身後去。

「這个查某囡仔面相好喔，蔭翁蔭囝。」老婆婆自言自語道。

「啥?干焦蔭翁蔭囝……」米甘似有不甘。

「老同姒，蔭翁蔭囝進前伊就先奉待汝啊！」

老婆婆這句話讓米甘喜形於色，未來當是她先享受香子的孝心，才有其他現在還不知在哪裡的人享受香子的福蔭，米甘一寬心才想到來此是要為清雲算個命，於是趕快轉移算命婆對香子的注意。

「我今仔日是欲算阮囝的命……」

「汝的囝……」

「是啦！」米甘指了指香子，「伊的老爸。」

「八字咧？」

算命婆一說八字，米甘忙從短衫口袋取出一張紅紙，是她昨晚要莊浮寫給她的。為了這一張紅紙，莊浮好說歹說還是斷不了米甘算命的念頭，不得已之下只好草草寫給米甘了。

「八字佇遮。」

算命婆接過那張紅紙，也沒湊近眼前端詳，而是揮手叫喚香子上前，「囡仔，汝來念我聽。」

香子杵著不敢亂動。

「去，看命阿婆佮阿嬤仝款毋捌字，汝去念予阿婆聽。」

香子這才明白米甘帶她來這裡是有任務的。

香子歪著上身看著算命婆手上那張紅紙念出了幾個數字，算命婆頓了一會兒，接著嘴裡念念有辭，好一會抬起頭直視著米甘好半天，問道：「老同姒，汝這个後生毋是汝親生喔？伊是汝的養子，對無？」

簡直是不可思議，才單單幾個數字，眼前這位年紀和自己不相上下的老婦人竟就能算出清雲不是自己骨血，米甘簡直佩服到五體投地了。

「毋但按呢，這个查某囡仔應該嘛毋是汝這个後生親生的。」

關於香子是養女這件事幾年來在米甘的撥弄下早已經塵埃落定，香子清楚知道並安放心裡，沒想到今日到了這一處米甘所說的算命婆婆住所，沒人事先告訴算命婆婆，她竟然也知道香子的養女身分，這讓香子大大的詫異了。香子抬頭望向米甘，發現米甘的神情也是大感意外，香子突然覺得這個算命婆婆不是普通人物，單從多桑的八字便能知曉這麼多事情，真是太神奇了。

「汝怎知影這个查某囡仔毋是我後生親生的？」米甘問。

「這个囡仔八九歲有啊吧？」

「嗯，八歲足過矣。」

「按呢就對矣，按汝的養子八字來算，伊親生的查某囝較細漢，差不多五歲爾爾。」

這些話一點也不艱深，香子字字句句都聽得明白，難道她被多桑領養是命中註定，那她還有什麼好不時怔忡的？

也在這瞬間，莊浮常說給她聽的一碗麵和三生石的故事，再一次活靈活現在腦海中過場，米甘和算命婆婆其後又說了些什麼，便入不了香子耳朵了。

米甘呢，也是被算命婆這一番言語給震住了，清雲是命裡無法早早成為一個父親啊！難怪抱來香子之前兩個男孩都無法養大，這一切終歸是命哪！

那清雲在有了自己的骨血之後呢？

米甘最最在意的便是能傳清雲血脈的兒子，何時能有？

「我欲問看阮後生啥時陣會共我生一个查埔孫？」

「伊喔……攏總三个……我是講參這个……三个查某囝顧予好較要緊。」算命婆婆朝香子看了一眼。

「後生……無嗎？」米甘停了半晌確定算命婆的語意，想想不甘又再問了一句，「我若叫阮囝娶細姨咧？會生後生無？」

「老同姒，古早人講『命底有時終須有，命中若無莫強求』，按呢汝了解無？恁新婦算是乖巧的新婦，毋通嫌矣。」算命婆說得很是語重心長。

米甘如何能甘心，為什麼她的一生會是如此，她的丈夫沒能讓她生養個男孩日後好為她養老送終，就已經是讓她凝心氣結，沒想到領進門來養的兒子也命裡沒有捧斗子望，老天如何這般偏心，莊浮家的兄弟人人有兒子，就莊浮這一房什麼都孵不出來，兒子女兒都是抱來養的！

「那按呢，我是毋是愛共阮囝分一个查埔囡仔來傳伊的香火？」

「嗯……汝欲按呢嘛會使得。」

香子回神過來發現算命婆的語氣冷冷淡淡，可是米甘卻毫無所感，在香子看來米甘應是沉浸在籌劃某件事之上。

香子總覺得算命婆還有些話沒說出口，那些沒說出口的是什麼呢？

第十一章

昭和十一年（西元一九三六），臺灣新任總督小林躋造九月上任，提出統治臺灣三原則「皇民化、工業化、南進基地化」。後來更進一步公佈更改姓名辦法，推動廢漢姓改日本姓名的運動。清雲因為就在律師公會任書記，對於政令多採高度配合，他們的莊姓就改成古莊，清雲的三個女兒分別就改成了古莊香子、古莊芳子和古莊銀子，但親戚私下交談時仍是龍香、龍芳和龍銀的喊著說著。

比起一般臺灣人子弟，香子算是幸福的，七歲過後，清雲就讓香子進入「幸」公學校（前身為一八九六年成立「臺中國語傳習所」，一八九八年改制為六年制公學校，定名為「臺中公學校」。一九一八年（民國七年、大正七年）四月一日公學校分男女兩校，此為女校）就讀。

飽受清雲和滿足疼愛的香子，每天都能穿著滿足幫她熨燙平整的潔白衣裙上學，看著香子每日清早蹦蹦跳跳出門，滿足也欣喜香子的喜愛上學。尤其是芳子看見香子精神奕奕去上學，總是在香子下課回到家就忙著跟前跟後，香子讀誦課文時她也咿咿呀呀個不停，偶爾頑皮起來，趁著香子沒留意就戴起香子那頂學生帽，那模樣不僅可愛也好笑，米甘總笑芳子是「胡蠅戴龍眼殼」。疼愛妹妹的香子總不以為意，她還會幫芳子把帽子戴正，然後慎重其事地跟芳子說：「芳子乖，汝愛乖乖食飯，緊咧大漢，就會使佮阿姊作伙去讀冊喔！」

無論清雲或是滿足，每每見到香子如此引導芳子，就備感欣慰，這孩子真沒白疼，往後兩個妹妹得倚仗她帶領了。

個性活潑的香子在學校除了上課認真聽講，下課也總是盡情玩耍，因此每每放學回到家，那一身出門前還潔白整齊的衣裙已醬得髒污不堪，宛如她在回家路上不小心掉進哪個泥巴坑裡去了。

「香子啊，無汝去學校是去讀冊？抑是去做工？」米甘故意這樣挖苦香子。

「阿嬤，去學校當然嘛是去讀冊。」香子振振有詞。

「毋過汝看汝這身軀……」

「我……」香子垂眼看著身上滿是泥污的制服，好像是過了點，也就不敢再回應。

「無人像汝按呢，敢有查某囡仔款？較早恁多桑去讀冊嘛無汝……」

米甘還在叨唸，滿足一旁用眼神示意香子趕快進屋裡去換下髒衣服，香子快手快腳鑽進屋裡換下衣服，再出來後便正經八百的在八仙桌寫起老師指派的回家功課，米甘轉過頭來一看，不無驚異，香子這小妮子手腳這般俐落，已經換上乾淨衣服寫著課題，再想到香子一向成績都很好，也就不好再說什麼了。

香子的性情一家人都知曉，從小學習每一件新事物都是全力以赴，自我要求很高一定要學到透徹，尤其是學習過程裡無論遇到什麼瓶頸或困難，香子一定不會半途而廢，她會找尋各種解決方案，或是請教同學，或是請清雲指導，再不然就是勇於向她的級任老師千代田先生請教，一旦解決了難題，香子必是歡喜大笑。清雲看著香子正向又快樂的學習態度，心裡萬般安慰，他深信未來人生路途上即使遇到困境，以香子這般不迴避且鍥而不捨的精神，必定都能迎刃而解。

至於制服，不過是在學校做操跑步搞得一身髒而已，都是小事一樁，從這兒也看得出香子不是只在乎學業成績，她對於體能也是看重的，這麼一想，清雲更是歡喜，有強健的體魄才能有飽滿的精神，未來要做什麼也才不會心有餘力不足。

日升月落，日子尋常過，香子每天快樂上學，歡喜下學。

有一天，打從一早上學香子就滿懷沉重，一路上她一直回想昨晚無意間聽見阿嬤對著多桑說的那一番話。

「無人一个養女像龍香遮好命，予恁這對父母寵甲爬起天頂矣，汝講汝家己對親生的龍芳、龍銀敢有參龍香仝款？龍香伊實在愛知足矣！伊若毋是予咱分來飼，踮伊生爸遐敢有通遮好過？」

這一切都是因為清雲下班路上順便訂了一碗切仔麵，晚間九時送來家裡，香子兩個妹妹都吵著要吃，可清雲堅持只讓香子一人食用，他跟兩個小女兒說：「阿姊讀冊較傷神，愛加補充營養，以後恁兩人去公學校讀冊，多桑嘛會買麵予恁食。」

清雲的話是蜂蜜甜入香子的心，可米甘那句話黃蓮一般滿喉苦味，更甚的是鐵一般烙印在香子腦海，往昔米甘也不過是在香子頑皮一點時，玩笑說要送香子回她本家外，從來沒有像昨晚那般斬釘截鐵地要多桑不要太疼愛她。

彷彿一顆炸單炸得香子天崩地裂，夜裡翻來覆去睡不著，腦海中千迴百轉，就算她是多桑卡桑領養的女兒，他們要視她如珍寶，為何不行？

香子這一想不免自憐自艾了起來，為什麼生身父母不要她，寧可讓人收養她？

秀柱也聽見米甘那句話，她知道這對香子打擊很大，在米甘還沒回到房裡之前，輕輕攬著香子肩頭安慰她：「香子乖，莫想傷濟，汝只要想汝的多桑卡桑惜汝就好矣。」

香子噙著淚水哽咽問道：「阿姑，我真的是多桑分轉來飼的？為啥物我的親生爸母欲共我送人飼？」

香子的話勾起秀柱回憶，那一個古井打水的清晨，春花嫂的提議，自己的熱心，到如今……若不是自己嚴苛的養母一再掀開罩巾，香子應是天堂裡天真快樂的天使。

這會兒香子這麼問，自己又該如何回答？

秀柱嚥了一口口水，然後把自己和清雲不是米甘親生的事說出，果然轉移了香子的注意力。

「呃……香子汝敢知，阿姑參恁多桑攏是阿公阿嬤分入來飼的……」香子這才十分底定之前朦朧所知清雲和秀柱都不是米甘親生的事。

「嗯，分恁多桑是欲傳宗接代……」秀柱想想有些事不需現在就說給香子聽，於是轉而說起她自己被領養的原因，「……八仙山深山林內生活真歹過，阮阿爹阿娘，我是講親生的阿爹阿娘家己攏強強欲飫死矣，哪有法度顧我，不得已只好將我分人……」

「是咧講啥？猶毋睏，做痟貓啊？」紙拉門突的被拉開，米甘射出一句冰冷的話。

秀柱和香子趕緊分向床榻兩側滾去，香子還有許多話想問秀柱，不得不生生吞進肚子裡，可秀柱姑姑方才說若沒送她來莊家，是會和親生爹娘一起餓死在八仙山，香子一直想著這話，是不是她的生父生母也面臨像秀柱姑姑生家那樣的困境，不得已才將她送人？

那一夜香子睡得不甚安穩，天明之後，還在想著生父母的生活，整個心情變得有如掛上十只鉛桶一般沉重無比。

帶著沉重的心思上學，返家果然也和平時不同。

香子不是自己一個人回家，而是千代田老師陪同返家。

當千代田老師屋前那一聲歐桑傳進屋裡時，米甘和滿足婆媳當下互看了一眼，兩婆媳腦海裡都是同一個想法，誰來了？

滿足先一步迎出前廳，見到的是不久前和清雲去「幸」公學校參觀運動會時見過的香子老師，千代田次郎，那一瞬間滿足有些慌了手腳，滿腦子想到，今天老師怎會突然來家裡？再看一眼站在老師身旁神色與平時迥異的香子，滿足頓時明白，香子八成在學校惹禍了。

「老師，請進。」滿足客氣地以日語請千代田老師進屋。

「多謝。」千代田老師大手一撥，「香子，一起進屋。」

「噢。」香子低垂著頭跟著踏進屋內。

「啊遮是按怎啊？」米甘也迎上來但不明所以。

「這位是香子學校的老師。」滿足先向米甘報告，再向千代田老師介紹米甘，「這位是我的婆婆，香子的祖母。」

「老太太您好。」千代田老師態度十分恭敬。

「噢，是老師喔，老師汝好。」米甘也鞠躬致意，然後問滿足，「老師來咱厝做啥？」

當著千代田老師的面，滿足沒有把握米甘會如何回應，也就不將自己的直覺說出來，只是含糊帶過一句，「我嘛毋知……」

「那按呢汝好好款待老師。」

「我會啦！」

「老師我先失禮喔！」米甘客氣致意，等千代田老師頷首後就踏過門檻，出門去尋找說要去柳堤走走的莊浮了。

滿足返身倒茶奉上，「老師，請喝茶。」

「多謝。」

千代田老師接過茶水，向滿足致謝後開始說明來意。

一早在操場做操時，香子和相鄰同學井上彩雲不小心相互碰撞上了。

「古莊香子，妳撞到我了。」井上彩雲先有微詞。

「妳也碰到我了。」香子不甘示弱。

「是妳先撞到我的，古莊香子。」

「明明是我們兩個同時碰到，怎麼說我先碰到妳了？」香子有很多自己的事要釐清，根本不想搭理井上彩雲，「妳無理取鬧。」

「哼，妳才莫名其妙。」

兩人忙著爭執都沒覺察千代田老師已經發現而且走上前來了。

「妳們兩位怎麼了？吵完了沒有？不過是互相撞到而已，互相道個歉不行嗎？」千代田老師沒有加以責備，但因為老師已經關注此事，香子便不再回應井上彩雲，只是白了井上彩雲一眼，然後繼續有氣無力的做操。

事情並不是這麼順利便落幕。

這一天有書法課，香子自顧自認真在座位上磨著墨，磨好後，要試一試墨色濃淡是否合宜，一來是香子粗枝大葉慣了，二來是從昨晚到此刻心脈一直不定，一個不仔細一滴淡墨滴上了同桌鄰座的井上彩雲的簿本上，井上彩雲立時尖叫了起來。

「妳幹什麼啦？墨汁滴到我的簿子了。」

「啊，真不好意思，動作太大了，滴到妳的簿子，抱歉啊！」香子禮貌致歉。

香子以為跟井上彩雲道了歉，應該就能平息自己粗手笨腳惹出的事端，沒想到井上彩雲還是一副得理不饒人的囂張。

「不要以為妳道了歉就沒事，古莊香子，我要妳賠我簿子。」

香子沒料到不小心滴到的一滴淡墨，井上彩雲居然要她賠一本簿子，霎時間從昨晚就亂竄不停的一股氣自胸中噴出，便恨恨地回應一句，「不過是一滴墨汁，妳叫什麼叫？」

香子這人是妳讓我三分，我便待妳好過五分。在家裡芳子事事聽從香子指派，香子從不吝惜對她好，多桑只為她準備的切仔麵，她一定分給芳子享用，昨晚後來她也分了芳子兩口。平常她跟井上彩雲河水不犯井水，今天井上彩雲也不知哪根筋綁錯了，從一早做操的碰撞就容不得香子，無論如何她都要卯起來盧個不停。

兩人在座位上從小聲嘀咕到大聲爭吵，不過瞬間工夫，已引得全班同學放下進行中的書寫，全都將注意力投放到她二人身上。講桌前的千代田老師從兩人一有爭執便將目光放在她二人身上，本是想遠遠關注香子和井上彩雲，讓她們兩人自行解決糾紛，此刻看來不介入是不行的，於是千代田老師張口喊了一聲，「妳們再吵，就兩個都處罰。」

老師這一聲喝止來不及拉住香子和井上彩雲的唇舌，兩人還是繼續吵著。

「妳說妳要怎麼賠我啦！簿子都髒了。」

「都已經滴到墨汁了，我又能怎麼辦？」

「我不管，妳就是要把我的簿子恢復成原來的樣子。」

香子一聽，井上彩雲這不是強人所難嗎？已經有了一滴淡墨的簿子，她如何能恢復原狀？

講臺上的千代田也忍無可忍了，起身走了下來，老師才剛剛走到她們這張桌前，才要制止拿起硯臺的香子，說時遲那時快，盛氣之下的香子索性把自己硯臺裡的墨汁整個倒在井上彩雲的桌上，瞬間井上彩雲的簿子整個都泡在黑墨之中。

「古莊香子，……」千代田老師已來不及命令香子懸崖勒馬了。

「嗚嗚……」

「啊……」

井上彩雲的哭聲和全班同學的尖聲驚叫同時充滿整個教室。

香子定定看著眼前自己的傑作，快感瞬間退去，隨之而來的是一分比一分還多的懊悔。怎麼辦？這下子一定會被老師處罰，說不定多桑還會被找來學校？我怎麼這麼衝動呢？從昨晚就累積的氣整個瓦解，香子現在是鬥敗的公雞，整個跨下來了。

為了有效管理班級秩序，千代田老師必須懲罰爭吵的兩人，於是處罰香子和井上彩雲整個上午站在教室後面隨班上課。

千代田老師將整件事情的來龍去脈說明之後，滿足羞愧得無以復加，立刻從椅子上站起來向老師深深鞠躬致歉。

「老師，真不好意思，是我們做家長的沒把孩子教好，香子在學校給您添麻煩了！」

「古莊太太，請不要這麼說，孩子來學校上學，我們當老師的就有責任教導孩子，香子在學校表現一向很好，她是一個活潑開朗熱愛學習的孩子，平常也很古道熱腸，很會照顧弱小的同學。只是今天……不知怎麼的行為過分了些。」千代田老師說得含蓄。

「香子這孩子真是……」滿足腦海中突然映照出今早香子落寞神情，這孩子到底怎麼了？千代田老師就香子在校的學習情況和表現向滿足解釋，孩子有時會有異常的表現，可能是生活上遇上難題，盼望家長和老師一起攜手合作，陪伴孩子緩和心情。千代田老師這一說，滿足恍然想到昨日婆婆的舉措，無疑是掀開一鍋熱氣騰騰滷肉，滷肉再好吃，熱氣已燙傷人了。

「老師，謝謝您，辛苦您了，還讓老師跑這一趟。」滿足是真心感謝千代田老師的提醒。

「這是我應該做的，香子今天在學校發生這樣的事情，是我這個做老師的失職，我除了讓古莊太太您知道香子今天在學校的偏差行為，也是要請古莊太太原諒。」

「啊，老師，您真是太客氣了，這樣我更加慚愧，孩子沒教好，給老師添了很多麻煩。」

那次事件的善後，是清雲帶著香子到對方家裡道歉，並賠給井上彩雲一本新簿子。

可是從此香子是養女一事，已清清楚楚流淌在家中每個人的心頭，包含芳子和銀子。似懂非懂年紀的芳子便曾口無遮攔的對香子說：「阿姊，我是毋是參汝仝款嘛是分入內飼的？」

芳子的問話讓滿屋子大人啼笑皆非，香子的心情則更是難以言說。

香子是養女的事實，早在米甘老是說要將她送回家時就已掀開一道縫，到親耳聽見米甘指責清雲太過寵溺她的時候，是被迫面對幾年來蒙在心上的那層霧。

那之後，在家裡雖然大家都不講白，但卻是如何也裝不回秘密罐子裡。

墨汁事件之後，香子經常靜靜不發一語，凝望著後院裡滿園亂蹦亂跳的雞鴨鵝，莊浮將這一切都看進眼裡，但他不說，他總以著順其自然心態看待人生諸事，他由著香子自己思索自己的身世，關於養女這件事香子必會豁然開朗。

但香子終究還是想從滿足口中得到證實，她覺得必須經由卡桑的口來確認，她才能不再糾結。

「卡桑，我毋是汝生的對無？」

滿足忙著餵食早已兩歲多，但走路一向不穩的二女兒銀子，被香子一問突的愣住，「汝聽誰講的？」滿足還想遮掩。

「阿嬤啊。」

滿足清楚婆婆總拿那句「欲將汝送轉去恁兜。」來治香子，往常滿足也只能以「阿嬤彼是講耍笑的，汝莫當作真的。」企圖粉飾太平。

滿足還躊躇之間，香子已先發制人了。

「卡桑，我已經毋是細漢囡仔，汝莫閣騙我矣。」

滿足一聽，抬頭看見香子那雙略帶幽怨的大眼睛，心裡暗自嘆道：香子真是聰明，我這樣說她也聽得出是騙她，那要如何是好？

「卡桑，汝共人講實在的啦！」香子雙手拉住滿足手臂左右搖晃，使滿足手上端的碗和湯匙差點掉下地，銀子見狀便扯開喉嚨嚎啕大哭起來。

「香子，汝看銀子吃無著糜咧受氣啊，汝等恁多桑下班轉來再閣問伊。」滿足趁機迴避了棘手問題。

「好，卡桑毋講，我就問多桑。」

香子的固執其來有自，她想做的事向來一定要做到。當晚從清雲進門後香子就跟前跟後，問了再問，清雲先是三緘其口，他不是不想正視這個問題，而是正深思如何說開才好。

「香子，多桑問汝，阿公阿嬤多桑卡桑參阿姑惜汝無？」

「……」香子點頭代替回答。

「阿公阿嬤阮大家對汝好無？」

「好。」

「汝有愛咱厝內的每一个人無？」

「有啊，香子當然嘛愛阿公阿嬤多桑卡桑參阿姑。」香子頓了一下再加一句，「閣有芳子佮銀子。」

「所以咱是一家人，對無？」

「嗯。」

「按呢……多桑佮卡桑若只是汝的養爸養母，敢有啥物差別？」

香子從多桑口中聽到這話，等於證實她不是莊家骨肉。雖然她早就心裡有數，但多桑的親口證實仍讓她恍神到發怔了。

多桑說的，有差別嗎？

有差別嗎？

多桑和卡桑以及阿公阿嬤姑姑等一家人都疼我，我比芳子和銀子都還得人疼，多桑和卡桑是我的父母啊！

那……沒見過面的親生父母呢？

他們為什麼要把我送給莊家撫養？他們不愛我嗎？

這些疑問衝擊著香子小小心靈，她兩眼噙著淚水，定定看著清雲，好一會她放聲大喊「多桑」，然後投入清雲懷裡難以平復的大哭了起來。

「乖，香子乖，毋管汝是毋是多桑親生的，汝永遠是多桑的心肝寶貝，有一日汝若想欲去找汝的親生爸母，多桑是袂共汝阻擋。」清雲將香子緊緊攬在懷裡，下頷摩挲著香子頭髮，一滴清淚自眼角滑下。

打從香子出生五十四天抱進家門，他從沒當她是領養的孩子，他待她比待親骨肉還用心，這孩子如今也已過八歲。清雲十分清楚，無論這一生他還有多少時日能和香子相處，香子都是他這一生最親愛的孩子。

此後，清雲疼惜香子比之前更甚，他是要讓香子明白，即便他們父女沒有血緣關係，但比血緣更深的因緣才是他看重並珍惜的。聰慧的香子完全明白多桑和卡桑對她的愛，然而一旦證實自己是養女，香子偶爾也會心事重重蹙眉深思，家人都不知道，小小香子心裡有個夢，有一天她要尋根去探望生身父母。

坦然面對原是隱晦的事，過去藏匿在心裡的話，此後再也無需刻意咬住。香子在多桑明白告知身世，並暗示她有朝一日可自去尋親後，心情反而大為開朗，她等著尋到親生父母，她要告訴他們，她這個莊家收養的養女是一等一的好命。

香子個性一向大剌剌，但朝同學作業簿上傾倒墨汁這行為總屬異常，第一時間千代田老師的處置得當，學校方面並未深入追究並責罰，幸好井上彩雲父母將整個事件視作小女孩鬧彆扭來理解，事件才能迅速和平落幕。

那之後清雲對千代田老師視教育為樹人志業的作法十分敬佩，特意尋個機會回拜千代田老師。清雲預先向律師公會告假提早兩個小時離開，從公會所在的大正町走到香子所就讀的「幸」公學校所在的明治町，沿路高大樹木一片蔭涼，清雲於是想到對於香子而言自己應該要成為一棵為香子遮陰的大樹。

在公學校校園裡，兩位同屬溫文儒雅的男士為了個性要強的香子推心置腹交換意見。

清雲十分明白，在家裡有個米甘不定時挑剌香子的神經，他又無能阻止改變，唯有拜託千代田老師盡其所能關照香子，清雲因而毫不隱藏的將香子是他領養進門的女兒一事對千代田老師詳盡說明。

「古莊先生，您是個了不起的父親，無私的疼愛香子。」千代田老師讚許清雲。

「哪裡哪裡，老師您過獎了，香子這孩子靈巧可愛值得疼，香子在學校還勞請老師多費神了。」清雲實話實說，也說出自己的信念，「香子雖與我沒有血緣上的連結，但總是有緣才會成為父女，我便應該好好疼愛照顧香子，盼望的是日後她長大也懂得愛護關照別人。」

「古莊先生，您不但是好父親，更是有偉大胸襟的好人，我遇過不少和孩子沒有血緣關係的父母，總會凌虐他們領養來的孩子，尤其是女兒。」千代田老師頗有感慨，「您真是這世界上不可多得的好人。」

「確實有一些養父母欺凌養女，這在臺灣社會是屢見不鮮的事，但那是不對也不好的事。」清雲嘆了一口氣，「而我，就是不想成為那樣的人。」

清雲的這句話讓千代田老師回想起前不久和香子的一段對話。

那是在四月二十一日清晨六時二分發生芮氏規模七點一級地震後的一天。

地震發生在星期日，臺中市民不若震央所在的新竹州苗栗郡三義的農民早起，因為許多人還未起床，因此臺中的墩仔腳（今臺中市后里區）以及清水街（今臺中市清水區）一帶災情十分慘重。

地震隔天許多學生未到校上課，校方也特別公告了自然災害應變辦法。

當千代田老師看到香子小小身影第一個出現在教室時，他詫異極了。

「香子，妳怎麼來學校了？」

「老師，我來上學啊！」香子回答之後再加說明：「廣播沒說今天停課，那就該來上學。」

「香子說得對極了！」千代田老師又問：「香子多桑沒陪妳來學校？」

「老師，我多桑本來是要陪我來學校，但是走到臺中病院附近，我多桑看到很多傷患需要幫忙，就留在那裡幫忙，我就自己來學校了。」

「噢，是這樣子的啊！」千代田頓了一下說：「香子的多桑真是個大好人。」

清雲自然清楚年紀還小的香子情緒易受米甘挑起的養女說波動，米甘完全小覷這事對香子可能產生多大的影響，只因她自己無法從幼時經歷的養女傷痛走出，又沒有從莊浮那兒了解孔夫子之說「己所不欲、勿施於人」的意涵。日常裡三言兩語看似不經意地脫口而出，其實夾帶了許多蓄意錐刺的意味，香子也才多大年歲，怎經得起這樣一而再再而三的挑動？

「老師，家母的做法我雖不能認同，但她畢竟是我的母親，即使我並不是母親親生的孩子，但為人子的我只能忍耐了。」

「難為您了，古莊先生。」

「為了香子，我是不怕老師您笑話。」

「古莊先生，您這一切都是為了香子著想，您是偉大的父親。」

一個剖心示人的父親和一位滿懷教育熱忱的老師，一個臺籍一位日籍，關切的是一位臺籍養女的心靈與成長。

那之後，千代田老師對香子特別留心，關懷備至。可千代田老師又不希望香子成為班上的特殊人物，因此總會技巧的邀請幾位學生同到家裡玩玩。

千代田老師的宿舍就在利國町，香子和秀霞、玉燕常一起隨著老師回家，在老師家裡，師母熱情款待她們，就連老師的父母也是慈祥和藹的爺爺奶奶。

第十二章

午夜夢迴，米甘總在夢裡遇見一身烏青的小米甘，每每遇見，米甘自己總是涕泗縱橫，而夢境裡的小米甘則是低低飲泣，彷彿哭出聲音來會把天頂打破似的。米甘想過去抱住小米甘，可兩人雖近在咫尺卻又似天涯般遙遠搆也搆不著。

「米甘仔，汝是死去佗位啊？」

「噢，來矣。」

「叫汝趕緊收收咧，汝猶貧惰，我就毋予汝食中晝。」

陳家主母廚房外不留情的喊叫，米甘一刻也不敢延遲，放下幫浦下洗了一半的衣服，噙著淚水，雙手在縫補得滿是補丁的褲子快速抹一抹。

心裡趁隙偷偷浮起的委屈，也只能勉強忍住那酸味唾液，生生的再往咽喉嚥下。

全款攏是人，為啥我比別人較歹命？爹啊，娘啊，恁哪會遮爾忍心？米甘忍不住心裡怨起早逝的爹娘。

四歲過後去到陳家，從沒被疼過一日，連一丁點的好生對待也沒，一年年拖磨，每日每夜都有忙不完的事。一日日過去，米甘滿腦子想著的是如何讓自己吃得飽一些，少挨一點罵和擰捏，根本也沒空去多想她的爹娘，怨氣裡她爹娘的影像模糊得不完整了。

唉！我這是啥款的命？

猛一回神，小米甘暗罵了自己，「閣想，閣想就袂赴去收桌仔的飯菜。」

她可不想再沒午飯吃啊！

小米甘無奈地甩甩頭，小跑步地奔進了廚房，她得快快收拾陳家人吃得杯盤狼藉的桌面。桌面上的碗筷東倒西歪，一隻碗裡還黏著幾粒米飯和一坨糜漿，是誰這麼浪費不知節儉？她可是早飯也沒得吃，這會兒肚子餓得咕嚕咕嚕叫著，顧不得那碗裡殘留了誰的口水，米甘捧起那隻碗將那坨糜漿呼嚕呼嚕吞下肚。

啊，真是人間美味啊！堪足以比擬瓊漿玉液了！

可忙了一個上午，才只能吃上這麼一口人家吃剩的冷粥，一時間，自憐的心緒又浮起，眼淚再也關不住撲簌簌地流了下來。

眼淚一滴滴流下來，想的都是一路走來可憐的養女命運，再看到自己手腳上到處青一塊紫一塊，新舊傷疤層層疊疊雷峰塔一般，淚水的龍頭打得更開了。

這一哭，哭過了頭，米甘忘記天地間所有事，更忘了此時此刻她仍然是陳家養女，她只一逕沉浸在自己的悲傷裡，幾乎滅了頂。

是一個拔尖喊聲將她喚上了岸，初始她大口喘著氣，還未從陷溺中甦醒過來，直到陳家主母那張夜叉般的臉出現眼前時，小米甘才整個回魂過來，懊悔剛剛沉溺傷痛，可再多懊悔也無濟於事。可憐等著她的是更多責罵擰捏。

「無代無誌汝是哭啥貨？哭好命喔？」陳家主母指甲都快戳破米甘額頭。

「……」小米甘什麼都不敢回應，連吸鼻子也不敢，任由鼻涕滑到了嘴巴。

小米甘真的不想活了，若眼前便能選擇死去，她會毫不猶豫的就死去。

當一個養女怎這般悽慘？

當這個念頭閃過小米甘腦際時，她也正鼓足勇氣及全身力氣要朝灶臺撞去。

誰知陳家主母先一步靠近灶臺。

「汝到這陣猶未洗米煮飯，汝喔，皮就繃較緊咧，看我按怎共汝修理。」陳家主母看了尚未生火的大灶叨叨念著，出其不意她接著說了，「中晝有人客欲來，汝加煮一寡飯，炸幾條仔醃腸，炒一盤雞卵，知無？」

「噢，我知。」小米甘輕輕應了聲。

這一回應，方才不想活的情緒全消散了，怎麼趕在客人來到該開飯時做出一桌菜，才是眼前最重要的事。

那些年在陳家，陳家的老奴們看著陳家主母這般待她，人人也學著欺她年幼，極盡能事的揶揄她挖苦她嘲笑她言詞凌虐她，人人在主母面前總推託有不能不做的重要事，大家撿著輕巧事做，一些粗重的事，包括廚下做出一餐飯食的重任便就落在小米甘肩頭。

那時，小米甘若能偷得一點點空閒，她便會往廚房後那棵大榕樹去，有時坐在樹根上有時靠著樹幹有時只是站著和榕樹對看，只要貼著大榕樹彷彿有人環抱著她，心裡便踏實許多。每每無論是微風徐徐吹來，或是突然颳起一陣強風，小米甘都感覺好像在風聲裡聽見榕樹對她說話，榕樹告訴她要忍耐，學會忍耐就沒事了。

小米甘初初沒能體會，直到有個夏日午後忽然颳起狂風下起暴雨，她從廚房小窗看向後院那顆榕樹，榕樹依然穩穩站在那裡，任由沒禮貌的風無情地掃來掃去，任憑那粗針般的雨串粗魯的錐刺襲擊，看著看著米甘突然好佩服那棵大榕樹，它是那麼的堅強，在面對陣風狂亂的欺凌時。因為這個發現，小米甘有了一點點領悟，原來生命是因各種打擊，而越見淬練精華。屋後的大榕樹時不時都得迎上風雨摧殘，可也因此更具生命力而能日漸茁壯。

小米甘看見了，天地間每一物都會在每一場風雨的洗禮之後，逐漸累增生命厚度與能量。

那麼，自己呢？是不是也能夠？

自很長很長的夢境醒來，米甘睇眼瞥了一下睡在身邊的香子，剎那間不自覺的對香子便是又羨慕又嫉妒，才四十個年頭的差距，同是養女的兩人，生命歷程竟是天差地別，是年代不同，改朝換代後人們懂得疼惜別人家孩子的緣故嗎？

每每這一念才起，米甘便又快速自己消滅了這念頭。

現下是日本人統治的臺灣，養女比比皆是，就她們所定居的川端町養女可多了，也不是每家的養女都能像香子這般被當寶一般疼著。不久前鄰里之間才謠傳著，李家養女阿金被養父母逼著得去酒家陪酒，那可也是生在這時代的女孩，比香子大不了多少歲，卻是沒能有香子的幸福。

可見養女的命運，是自己命底帶來，是被收養的女孩和收養她的家庭因緣深淺是否良善有關吧！

米甘雖也偶爾會這般自我說解，並對照自己從陳家再到莊家截然不同的待遇，深深認同莊浮平日告訴她修心修身修口，好修得來世好的因緣。

可偏偏只要兒時在陳家受虐的畫面浮上腦海，米甘逢人便不由自主地以醋酸拌佐言語，好似沒這麼從口裡吐出幾句酸噬人心人骨的話，她便跳脫不了童年陰影。

香子是養女的這件事攤破之後，時不時就聽見米甘酸言酸語揶揄香子。

「汝喔，好命喔，恁多桑、卡桑攏惜汝，愛啥有啥，芳子銀子敢有？」

「汝喔就親像霸王，強強欲爬上天矣！管兩个小妹若管啥咧，汝是將軍元帥，個是臭卒仔。」

「平平攏是人的養女，我較早哪有通親像汝遮好命，干焦為著偷吃一粒土豆，我就予人吊佇古井內，浮咧沉咧，偌驚咧，汝敢知？彼是偌可憐咧，汝敢會知？」

「阿嬸，彼陣汝外大漢？」直到聽見米甘被吊古井香子再也忍不住出聲回應。

「才五歲的細漢囡仔爾爾。」

米甘不知是需要有人分著承擔她悲慘的養女生涯，還是她以為把自己被虐的可憐往事攤開，可以讓香子覺察到能進到莊家其實是幸運又幸福的一件事。

米甘以為香子會像她一樣對於養女這樣的身分一直耿耿於懷。

其實，香子早已跳出那個自設的牢籠，養女是事實，但她不再在意，因為任憑每一個人都看得出來香子在家是得寵的，她是清雲夫婦的心肝寶貝。

香子直直看進米甘眼睛裡的深邃處，好像那裡是一片漆黑的樹林，有著不計其數的陷阱，無以名狀的苦難，與噬人血脈的不安全。香子雖只八歲多，她也清楚米甘的苦難是米甘的，對於過去已經發生的一切，她無能為力為米甘扭轉，但她相信如果米甘願意轉身逃離那座黑森林，應是可以不必擔心森林裡的毒物，但香子畢竟還是年幼，她沒能力引導米甘跑出沉溺多年的可怖森林，她頂多只能做到口頭安慰米甘。

「阿嬤，彼已經攏是過去的代誌，汝這馬是我的阿嬤，毋是陳家的養女，無人會共汝按怎，啊我嘛會共汝惜惜，阿公嘛會，咱兜每一个人攏會惜汝。」

米甘一聽，「噗哧」一聲笑開，心裡泛起陣陣甜蜜。香子是養女又如何，她也懂得疼惜人哪！可因香子這話，米甘少不得又是一陣搖頭，她拿這個頑皮養孫女真沒辦法！

「汝喔，出一隻喙，用講的共我惜喔？」

「人阿公是真正惜汝啊……」香子指著後屋。

米甘何嘗不知連香子都看得出來莊浮事事忍她讓她便是疼惜，香子這孩子真是人小鬼大，一時間米甘竟不知如何回應！

香子見米甘沒反應，加碼再說了。

「阿嬤，後擺我賺錢予汝，按呢共汝惜啦！」說這話時的香子年紀還不足九歲，絲毫不能預測未來，可她卻又信心滿滿的要奉養米甘。

「好好，龍香 真乖。」米甘笑了。

香子也頗感好奇，這世間怎會有人心肝歹毒，將一個小女孩綁在古井轆轤上作為懲罰，這會讓一個女孩心裡多害怕呀！

「阿嬤，恁養爸養母怎會遐歹心？汝若踣入古井會死去呢！」香子問了米甘。

「憨囡仔，個才毋驚我踣死，踣死才免了米。」

「喔，恁養爸養母真憨，個攏袂曉想，活咧會當做足濟代誌呢！」

香子這句話引著米甘想起幼年被使喚的情形，她真是被當成工具一樣操作，她曾經做過那麼多工作，陳家人難道都沒感受到嗎？他們那家人怎沒想到香子想到的這一層，好好待她，她也才會盡心去做更多事。

她想，陳家養父母當真不會想嗎？

也許，他們是太會想、太斤斤計較了。

「阿嬤，汝咧想啥？」香子喚著米甘。

「我……」米甘看著眼前孫女，再對照自己苦命的兒時，簡直天壤之別。

「汝喔，汝是好命囡仔，不知人的艱苦有偌爾仔濟，想起來目屎就流袂離。」米甘哀哀說道，但也想到，當真人生事一如夫婿莊浮說的萬般不由人嗎？

「阿嬤，人我是阮多桑和卡桑的心肝寶貝。」香子兀自得意的向米甘炫耀。

「心肝寶貝？」米甘從鼻孔哼出一聲，「天跤下無一个養女親像汝遮爾好命，若閣無稍共汝約束一下，汝喔，飛上天做惡霸。」

「……」香子一聽米甘說要約束她，趕緊噤聲不再回嘴，可是米甘還是繼續說著，「汝喔，袂輸新婦仔王，無驚半人。」

「誰講？阿嬤，我上驚汝啦！」

香子這話三分是真，七分是向米甘撒嬌，她早已把米甘的個性摸得一清二楚，凡事順著米甘的意，一切就好辦事了。

「呵呵，知影驚我上好，無若予汝攏毋驚半人，是欲按怎治汝？」

香子猜想不堪的往事必是在米甘的心裡鑿刻過深深痕跡，否則那些說不盡說不清說不完的恐懼，不會如影隨形跟著她一年又過一年。再過兩年米甘就到了知天命的年歲，可她心裡依舊藏著一個受虐的小女孩，不定時會跑出來透氣，香子真怕米甘心裡深處那個被虐的小女孩，不由自主的就想要報復，那可就遭殃了身邊的這些人。

許多事攤開之後反而看得更清晰。

香子從父母與阿公姑姑等家人真誠的對待中逐漸明白，她雖是養女卻與親生無異。

香子「幸」公學校的好朋友賴春滿就不只一次以羨慕的口吻對她說：「香子，汝這个款哪有親像養女？汝根本是恁多桑的寶貝嘛！」

這話說得香子心花怒放。

因為家人老師朋友的善待，香子早已不再糾結在自己是莊家養女這項上，但她仍然渴望知道關於生身父母的一切，偏偏春花一家在香子三歲那年便已搬至若松町，一時之間清雲也無法滿足香子的小小願望。

「香子，汝乖，多桑會想辦法揣著汝的親阿姑，予汝去揣伊，汝就會當知影汝生爸生母的情形。」清雲慈愛的摸摸香子的頭。

「嗯。」香子知道清雲答應她的事一定會做到。

香子有時會想自己的親阿姑長得怎樣，是不是像秀柱姑姑這樣？香子真希望一覺醒來就可以找到她的春花姑姑。

星期天清早香子很早便醒來，看見秀柱姑姑擔起水桶，她也快步隨著秀柱出門往古井打水。屋外天空還蒙著一層薄薄灰紗，無法看清較遠的地方。

「香子，汝咧想啥？」

「……」香子搖頭。

「香子，阿姑知汝咧想啥，汝咧想汝是養女這層代誌，對無？」秀柱放下水桶，定定看著香子。

「阿姑，我……」千頭萬緒香子不知該從何說起問起。

「香子，恁多桑卡桑對汝好無？」

「真好啊！」

「按呢，是毋是養女敢有啥關係？」

香子還在深思之際，兩人未及走到古井，遠遠便看到古井被人團團圍住，有女人哭泣聲音，而圍觀者人人都張嘴發表議論，秀柱和香子從遠處聽不清眾人議論內容，到走近一些才聽出一點端倪，拼湊出一個輪廓，是吉米仔家的養女阿金跳井了。

「阿金啊！汝怎樣遮爾想袂開？做汝按呢跳落去，後擺叫卡桑欲按怎就好，叫汝這幾个小弟欲按怎？」

吉米仔阿娘這番話叫許多人嗤之以鼻，有幾人紛紛以鄙夷眼神看她，甚至還努著嘴悄聲說著香子聽不見的話。

香子睜著大眼，驚惶無比，吉米仔家的阿金姊是那麼的溫馴，綿羊一般，到底什麼事逼得她走投無路？

香子愣在好幾圈大人之外兀自想著，秀柱畢竟年歲較長，已過十七，儼然大人，她逕自鑽向前去了解詳細，再鑽出來時神情落寞，一把抓起放在香子腳邊掛了兩只空木桶的扁擔，往肩頭上一擔，拉起香子的手轉身便往回走了。

「阿姑，無愛擔水啊嗎？」香子停下腳步拉著秀柱問。

「佪這馬咧共阿金摸起來，是欲按怎汲水？」秀柱忍不住回頭瞥一眼。

「阿金姊怎會去跳古井？」香子滿心疑問。

「聽講是伊養爸養母愛伊去酒家賺食，阿金毋肯才會……」秀柱不忍再說出跳井二字。

「阿金姊的多桑卡桑怎會當按呢？佪敢袂毋甘？」

「吉米仔的多桑卡桑從來就無將阿金姊當作家己生的，佪怎會毋甘？」

「嗄？」香子真真想不透。

養女的命運就真要這般艱苦？

領養進來的女兒，難道不是女兒？

香子不明白阿金的養父母為何忍得下心這般對待阿金？換作是他們親生的女兒，他們還會逼著去酒家陪酒賺錢嗎？

因著阿金的跳井，香子思緒繞著養女想過千百回。她想到自己，在家裡吃的穿的用的，哪一樣不如芳子和銀子？多桑和卡桑待她甚至超過芳子和銀子，除了沒有血緣，她哪裡像養女了？她簡直比芳子和銀子更像是多桑的親骨肉。

自從去過算命婆那兒之後，米甘就不定時向清雲提起無後這件事，清雲總也支吾其詞，身邊有三個女兒圍繞，他自覺很幸福。可滿足因是媳婦，且在銀子之後未再受孕，也就經常心惶惶，她雖也為清雲生下了兩個女兒，但沒有男丁這事看在米甘眼裡始終是個遺憾。

「清雲，汝攏無想著將來誰欲共汝捧斗？」

「阿娘……」

「汝今年嘛三十四歲矣，無少年啊！」

「阿娘，我有龍香、龍芳和龍銀三个查某囝有夠矣，而且龍香閣真捌代誌……」

「汝莫干焦知影龍香，我看咱猶是抱一个查埔轉來飼。」

米甘雖也喜歡香子，可她不喜歡清雲總把香子掛在嘴上，香子長香子短的，小小年紀的香子很得清雲的疼愛米甘心知肚明，可她就是不想要清雲把香子寵上了天，再怎麼樣香子還是一個女孩，不能繼承香火。因此之故，領養男孩的事米甘便一說再說，逮到機會就要給清雲耳提面命一番，有陣子又加上清雲旱溪庄的生母經常來川端町走動，和米甘兩妯娌時時交頭接耳密謀著什麼事，不只清雲和滿足明顯看出米甘正進行一樁秘密計畫，就連這年年初出嫁的秀柱偶爾回娘家來也看出了端倪。

「阿嫂，阿娘伊是毋是想欲分一个查埔囡仔轉來？」

「……」滿足只是點頭作為回答。

「喔，阿娘嘛真是有影……」

秀柱說這話時正巧莊浮進廚房倒水喝，聽見了她們姑嫂的對話，覺得有些話還是得跟媳婦說說，於是莊浮開了口。

「秀柱、滿足啊！」

「阿爹……」

「我看喔，抱一个查埔囡仔轉來飼這項代誌，若閣反抗嘛是無效，恁阿娘想欲做的代誌啥人擋伊有法？」

「……」姑嫂兩人都無言。

「是講若領養一个查埔囡仔會當予恁阿娘歡喜，嘛是會使想看覓按呢敢毋好？」

「……」秀柱和滿足依然無言，只是滿足會想，這不就像阿娘再領養一個兒子嗎？

那晚，滿足轉述了莊浮的言論，清雲很認真的想了又想，或許支持阿娘領養一個男孩進門，往後阿娘生活有個重心，全家人日子也會好過一些。

就因為莊浮那樣的點破，清雲與滿足也才靜下心來，接受米甘為他們所做的安排，領養一個兒子。

昭和十二年（西元一九三八）莊家加入了新人口，一個莊氏家族的一歲小男孩。

這年香子十歲，米甘去旱溪庄莊浮二哥長子家抱養一歲的男孩，選擇旱溪庄同宗兄弟的後代，主要就是考慮了同一血緣的緣故。

這個和香子一樣是領養進門的弟弟在本家就取了名，過到清雲戶口下完全沒更動，仍然是莊承孝。承孝來了之後，米甘說秀柱出嫁了，她的房間只她和香子兩人空了一些，要求能讓承孝養在她的房裡。米甘的要求提出之後，清雲和滿足腦海同時閃過一個念頭，與其說承孝是清雲和滿足的養子，不如說是米甘近期領養的小兒子，他們兩人心裡頓時輕鬆了許多。

第十三章

襁抱時期因感染了小兒痲痺以致右腿不良於行的銀子，因總督府規定身有殘疾的孩童不能進入公學校就讀，而與公學校無緣，但因清雲十分看重教育，無論如何也要銀子讀書識字，於是只能退而求其次的進入夜間學校就讀，但當時並不是每一所公學校都設有夜間學校，所以在銀子的學習路上清雲費了不少心神。

許是清雲對孩子的用心上天看見了，巧妙的因緣在不知不覺中默默牽引了。

滿足有一次上新富町市場買菜，從榮橋通左轉時見到一位長者掉了手絹，走在長者身後的滿足見到了立即彎身撿起，趨前送還給這位老婦人，老婦人感念滿足且珍惜這份因緣，從此時有往來，老太太視滿足女兒一般，極為善待。老太太膝下多是兒子，其中一位日間於州廳服務，夜間則於臺中市村上國民學校（現今臺中市西區忠孝國民小學）執教。正當清雲為銀子就學一事傷神時，滿足突然想起何老太太說過她有個兒子在村上國校夜間班任教，於是透過老太太的穿針引線結識其子何基明，再經由何基明的安排，銀子如願以償的進入村上國民學校夜間班，並且由何基明親自教導。

每個上學日子，晚飯早早吃過，滿足便揹著銀子出門去上學，這年昭和十六年三月十七日剛剛從幸公學校畢業的香子空閒時間也多，於是貼心的幫忙揹上銀子的書包陪伴滿足一起走去村上國民學校（一九四一年三月，日本發布國民學校令，同時也再度修正臺灣教育令，將小學校、蕃人公學校與公學校一律改稱為國民學校，至此，以臺灣兒童為對象的公學校學制正式結束。）

「卡桑，妳休息一下，銀子換我來揹就好。」香子每每搶著要揹銀子。

「我不累，沒關係。」

「卡桑……」

「卡桑，我要讓大姊揹。」總要銀子這麼說了，滿足才放手讓給香子。

這時香子已十三歲多，聰慧靈敏、青春活潑，應對進退十分得體。何基明十分欣賞香子的落落大方，再看到香子對待母親及不良於行脾氣暴躁的妹妹，耐性十足，總想著若有機會得好好培養這個孩子。

「香子很貼心很懂事，都會幫忙母親照顧妹妹……」何基明稱讚香子。

「何老師過獎了，妹妹身有殘疾，我應該多體貼她一些。」

「真是好孩子啊！」

「香子真正懂事，在家都會幫忙照看弟弟妹妹，是我最得力的助手呢！」滿足也真心讚美香子。

春去秋來，年復一年，儘管養女一事曾讓香子介懷，但多桑與卡桑的疼惜更深更多，早已化解那份不安，尤其是鄰人中也不乏領養女兒，一如吉米仔家的阿金姊，從來到吉米家就沒過上一天好日子，臨了還因為要逃開當酒家女的命運而選擇跳井輕生。相形之下，自己完全不必擔憂這些，實在也無需置放心神在沒有血緣的事項上。

此外，香子還學會反向思考，多桑與卡桑領養了她這個女兒，成長之路少不了讓多桑卡桑擔憂費心，這份昊天罔極恩情只有好好銘記在心，她告訴自己終其一生無論如何都要全心全力回報。

公學校畢業後，清雲和滿足都打算讓香子再繼續學業，可米甘說話了。

「查某囡仔人讀讀遐濟冊欲做啥？早晚毋是攏愛嫁人？」

「阿娘，這陣時勢無仝矣，查某囡仔嘛會當讀高等學校，嘛會使出社會食頭路……」清雲一語未竟，米甘便攔腰截斷，「讀較濟，嘛仝款是查某，敢會變做查埔？」

這一大家子全賴清雲一份律師公會書記薪俸，雖不致捉襟見肘，但也不見得好過，尤其秀柱也已出嫁數年，少了她那份水果攤的收入，對這個八口之家也頗有影響。還好滿足仍然持續在屋後養著雞鴨鵝，並且種了些菜，這對一家飲食不無幫助。但即便生活只屬小康，清雲仍願意栽培香子，清雲心裡的想法是天下任何事沒有比多些學識的好。

但米甘總再三阻撓，香子夾在父親與阿嬤之間，雖然自己也有極強烈的求知意願，可是既然阿嬤有意見，香子也就不想讓多桑左右為難了。

因為米甘作梗，香子沒能繼續求學，她倒是也坦然接受，同學中也只有極少數幾個能再升學，此時她無法繼續中等教育，並不代表她不能繼續學習，阿公所讀的一些書，滿是人生道理，她可以隨著阿公學習。

香子繼續學習的事一直懸而未決，很快的因為日本與中國的戰爭在中國土地上持續膠著，臺灣雖因是日本領地而能不受戰事波及，然而天有不測風雲，打從昭和十六年底（西元一九四一年）十二月七日，日本發動南方作戰，進攻英國及荷蘭的東南亞殖民地後，到了昭和十七年三月，日軍已經攻佔香港、馬來亞、新加坡及關島，大致控制了緬甸、印度及菲律賓的戰局。遠在西南太平洋上的日軍，也在美軍增援前搶先佔據了拉包爾，佔得了新幾內亞的戰略要地。

起初，日方連戰皆捷，所向披靡。

可是，日軍在進行南向戰爭的同時，竟也於去年（昭和十六年）十二月八日偷襲了美國珍珠港海軍基地的太平洋艦隊，以致美國自今年（昭和十七年）二月起，向日本全面開戰。

戰爭的煙硝味似乎開始要滲透進入臺灣島內，清雲每天從律師公會回來都會帶回新的消息，也因為對於未來局勢的不確定以及微微的惶惶不安，清雲便不再堅持讓香子升學。

只是原就活潑的香子，鎮日在家除了幫忙雞鴨鵝的飼養及一些家事外，其他無所事事，自覺年歲正青春，不能對家裡有所貢獻，反而只是虛度光陰浪費生命，那和當米蟲有何不同？

香子可不想這樣。

有天米甘要香子去川端町邊上的柯家米店叫米，當她從米店出來走在回家路上，遇見了「幸」公學校早她一屆的學姐玉喜子。

「玉喜子學姊妳好，好久不見了。」香子先招呼致意。

「香子，畢業了吧？」

「是啊！」

「香子，現在做些什麼？」

「也沒做什麼，就在家幫著家事。」香子撓撓腮，怪不好意思的。

「這樣啊，那香子，要不要來加入我們女青年會？」

因為清雲的看中知識，不時會將社會新知帶回家中，香子因此知道昭和五年（西元一九三〇）霧社事件發生那一年臺中的知識婦女，發起組成「臺中婦女親睦會」，一開始的會員就達六十多個，宗旨是「聯絡感情交換智識，力求婦女生活進步」。

到了昭和十七年（西元一九四二）組織更為擴大，這些香子都是從清雲那裡得知，所以玉喜子學姊的邀約讓香子發現一扇學習窗口，回家後立即向清雲報告。

「多桑，我今天去柯家米店叫米遇上了一個學姊，她邀我加入女青年會，我想去參加，您說好不好？」

「女青年會啊？當然好啊，妳可以透過女青年對這個時代這個社會多一些瞭解，很好啊，多桑支持妳去。」

米甘原想出聲阻止，隨後想到已沒同意香子升學一事，也就不加干涉了。香子沒費多少唇舌就得到家人同意，隔日便興奮的去找玉喜子並加入了女青年團，香子也真的發現這個學校之外的學習場域，進步空間更大。

秋去冬來，香子很快滿了十四歲。

冬天來時，邀香子加入女青年團的玉喜子學姊，告訴香子原於明治三十年（西元一八九七年）臺中州府將大肚下堡轄區改為臺中廳彰化支廳，在大正九年（西元一九二〇年）實施新街庄制，已改屬臺中州大屯郡烏日庄，並設「烏日庄役場」，那裡有一處馬場是專門訓練日本兵騎馬的軍事基地，但那馬場同時也對外販售馬票，提供喜歡賽馬的人一個休閒娛樂。

「真的啊？好特別喔！我們臺中也有這樣賽馬的地方。」

「是啊，就是因為賭馬的人也不少，他們需要一些販售馬票的工作人員。」

「嗯，聽起來真有意思！」香子已然心動，但她覺得還是應該回家問問清雲，「可以讓我想想嗎？我得回家問問我多桑，我可不可以去當販售員。」

「當然可以，但可別太久喔！」

「我知道，我總要跟我多桑報備一下嘛！」

「香子真是一個乖巧的女兒。」

「學姊過獎了。」

玉喜子學姊繪聲繪影馬場的事，一直在香子腦海盤旋不去。

從小生活範圍都在市區，最遠的地方還是清雲帶著去的驛站，在驛站看人來人往趕火車，在驛站看接人送人各種風情。以及去到遠在驛站後側櫻町的天外天劇場，劇場裡看戲，往往都會有種錯覺，好像自己便是劇中人物，也演著戲！

這回玉喜子學姊說的跑馬場在烏日，那是比驛站和天外天劇場還要遠的地方，如果清雲同意讓她體驗人生的話，她便是要在沒有清雲的陪伴下自己一人去烏日，這一路需要乘坐火車，以往乘坐火車都是陪卡桑回大甲，爾後若能去烏日庄打工，必是一個很特別的經驗，無論打工本身或是乘坐火車這事，香子已等不及躍躍欲試了。

那日香子一回到家迫不及待就先跟滿足說了，玉喜子邀她去烏日跑馬場打工的事，滿足因忙著要做飯，只聽到香子說有個機會可去打工，心想打工能有收入，不管收入多少，對家裡都是有益的，她沒細想工作內容及地點，也忘了問香子一下便含糊應了一聲「好啦、好啦！」

滿足這回答讓香子喜出望外，她很高興滿足沒反對她去烏日庄的馬場打工，她因此雀躍著晚餐後要去玉喜子學姊家回消息。

晚間，才上餐桌，香子便等不及再向清雲報告。

「多桑，我今仔日拄到招我參加青年會的學姊，伊講烏日庄遐的馬場欠賣票的員工，招我去遐拍工呢！人卡桑有答應啊喔！」香子把滿足搬出來背書。

清雲一聽滿足已應允，先朝滿足看了一眼，滿足那神情顯然是剛剛才知悉一切來龍去脈，清雲於是明白，若不是香子只說個大概，就是滿足沒仔細聽香子的說話內容。

「香子，汝猶少歲，閣再講去到烏日庄，有淡薄仔遠呢！」清雲試圖影響香子。

「多桑，我已經十四歲矣，愛練習獨立啊，請多桑予我機會去練習賺錢，後擺這个家無一定嘛需要我賺錢。」香子原先要說的其實是幫清雲分憂解勞，可話一出口卻是有點沉重。

「香子，多桑上班的薪水有夠咱兜用，汝無必要去馬場拍工賺錢。」

「多桑，我的意思毋是按呢啦！」香子趕緊要澄清：「不過，人玉喜子學姊講去賣賽馬券人面會較闊呢！」

「汝是一個查某囡仔人，愛啥人面較闊？」滿足這般說香子，香子不以為然，噘著嘴趕快提醒卡桑：「卡桑，拄才汝已經答應我矣，袂使得變卦啦！」

「我……」滿足一時語塞，和清雲對望了一下說：「拄才我無閒咧煮暗頓，無聽清楚。」

「卡桑，我不管啦，汝已經答應人啊！」

香子向滿足撒嬌後趁勝追擊向清雲再做一番表述。

「多桑，我雖然是查某囡仔，毋過咱兜無大漢後生，我是芳子銀子佮承孝的大姊，我就有責任作個的模範，我除了愛會曉家己照顧家己，我嘛愛會曉照顧小弟小妹，多桑，汝講對無？」

香子一番話擲地有聲，說得清雲一時間啞口無言，香子說的這些不正是平常他教育香子的嗎？香子既然如此識大體，知道該要為父母分擔家計，還知道要為弟妹樹立學習榜樣，理由如此正當，他能反對嗎？

每餐飯都匆匆扒完就下餐桌的莊浮，才剛走到後屋，聽到香子這一番雖非慷慨激昂但卻合情合理的話，捋著鬍鬚頻頻點頭，不自覺的又走回餐桌，香子一看到莊浮，宛如見到一道諭旨，立即離開椅子上前勾住莊浮手臂。

「清雲滿足恁看咧，咱香子是查某囡仔身查晡囡仔性，咱這个家有香子穩妥當的。」六十八歲的莊浮清癯面容有著一股超凡氣質，在家雖不多話，但他的話卻有相當程度的震撼力。

「阿公……」香子其實自覺是個非常女性化的女孩，不過她也知道自己個性中有不服輸的倔強部分，可是莊浮這樣就說她有男子志向，其實她不是很認同。

「阿公是講汝真有家己的看法，將來亦是這項牽汝行。」

莊浮的話眾人聽來頗多玄機，清雲向來佩服阿爹的恬淡性情，吃穿不在意，人世間的紛爭在他看來也無關緊要，就連娘親對他的挖苦嘲諷揶揄吐嘈鄙夷，他都淡然視之，那樣的胸襟何其寬闊？

阿爹這一番話分明是在說香子未來不比男子差。

那麼，如果女子不在小處著眼，也能宏觀看事，不論家庭、社會，都將會有一番新格局才是吧！如此想來，眼下正青春的香子亟欲開展她的視野，做為父親的他理應大力支持，設若因疼惜而不加鼓勵，甚至阻擋，反而是障礙她成長吧！

那麼，樂觀其成甚至鼓勵肯定，總是他這個多桑可以有的態度。

「好啦，多桑就答應汝，毋過汝嘛愛答應多桑，去烏日庄的馬場賣馬票干焦是會使當作一種學習參趣味，千萬毋通全精神攏囥佇賺錢的事項，知無？」清雲思索再三終於應允。

「多桑，我知啦！」

香子怎會不知多桑疼她，就是因為疼惜她才會同意讓她出去多見世面。從清雲這一番話裡，香子更明白了清雲不希望她因身是女孩就小心眼，凡事只在金錢上斤斤計較。

那之後，香子每日早起匆匆用過早飯，就趕著出門，她從自家川端町二十五番一路走向橘町三丁目二二番地的驛站，香子深記著莊浮與清雲的教誨，與人相約絕不可遲到，何況這還是去打工呢，更要慎重其事。香子總是第一個到達驛站，等到青年團的學姊來了，再和她們幾人一起搭乘きいしゃ（火車）到追分，在追分下了火車再徒步走上大肚山麓的馬場。

第一次去那裡，香子簡直大開眼界，從沒見過那麼大一座大型競技場。除了設有練馬場，另外也還有高爾夫球場（戰後中華民國政府接收為成功基地，之後規劃成為「成功嶺訓練中心」，為陸軍入伍新訓與大專集訓的地方）。

對香子而言，初始雖是抱著增多人生閱歷的心情前來，但真正接觸工作之後，販售馬票的收入也逐漸成為香子熱衷的事。雖然清雲再三叮嚀香子勿把焦點都放在賺錢事項，但真正手握自己的勞力所得，她內心既滿足又欣喜，更多的是能分擔一點點家用的驕傲，這讓香子更相信日後自己終將能獨當一面。

早先香子確實只是抱著好玩心態和學姊一起去大肚山的賽馬場打工，可生手的她第一天就蒙天神眷顧，她所負責販賣的二號馬票，竟然鬼使神差的跑出第一名，押二號馬的民眾無不歡欣鼓舞，香子看著也覺得那些人真是幸運無比。

然而，更幸運的是香子，那天除了售票工資外，依照往常慣例主管還要發給販售二號馬票的香子一份獎金。

「香子桑，這份給妳。」主管的遞出一個紙袋。

「噢，不不，我已經領到工資了。」

「香子，這是妳該得的。」學姊在香子耳畔說著悄悄話。

「嗄？」香子不明所以。

「香子桑，工資是工資，這份是妳賣出的二號馬跑第一應得的獎金，收下吧！」

香子這也才明白，原來她所售出的那號馬匹如果賽得第一名或第二名，馬場經營者會發給販售該號馬票的女孩一定比例的獎金。

這真是讓香子太意外也太高興了。

香子一回家喜滋滋的第一個向米甘報告。

「阿嬤，汝知無？」

「汝無講，恁阿嬤怎知？憨囡仔。」莊浮代米甘回應。

「呵呵……」香子不好意思掩嘴一笑，「阿公、阿嬤，人我今仔日賣的彼隻馬走第一，所以我有獎金喔！」

「真的喔？獎金有偌濟？」米甘問。

「呵呵……香子真正是福將喔！」莊浮的說法不同於米甘。

「阿嬤，拍工的錢佮獎金攏佇遮。」

香子把兩份紙袋全交給米甘，米甘接過手滿面春風，心裡也頗為高興，這個家又多一個人賺錢了。

第一天就讓香子無比歡欣，因而更愛馬場售票的工作。

而香子也極為幸運，每日快樂銷售馬票，所經手販售的馬票所對應的馬匹又多次勝出，她也總能在打工收入外，再多分得獎金。

香子一向是工資領到手，回到家後就是交給掌管一家經濟的米甘，雖然米甘不見得會賞幾個錢給香子，但香子心情仍然是愉快的。一來是公學校才畢業一年就能夠有這樣的打工機會，每日在烏日庄的馬場看見形形色色人等，益發的見多識廣；二來是販售馬票的工資加上可觀的獎金，對於家用不無小補，更是件讓香子引以為豪的事。

因為心情愉悅，每日早晨總是踏著輕快腳步穿越柳川橋，再走上榮橋通，香子少不得還是向兩旁的日式屋宅行注目禮，她還是喜歡榮橋通的住宅氛圍，走過這裡能讓她築起更高的打工興致。每每從臺中驛搭上了火車，香子總是帶著郊遊般的心情，歡喜要出航。大多時候因為歡喜，也因為貪看沿途秀麗風光，香子總捨棄車箱內座位不坐，選擇坐在上下車廂的臺階，任由兩條腿垂掛車箱外晃動，一路哼唱歌曲到大肚山。

獨夜無伴守燈下　冷風對面吹　十七八歲未出嫁　見著少年家

果然標緻面肉白　誰家人子弟　想要問伊驚歹勢　心內彈琵琶

想要郎君作尪婿　意愛在心裡　等待何時君來採　青春花當開

聽見外面有人來　開門甲看覓　月娘笑阮憨大呆　被風騙不知

作曲：鄧雨賢　作詞：李臨秋

《望春風》

「喔，香子，有喜歡的人喔？」同行女伴取笑香子。

「亂講，我只是唱歌而已，妳別亂講。」尚未十五的香子，對於男女之愛還沒任何遐想。

「對啦，只是唱歌，我們大家一起來唱……獨夜無伴守燈下，冷風對面吹，十七、八歲未出嫁，見著少年家，果然標緻面肉白，誰家人子弟，想要問伊驚呆勢，心內彈琵琶……」玉喜子學姊的發聲適時為香子解除了窘境。

可是唱著唱著，玉喜子又想到香子總是幸運販售到贏得比賽的馬匹，一時間欣羨不已。

「香子，妳真是幸運呢！」

「嗄？」正唱著望春風的香子有點莫名。

「妳賣出的馬票都是第一、二名，領的錢都比我們多。」

「嗯啊，我也不知道怎麼會這麼幸運？」香子撓撓耳後些微不好意思。

「真叫人羡慕呢！」

「香子領那麼多錢，該請客。」另個學姊這麼說。

「啊……」香子杵了一會兒期期艾艾的說道：「可是我錢都全交給我祖母了……」停了停香子

再說：「不然，下次領錢時我回家跟祖母要一點零用錢再請妳們吧！」

昭和十七年美軍首度對日本發動的大規模攻擊，是由太平洋艦隊出擊日本所屬的吉爾貝特群島和馬紹爾群島。其後更於同年六月四日於中途島西北海域爆發海戰，戰事一直持續到六月七日，大日本帝國海軍在中途島戰役吃了大敗仗。

中途島海戰是太平洋戰爭的分水嶺，美軍憑藉勝利扭轉了向日本全面開戰以來的被動情勢，並且恢復了美日兩國在西太平洋的海權平均勢力。

此後，日本海軍失去開戰以來的戰略主導權，隨後更由於在西南太平洋與盟軍陷入消耗戰，遂在戰爭中逐漸走下坡。而那詭異的氛圍從一開始的模糊不清，到逐漸明朗再到臺灣島民都略知一、二時，正是第一批的臺灣志願兵光榮入伍，日方並調派高砂義勇軍將遠赴南洋作戰。

清雲和滿足慶幸當初領養的是女兒，否則此際十五、六歲以上的男孩總得擔心被強硬徵調，雖然莊家也有男孩，好在承孝六歲不到，連國民學校都還沒入學，不是軍方徵調的年齡層，夫妻倆因此放心不少。

因為戰事的擴大，烏日庄的練馬場必須加緊訓練戰場上需要的馬匹，在此同時賽馬生意也一落千丈，經營者只好結束賽馬生意，香子也因此沒了打工機會，她先前允諾的請客一事便也不了了之了。

香子真是討厭戰爭，然而她再討厭戰爭，生活還是得繼續。

有過販售馬票賺錢的經驗，突然間沒了收入，香子自覺宛如一個俠士突然被廢了武功似的，好不悲慘！在此同時，香子也發現家裡少了她一份收入，多少有些影響。

於是，香子開始積極找尋工作機會，終於在秋末的十一月時被一家針車會社錄用了。

這回香子正式開啟她的就業生涯。

第十四章

因為戰爭因素，日本政府需要的戰備物資急速加大，民間物資隨即採配給制度。同時皇民化運動轉入第二階段，日本政府開始強烈要求臺灣人說國語（日語）、穿日式服裝、住日式房屋、放棄臺灣原有的民間信仰、改為參拜日本神社。此外，「國語家庭」能夠享受特別優惠，改成日本姓氏的臺灣人食物配給比一般臺灣人多，此外連子女在升學競爭上也較佔優勢。清雲因為在律師公會擔任書記，早已是標準的國語家庭，因此基本生活尚能維持。

太平洋戰爭一起，民生物資日益緊縮，香子一家在三代人齊心合力之下，蔬菜仍然自己種一些，另外還偷偷養著雞鴨好補充配給豬肉的不足，如此戰戰兢兢的勉強維持溫飽。

可好景不常，昭和十八年（西元一九四三）開春乍暖還寒之際，清雲一個不小心染上了風寒，起初以為僅僅只是普通感冒也就不以為意，只是前往離家有段距離的東平診所看診取藥，回來吃了三天藥依然精神不佳整天病懨懨，叫人傷神的是還發燒，而且發燒的狀況也是退了又燒、燒了又退，時好時壞。

滿足看清雲這樣子，整個人六神無主，不知怎的就惴惴不安起來。滿足看莊浮宛如化外之人，清雲的事找他去說，他總是說些滿足無法理解的話，可滿足又畏懼米甘，不敢找米甘商量。

「汝人艱苦已經遮濟日矣，這是欲按怎……」

「滿足，免煩惱，我只是感冒爾爾，真緊就會好起來。」

「怎叫人袂煩惱？」

家裡一切米甘做主，滿足雖有意讓清雲去大一點的醫院看病，但米甘沒發聲，她也不敢自作主張。倒是清雲這一病這麼多天米甘也慌了，清雲雖不是她親生，可卻是這個家的主心骨，過去是清雲支撐起這個家，未來乃至於到她年老她都要依靠清雲。

「定定按呢燒嘛袂使得，我看換一間較大間的醫生館看較好。」

因為米甘的建議，滿足順勢鼓勵清雲順從母命，於是滿足陪著清雲轉往昭和七年（西元一九三二）在錦町（今平等街）設立的澄清外科醫院就醫。

經過畢業於日本大阪醫科大學的林澄清博士詳細檢查，診斷是感冒併發了腦膜炎。

「腦膜炎？」滿足大為吃驚，「不是感冒而已？」

「初期是感冒，但是現在已經併發成腦膜炎了。」

「確定是腦膜炎嗎？醫生。」清雲還是存疑，他怎麼也沒想到病魔侵占了他的身體。

「確定是，我看你還是到臺中病院去住院治療比較妥當。」林醫生善意建議。

「醫生，有這麼嚴重嗎？」滿足一聽得住院立刻愁容滿面。

「已經腦膜炎了還不嚴重嗎？仔細一點總是好的啊！」

返家路上夫妻倆心情又低落又沉重，滿足想著像清雲這麼善良這麼好的人，老天怎麼忍心讓他得了這種棘手的病，三輪車上的清雲迎著寒風想著身旁的妻子家裡的孩子，以及一對年邁的父母，無論如何也要戰勝病魔。回到家除了莊浮，其他人全圍攏過來，跛著腳的銀子硬要搶到最前面，香子扶了她一把免得她跌倒，再抬起頭時看見清雲和滿足黯淡無光的眼眸，心突然緊緊揪了起來，一個不祥陰影拂過心門，瞬間感覺冬天還未遠離。

米甘問起了看病結果，她手中抱著的承孝伸手嘻笑著去扳滿足的肩，滿足整個心都是愁苦無力去逗承孝，可這也惹惱了米甘。

「無汝彼是啥屎面？承孝欲搭汝這个老母，汝閣結彼个面腔……」米甘頓了頓再給滿足安一個罪名，「無汝是咧咒懺阮清雲是無？清雲會破病攏是汝這个規日結一个屎面的查某致蔭的。」

香子苦苦看著米甘，都這節骨眼了她還能這樣不分青紅皂白的罵滿足，再看一眼米甘手上已五歲多的承孝，突然小小埋怨他的不知天高地厚，於是趁著米甘橫目對著滿足的時候，香子狠狠瞪了承孝一眼，在弟妹面前向來有幾分威風的香子，這一眼看得承孝不敢再亂動，乖乖的伏在米甘肩頭，沒多久就扭著身體滑下米甘懷抱，抿嘴貼著米甘腿邊站著。

清雲忍著身體的不適，他有氣無力地回答米甘，「阿娘，滿足是咧煩惱我的身體才無心情抱承孝。」

「到底醫生講啥？」米甘這才轉了話題，再度繞回清雲的病況。

「醫生講感冒引起腦膜炎，叫我愛去臺中病院住院治療。」

一旁的滿足本以為婆婆會催促清雲立刻去臺中病院住院治療，沒料到米甘的回答卻是：「今仔日嘛暗矣，明仔透早才閣看覓咧！」

那天夜裡清雲體溫又再次升高，滿足等不及天亮，三更半夜去敲莊浮門扇求莊浮作主。

「阿爹，清雲半暝閣燒起來，我看愛聽林醫師的話緊來去臺中病院住院。」滿足哽咽請求：「阿娘迡……拜託阿爹汝……」

滿足這話雖說得不甚清楚，莊浮卻是明白她的意思，很快的莊浮便去跟米甘說了事情嚴重性，米甘半信半疑間同意了讓清雲前去臺中病院掛號住院，滿足於是趕緊整理了需要物品，出門招呼一部人力車就陪清雲前去臺中病院了。

然而，為時已晚。

清雲入院後第二天精神就有些恍惚，那日香子向針車會社請了假，整日都在病榻前陪侍，也不時向虛空合掌禮拜，祈求諸佛菩薩保佑清雲安然度過病程，可偏是天不從人願，這一天她才回家漱洗再回到醫院，清雲就已陷入彌留。

香子定定凝望著病床上只剩微弱氣息已不再睜眼看她的清雲，床榻前跪在地上的滿足涕淚縱橫哀傷逾恆，聲聲呼喚不省人事的清雲，香子的眼淚默默的滑出眼眶，流過兩頰漫向唇角，無意間的抿嘴被一陣鹹味震住，往後的生活沒了多桑將失了甜味。

住院第三日，從小是她眼中大樹的清雲，逃不過病魔的手掌，撒手人寰棄她們而去，得年三十九歲。

香子跪在清雲床邊泣不成聲，她多想她的多桑再牽著她的手走去やながわ、榮橋通、櫻橋通、

干城橋通和みどりかわ，那些美好的過去在她瑩瑩淚光裡歷歷在目，她都還沒能有機會好好回報多桑，老天竟就將多桑召回，香子的心好痛好痛！

待院方將清雲遺體移往太平間後，香子快速返家向家人報喪，隨之一陣呼天搶地衝破厝瓦向天而去。

「清雲哪……汝真不孝，怎樣先走？汝叫阿娘欲按怎？清雲哪……」

「清雲……」

「多桑……」

香子看著失去兒子的阿公和阿嬤，再看到跟著哀嚎的銀子和承孝，回眸看一眼大門外，想的是待會兒下學回來的芳子，該如何安慰她？

清雲因腦膜炎病逝，仍在戰爭期間，後事一切從簡。待一切事宜處理完畢之後，香子將清雲的牌位迎回家，米甘一看好端端的人只剩下一片木牌便又是一場哭天告地的，喃喃唸道她歹命，白髮人送黑髮人。

米甘這一生真正長了根，是在抱養清雲之後。

一歲抱來，在自己用心調教之下，她若說一，清雲斷不敢說二；她生氣，清雲便是攬下所有過錯，米甘以為這一生終也能有所依靠；她以為清雲會侍奉她到百歲年老；她以為從前不曾享受過的家庭歡樂，會在清雲和孫兒們的承歡膝下裡找到，她以為……

哪裡知道清雲會比她先走；哪裡知道自己一生都得在苦海裡泅泳。

米甘恨哪！

這一恨，連幼時遭陳家人凌虐的往事一起刨出根來，再全數往外拋擲。

那之後，米甘看滿足的眼神一日怨過一日，信口開罵的次數也越來越頻繁。一開口，罵的又都是子虛烏有盡由她自編一套，簡直是將一塊白布染成她身上所穿的黑衫。

這是昭和十八年初春，年尾香子才將滿十五歲，可清雲沒能等她長大成人，沒能看見她結婚生子，他一個原是身體健康的壯年，只因一個小小風寒轉移成腦膜炎便就突然病逝。短短十天，莊家失去了支柱，莊浮和米甘沒了兒子，滿足沒了丈夫，香子等四個孩子沒了父親，芳子、銀子和承孝的倉皇失措與痛哭失聲，以及滿足的低低飲泣，教一旁的香子顧不得自己失怙的痛，和止不住的淚水直流，立刻就和莊浮忙著安頓一家老弱婦孺。

這個驟變讓家裡亂成一團，米甘成天怨天怨地，滿足鎮日以淚洗臉，弟弟妹妹慌亂無所適從，都教香子告訴自己，儘管自己心裡的痛沒比阿嬤、卡桑和弟妹們少，可她是長孫長女長姊，沒有迴避退卻的藉口，此後這一個沒了兒子沒了父親的家，就是需要費很大的勁去調適，她也責無旁貸，一定得讓家裡三代人趕快適應少了多桑的生活。

而另一個更大的難題，自清雲嚥下最後一口氣時已等在香子的前方了。

那就是這一大家子未來的生活來源，錢雖非萬能，但沒錢萬萬不能。

偏偏這一年臺灣島內因為日方南向戰爭軍需關係，在島內掀起戰爭的相關浪潮，對於全島人民的影響奇大無比。可香子他們這個祖孫三代的家庭，不只因臺灣風雲變色的境遇而有影響，更因清雲這個中心人物的亡故而陰鬱慘澹。

香子深深記得多桑往生前一日撐著精神的最後那一番叮囑。

「香子，妳是我們家最大的孩子……多桑若是怎麼了，妳要代替多桑照顧好阿公阿嬤和妳卡桑……以後芳子銀子承孝也要依靠妳栽培提攜了……香子，此後妳肩頭擔子不輕，會很辛苦……但多桑……一定要拜託妳……幫我這個大忙了。」清雲說說停停費了好大的勁才把話說完。

「多桑，您千萬別這麼說，您的病很快就會好起來，家裡的事您不必擔心，我從去年十一月就開始到裁縫機製作工廠上班了，薪水可以維持家用，多桑，您好好休養，以後我還要賺更多錢孝敬您呢！」

「香子，多桑自己的身體自己清楚……」清雲虛弱得說不下去，停了半晌才又接了一句，「香子，謝謝妳，妳的孝心多桑……怕是無福享受了……」

香子聽見清雲這樣說，難過得鼻酸心酸，淚水直在眼眶裡打轉，可她還是頑強的忍著。

「多桑，您千萬別這麼說，好好休養，很快就會好起來的。」

「香子，真的要拜託妳……替多桑多盡孝心，多桑……感謝妳，下輩子……一定會有因緣……讓我來報答妳。」

香子的眼淚已不聽使喚地奔流了滿臉。

「多桑，請您不要這樣講，這是香子應該做的，多桑請放心，我一定會做到讓您歡喜。」

一向視她如珍寶的清雲還是躲不過病魔，輕輕地走了。留給香子的是除了最後的遺言，便是過往許許多多美好記憶。

過去有多少美好，現在就有多少傷痛，這些始終交替縈迴在香子心裡。但現實狀況卻不容許香子沉浸在失去多桑的悲痛裡，她強迫自己要堅強挺住，這個家老的老、小的小，如果不能讓他們好好生活，多桑一定也會捨不得，她又怎麼對得起多桑？

想想，自己是家裡的長女，是多桑用盡全心愛護、栽培、照顧的女兒，這個家在失去多桑這個大樑之後，她理所當然該要代替多桑撐起一切，好安慰多桑的在天之靈！

變故後香子在一夕之間成長了，她知道往後一大家子吃穿全都要看她，她再不能像多桑在世時那樣，去馬場打工只是好玩、增加生活見聞。幸好去年秋天馬場不再經營賽馬生意後，她也立即在豐原區大雅鄉的臺灣勝美針車會社找到了工作，現在才能有這樣小小一筆穩定收入，用來餵養家中每一張嘴。

香子正式踏入社會工作賺錢養家的第一份工作，是勝美針車會社的給事（工友），月薪十五錢，一如之前在烏日庄馬場販售馬票一樣，香子不敢私藏一分一毫，賺進來的每一分薪水全數交給米甘，再由米甘掌理一家用度，若米甘有想到該撥給她一點點零花，香子是會收下來，但如果米甘什麼都沒表示，香子自然也不敢跟米甘索討要零花的錢，這一切都是長年以來香子看著清雲，她比照學習。

「阿嬤，這是這个月的月給。」香子恭敬雙手奉上。

「哪遮爾仔少？」米甘數過後說了這樣一句，彷彿在香子心門敲了一記木椎。

「我是新手，社長有講後擺會閣加薪啦。」

「喔。」米甘臨入臥室回頭再補一句，「汝是毋通偷搵私傢喔！」

「阿嬤，我袂啦！」香子心裡淌著血，阿嬤怎是這樣看她？她是多桑的孩子，謹記多桑的教誨，雖然小時候的她頑皮了點，但今後為了這個家，她只有掏心掏肺盡力去做，絕不會有所保留。

清雲在世時怎般順從米甘，香子從小看在眼裡，如今她的多桑雖已歿去，但對於孝敬阿嬤這件事，她不會因為多桑已不在人世而有所改變。

香子記得阿公教她誦讀過論語，書上有篇寫的是，「三年無改於父之道，可謂孝矣。」莊浮教讀論語的時候曾經為她詳加說明過，她是懂得的，而且她也早就立志，要將父輩盡孝的職志一路傳承下去。

因為清雲給過香子許多愛，所以香子把順從米甘視作是在對清雲盡孝。每天上班下班過著規律的生活，勝美針車會社給事的工作，越做越順手，社長也看見了香子的認真敬業，於是很快的薪水便從原本的十五錢增加到三十錢。香子照舊全數交給米甘，沒暗自攢存半分一毫。可是即便香子收入加倍了，米甘給她的零花仍是時有時無。

錢，這事從來就不是香子眼中的大事。

家裡的人，除了米甘喜歡掌握經濟大權，享受那份快感，其他人對錢都沒什麼心思。

自香子有記憶以來莊浮就不碰錢財。

清雲生前更是經常對香子說：「錢是身外物件，夠用就好，有多餘的錢財若是願意幫人，我們就多幫人，人的一輩子幾十載春秋，什麼時候我們需要別人幫忙還未知呢！」

因為莊浮與清雲兩父子的影響，香子自然耳濡目染到無需計較自己擁有多少，同時也學到錢要用在需要的人身上，所以零花的錢多寡她真是不在意。

可同樣是養女出身的米甘，幼年的苦不但讓她害怕，也在她心裡烙下很深的痕印，並且因為已經習慣掌管一家人日常開銷，對於錢，苦過的她，斤斤計較。

莊浮將菸斗離了唇邊，看了依窗發呆的香子一眼，發現這孩子長大許多。

人生的無常，莊浮早已透徹，然而這個收養的孫女正值花樣年華，她一向得盡父母疼愛，瞬息之間無常一來，她在毫無心理準備之下，便得接受父親已不在人世的事實。命運很殘酷，由不得香子多用一些時間緬懷父親以往對她的好，因為這一家老弱婦孺，個個手無縛雞之力，她得用心神籌措往後的生活所需。

莊浮實在也不忍心，香子還不滿十五，柔弱的肩沒得商量，一定得挑起一家重擔。業緣如此，又能如何？莊浮捻捻下頷灰白鬍子，心想得讓香子這孩子明白，萬法因緣生，萬法因緣滅。

「香子，阿公欲講故事，汝欲聽無？」

「好。」香子懶懶應了聲，然後從窗邊幽幽轉過頭來，方才失去疼她的多桑，好似她的心也破了個洞，空空的。

香子坐在木凳上，靜靜的看著莊浮慢條斯理點燃他的菸斗裡的菸絲，想起從前幫阿公捻菸絲的事，彷彿才在昨日，怎的轉眼便成過去，歲月、生命，真像那冉冉上飄的煙圈一般，在空中轉過一圈圈之後便消失無影了嗎？

「今仔日咱欲來講啥故事咧？」

莊浮吸一口菸，再徐徐吹氣，他讓口中飄出縷縷輕煙慢慢迴旋而上，他多希望雙眼瞇成線定定看著的香子，能夠有所領悟，萬法無常。

香子陶然層層煙霧，突然間她警覺到過去早已過去，她已經不再是小女孩了，阿公也近古稀，往後還有多少機會能聽阿公說故事？倏地香子震了一下趕緊脫口說道：「阿公，我想欲聽汝講三生石的故事。」

「三生石喔？」莊浮心下暗是歡喜，香子這孩子總有慧根。

「是啊，三生石真有意思。」

「阿公、大姊，是不是拜拜的三牲？」前年夏天開始上學的九歲銀子，一跛一跛走近阿公與香子，心性比年齡天真。

「毋是啦，銀子。」

香子看看走近的銀子，她那蹣跚步伐拖得辛苦，想到銀子兩歲那一場大病差點帶走這條生命，也就不會對她突然攪局生氣，只是看著銀子突然有所感，多桑讓她讀到公學校畢業，眼前這個小妹是多桑的親骨血，多桑不在了，還有一年才畢業的芳子，以及銀子夜間的學習怎麼辦？能中斷嗎？不行，無論生活如何艱苦都一定要讓芳子和銀子繼續讀書，至少讀完六年國民學校，和自己一樣，香子心裡如此決定著。

「這个三生是講三世人生，不是拜拜的牲禮。」莊浮慈愛的撫撫銀子小頭顱，「銀子，想欲聽阿公講故事無？」

「嗄？毋是雞肉、豬肉參魚仔喔，按呢我無愛聽。」銀子一聽不是三牲，帶點不屑的口吻說道，隨後便又拖著帶有殘疾的腿往廳外移去。

「唉！三生石的故事有很深的意義，銀子怎樣無愛聽？」莊浮把菸斗抽離嘴，嘆了一口氣，可是銀子無心在聽講故事，莊浮的感嘆她也無能感知，倒是香子已經稍有不耐了。

「阿公，汝緊講，我稍等咧猶有代誌愛做。」

「喔，對喔，按呢我愛緊講。」莊浮被香子這一催正襟危坐了起來，他定定看著這個將會把家支撐起來的孫女，就當這故事是對她的感謝吧！

唐朝安祿山叛變，東都洛陽失陷，李源年少生活豪奢、交遊廣、嗜音樂、善歌唱，但自父親死後，心中悲痛憤慨，發誓不作官、不娶妻、不吃肉，獨身居住惠林寺達五十多年，為一在家修行居士。

惠林寺住持圓澤禪師因懂音樂，故而與李源成為知交好友。

有一日兩人相約出遊四川名山，李源要求由水路溯江進入四川，圓澤則寧願取道長安經陸路入四川，二人因此爭執許久。李源心事圓澤能知，可圓澤心意李源渾然不知，還義正辭嚴說道：「我已發誓不作官，不與官場中人來往，怎可再去長安？那些官場中人遇上了，可要以為我改變心意了。」

「唉，人的行為是不由自主的啊！」圓澤嘆了一口長氣，「業啊！」

兩人於是依李源說法緣湖北而進。

船行到南浦將上岸時，看見一位負著瓦甕至河邊取水的婦人，圓澤一見便流淚，「我不走水路就是害怕遇見她。」

「這一路上遇見的婦人何其多，何以你獨獨怕見她？」李源不解。

「唉，我註定應做此婦之子，她已懷胎三年，如今我來此遇上了，就無法再逃避，只好去投胎，請在此多停留數日，為我料理身後事。三日後請來王家，我將以一笑回應。十三年後的中秋，請至杭州天竺寺外，月夜下將再相逢。」

圓澤哭喪著臉說了這一段話，李源聽著既懊悔且不捨，淚眼中默默為圓澤準備沐浴更衣之事。諸事完成後，時刻一到，圓澤果真圓寂。

三日後李源去到王家說明來意，要求見見新生嬰兒，當李源將嬰兒抱在手上時，嬰兒果然對他一笑，李源不禁淚流滿面，當晚嬰兒便夭折。

自此李源無心遊川，於是轉回洛陽惠林寺，抵達時才知圓澤早寫了遺書交代後事。十三年後李源向杭州出發，趕赴八月十五中秋夜天竺寺外圓澤的前世之約。

李源在寺外等候，月光皎潔下，忽然聽見井邊傳來歌聲，只見一牧童，年紀約是十來歲，頭頂挽著雙髻，身穿短衣，騎在牛背上，手持一竹棍，敲著牛角，唱著山歌，「三生石上舊精魂，賞月吟風莫要論，慚愧情人遠相逢，此身雖異性長存。」

李源一聽便知此牧童就是圓澤，立刻合掌一拜，「澤公，您好！」

「李公真守信，路途遙遠辛苦了。」

「澤公……」

牧童一見李源雀躍欲上前，立刻快速退至遠處，再開口說道：「李公俗緣未了，你我前途不同，請勿過於靠近。倘使您能精進勤修而不墜落，日後仍有相見時日，珍重！」

牧童說完，將牛頭一轉，吟著山歌一路遠去。

「身前身後事茫茫，欲話因緣恐斷腸，吳越山川尋已遍，卻回烟棹上瞿塘。」

在牧童歌聲裡，李源似有所感。

兩年後有大臣向唐代宗保奏：李源為忠臣之後，且能盡孝，奏請予以官職，代宗准奏，封李源為諫議大夫，這便是牧童所說李源的未了俗緣。

只是李源已看破世情，堅不就職，最後以八十高齡老死惠林寺。

第十五章

清雲走了，米甘性情大變，日日一身黑衫黑褲，有時夜裡在家中走動彷彿鬼魅，銀子和承孝就曾被嚇得魂不附體哇哇大哭，等扭亮燈炮看見是阿嬤後，又整個無言。家裡沒人敢勸米甘，自清雲往生後米甘恨之入骨的滿足深有自知之明，尋常生活能避則避，真的同在一處時，也是三緘其口，經驗告訴她多說多錯多惹禍。

早先清雲還在世時，米甘總將滿足當成與她爭搶兒子的人，現在清雲走了，米甘轉而指責滿足命裡帶煞剋死了她的兒子，因而遇到任何事滿足完全不敢無所顧忌地多說什麼，最好她是趕快把受到驚嚇的孩子帶離開，免得米甘再從孩子見她就鬼哭神號的反應，指責是滿足暗中教孩了這般對待她。

芳子向來與米甘不親，從小她眼中的米甘便是不盡人情的怪物，便也練就了舉凡米甘所說都如馬耳東風從來入不了她的耳，同樣的她也不會特別去捱著米甘說些什麼，幼時不會，現如今都已國民小學六年級活脫脫小少女了，更不會想去親近喪兒之後愈發奇怪的黑衣老嫗。

至於莊浮每每想要跟米甘說些人與人之間的因緣果報，偏偏前些年莊浮染上吸食鴉片的行徑讓米甘厭惡透頂，雖這時因一家主心骨殞落家中經濟大壞而努力戒除，但一來因他長期吸食菸草身上總有特殊氣味，二來因為莊浮之前吸食鴉片耗去許多家底，致使米甘無法多攢積一些，手頭不寬轉致米甘安全感日漸減低，一恨起來數年前答應清雲不再出口的「臭人」便又無所遮蔽的出了口，銀子和承孝年紀較小，有樣學樣常也如此無禮對待莊浮，這事不僅滿足頭痛，香子也很是費心要將弟妹導引到正確之路。

「銀子、承孝對阿公袂使無禮貌。」

「阿嬤嘛是臭人按呢叫阿公的啊！」

「阿嬤是阿嬤，恁兩个是孫仔，袂使無禮貌，知無？」

香子的糾正弟妹行為看在米甘眼裡是挺莊浮的舉動，因此將香子視作與她對立的一方，不甚高興之餘，對香子就日漸挑剔，要求也日益增多，香子已經應米甘的要求做了得做該做不得不做的事了，還是難以取悅米甘，米甘總能從每一件事中，找出挑剔香子的地方。即使是這樣嚴厲的考驗香子，米甘偶爾還會疑從中來，憂心害怕香子就要背棄她這個喪子的老婦。

「歇睏日留踮厝內鬥做厝內底的代誌，莫干焦想欲四界去趴趴走，汝是想欲將我這个老歲仔擲咧是無？」

「阿嬤，我袂按呢啦，汝放心，我只是佮同事出去耍一日。」

「耍？干焦知影欲耍！」

「阿嬤，我來去一咧，下晡就轉來矣！」

「袂使得。」米甘鼻腔裡哼出，「踮厝內佮恁卡桑鬥飼雞仔鴨仔，順煞鬥紩蠓罩，咱一家口仔遮爾濟人，無加賺寡敢有夠用？」

米甘搬出這麼大的理由，香子無以辯解，只能放棄假日和朋友外出的計畫。香子原只是想利用星期日外出透透氣，讓自己轉換環境也調整心情，以便讓每天都緊繃的神經可以有個舒緩的時候，但米甘堅持不同意，無可奈何之下，香子也只能留在巨大壓力鍋下煎熬了。長此以往，香子和青年會的學姐們也就漸行漸遠了。

不讓香子和朋友出去還算小事，米甘不預警的就指著滿足罵出難聽的話，那才是會讓他們四個晚輩驚嚇出一身冷汗！

清雲還在世的時候米甘雖也嚴厲，但至少家裡還會因清雲的幽默言談而有歡笑聲，現在少了清雲，也少了風趣，家裡安靜到都聽得見風息，整個氣氛沉悶到連螞蟻都喘不過氣來，沒幾隻敢大刺刺出來覓食。

已經夠冷清的夜晚，因為沉悶而顯得漫長如沒有盡頭的天際，教人耐不住直想逃出那詭異氛圍。芳子、銀子和承孝三個人因為米甘一再的謾罵，臉上的天真一分分減少，可米甘又不許不到就寢時候提前進房間，一家人常是端坐大廳八仙桌邊大眼瞪小眼，什麼都不想說的時候比噤若寒蟬更是噬人心脈。

香子覺得自己是一株毫無生氣的小樹，弟弟妹妹簡直是即將枯萎的小草。這個家的生機在哪裡？香子時時感嘆。

昭和十八年（西元一九四三）十一月二十五日盟軍第一次對臺空襲。美國駐華第十四航空隊第十一轟炸中隊出動八架，中美空軍混合團第一大隊第二中隊則出動六架，總共十四架B25轟炸機，在第十四航空隊二十三戰鬥大隊的八架P51及八架P38掩護下，從中國江西遂川起飛，轟炸了日軍在臺灣新竹州的飛行基地，折損了日本軍機五十二架。

首度對臺空襲引起民眾恐慌，面對未來，島民都知道過去平靜的日子將不會再有了。轟炸機的大規模轟炸造成人民生命財產的損失，轟炸過後總教倖存者有著悠悠忽忽恍然隔世的滄桑感。

昭和十九年（西元一九四四），盟軍對臺灣的戰爭行動大幅改變。美國自雷伊泰島戰役後，重新站穩菲律賓的制海空權，源源不絕的美軍戰機開始從菲律賓起飛，對東南亞所有日本所掌控的地區實施無間斷的空襲。

同這一年的十月十二日開始，美國陸軍航空隊的長程轟炸機便以菲律賓為基地，定期對臺灣所有軍需產業進行大規模轟炸。主要工業目標遭夷平之後，美軍的攻擊目標轉向對臺灣發動毀滅性掃蕩。

經常空襲警報一響，民眾日常生活就整個陷入慌亂，無論正進行的是什麼事，為了活命都得暫時放下，想辦法讓自己可以避掉死亡危機。

「緊緊緊，緊將黑布黏起來。」

米甘一聲令下，全家人同時張掛平時已準備好的黑布，日本官方之前教導過民眾，空襲警報響起後便要就近躲到防空壕去，若是來不及出逃的人，要將家中的每個窗戶都用黑布遮掩好，否則讓美軍轟炸機看到一絲絲光線，炸彈便會朝光線處丟下來，那慘況絕對不忍卒睹。

不久前一次中午十二時左右空襲警報大響，民眾立時放下手邊正做著的事，忙著向離自己最近的防空壕而去。

那次香子本就是隨著米甘、滿足和弟妹們要疏開到烏日，眼看就要到達了，卻遇上了無預警的空襲警報，香子趕緊護著家人跟隨人群躲到鄰近的防空洞，小小防空洞滿滿是人，擠得水洩不通，但人群仍不停湧入。香子想起清雲在世時對川端町鄰人的關照，心田也湧起照護同胞的想法，她將米甘和滿足及弟妹們都推向深處後，自己站在洞口處全力協助傷殘老弱者進到防空洞裡面。這時，在防空洞邊上的香子不經意地抬頭望天，正巧看見遠處天空飛過一架美軍轟炸機，飛機尾端標示的P38清楚可見，飛機快速俯衝向著大肚山的山頭，看樣子是準備轟炸大肚山。但就在那千鈞一髮之際，包括香子在內的許多還沒躲進防空洞的民眾都看見，那架P38竟是衝向大肚山另一側的海面，轟炸機的機頭上下晃了幾下。顯然駕駛員發現失誤企圖拉起機頭，但為時已晚了，不久那架龐然大物就在海面上爆炸，一時間火光四射，濺起漫天水波，香子遠遠看著還能感受幾分驚險。

幸好，一場危機也就這麼解除了。

後來香子聽同事說了才知道，原來當時臺中地區的日本軍隊駐紮在大肚山上，美軍向大肚山投彈，目的是為炸毀日軍基地。可能是那架美軍P38轟炸機的駕駛員犯了距離估錯的失誤，大肚山才沒被夷為平地，香子一家平安無事後，浮現香子腦海的除了那架墜海的美軍轟炸機，也還有她曾去打工的大肚山日軍練馬場。

因為這次與死神擦身而過的經歷嚇壞了米甘，那之後只要一聽到轟炸警報，她老是癟著的嘴就喃喃不停地喊叫著，「陳水雷啊，緊緊緊，陳水雷啊，緊緊緊，緊來去防空壕……」

不知怎麼的，香子總感覺米甘那喃喃自語聲音有些尖刺，音量雖不大卻比警報聲還讓人駭然。隨後又想到自從美軍空襲臺灣之後，米甘全部精神在躲空襲和疏開之上，較勻不出時間咒責滿足，這一想，香子便也對米甘那尖刺喃喃聲稍稍釋懷了。

美國空軍的轟炸行動不定時都會發生，也許晚上也許白天，又或者是下午都可能遇上。

香子另有一次親眼目睹了美軍轟炸機被日方擊落。

那是假日，空襲警報無預警的在大白天響起，莊浮大約是早已看淡人生，在警報響起的第一時間他還斜倚著牆拿著書看，香子是緊張萬分逃命要緊，卻見莊浮仍然安坐椅子上，因此焦急得伸手去拉。

「阿公，緊來去覕空襲，若無炸彈擲落來，汝就無命喔！」

「袂啦！」莊浮神情很鎮定，反問香子一句，「汝毋是無愛覕防空壕？」

「毋過，阿公汝是老歲仔，汝愛去覕啦！」香子四兩撥千金。

「老歲仔才免覕咧。」

「人阿嬤佪攏去覕底防空壕矣。」

每有空襲，米甘一定左手拉著承孝，右手拖著銀子，快速奔往距離住家最近的防空洞，滿足則和芳子相扶跟著米甘後頭跑，香子則是一定要等到莊浮一起行動才願意離開家。

「好啦，汝莫拖，阿公家己行。」莊浮拗不過香子。

香子和莊浮才剛剛走到門口，就看見西邊天空快速掉下一個龐然大物，那個龐然大物上還不斷冒出火花，路上有人大喊：「米國的噴射機予咱拍落來矣！」

香子尋聲轉頭去看，看到那壯觀景象，不禁呼出「唉唷」一聲。

「無驚。」莊浮這一聲算是安撫香子。

莊浮不驚不懼也沒回頭去看，但那震耳欲聾的爆炸聲倒是傳進他耳裡，他不需多想也知道整架轟炸機掉下來的撞擊力，是會大到地面開花的。

那些在空中解體的飛機殘骸快速自空中掉落後，以他們目測的距離粗略判斷，應該就落在不遠處，那些殘骸一掉下去，地面立刻轟然一聲，然後整個陷入一片火海。

「唉唷，燒起來呢！足驚人……」香子拉著阿公的手還沒放，「阿公，汝看，轟炸機敢是落落去若松町遐？」

「嗯，若親像是鳥竹圍（今中華路一段）竹廣市仔遐。」莊浮瞇著眼細看後說，「唉，可憐喔！」

「足大的火，蹛佇遐的人欲按怎？」

「唉——」莊浮這一聲嘆得夠長的了。

才一瞬間天地就變了色，雜沓狂奔的跑步聲自四面八方傳來。

「阿公，真濟人走去看呢！」香子不無好奇也想往外跑。

「毋是，佪是欲去鬥救。」莊浮將香子拉進家裡。

「是喔？」

一切發生得太快太突然，香子推估一定有許多民眾，包括路過那附近的人可能都因反應不及而葬身火窟了。

美方轟炸機被炸開花那一幕香子看得一清二楚，飛機爆炸後的碎片由天空掉下時雖然極為壯觀，但戰爭時期香子全無心思在那如煙花的景象，她想到的是地面上無辜的民眾身家財產因此而失去，這些人到底做錯了什麼，老天如此對待他們。

說到底臺灣人民何其無辜，是日本挑起的戰事，卻因為臺灣是日本的殖民地，也跟著遭殃。為什麼日本政府要挑起戰端呢？為什麼日子不能好好的過呢？香子如此感傷著。

隔日香子一早上班就聽見同事們議論紛紛。

「美軍派出B29原本是打算轟炸臺中州廳的。」

「嗄……幸好是美軍還沒瞄準好目標就被日軍的高射炮擊落了。」

「幸好幸好，這樣才沒造成州廳毀滅，也沒造成公務員的重大傷亡。」

「話雖這樣說沒錯，但是美軍的B29飛機在市區空中被擊落，掉下來後造成整個竹廣市場和鳥竹圍跟若松町附近的民宅店家因此爆炸起火燃燒，一樣也造成不小損失。」

「是啊，也死了不少人。」

那時，香子萬萬沒想到日後滿足和銀子兩母女，會一度蝸居在竹廣市場內一個小小兩坪大的地方。

「我看後攏咱綴人來去別位疏開，踮市內覕空襲傷危險矣。」

米甘雖然不懂日文，可她自有她的消息來源，包括大肚山是日軍基地，和美軍B29轟炸機被擊落掉在市區等等這些事，米甘也在事發後不到一天的時間便從鄰里婆媽口中瞭解了大致情況，想到住在市區也會發生這樣悲慘的事情就憂心忡忡。

「那按呢咱厝欲按怎辦？」滿足問道。

「厝喔？若無，汝留落來顧厝。」米甘冷冷的說。

「無愛啦，卡桑嘛參咱來去覕空襲。」銀子和承孝不約而同說出。

「嗯啊，人嘛欲參卡桑作伙。」芳子這樣說。

「愛參恁卡桑作伙，無恁攏留落來參恁卡桑作伴。」

「呃？」芳子一聽慌了，愣愣看著米甘，心裡怨著米甘怎如此狠心。

銀子和承孝則是偎近滿足，分別拉著滿足左右手，但礙於米甘靈敏的聽力，這次兩人只敢細細吵著，「人欲愛卡桑作伙來去覕空襲啦！」

無論是躲防空洞還是米甘決定的日後疏開至鄉間，都得戰戰兢兢時時提神留意不長眼的炸彈，為了生存，美軍轟炸時就得疲於奔命，想想做為一個人怎麼要這麼累？就在這瞬間香子想起了清雲，頓時心裡五味雜陳偏酸偏苦卻又有著一絲絲甘味，她不知是該慶幸多桑已經往生，不需在戰爭下的臺灣螻蟻般奔竄逃命，還是要自憐少了多桑的呵護，所以每每警報響起便得自尋出路？隨後又一想，多桑的早走應該算得是幸運的，否則像多桑那樣優雅的紳士，在空襲警報響起後為了活命得東奔西跑，那多委屈他啊！

只是這個家少了多桑，直覺很快就要分崩離析了。

眼前沒時間讓香子去操心未來，隨時會響起的空襲警報就夠讓她惶惶不可終日，遇到美軍轟炸便得倉皇逃命，一逃就是一家子，可是川端町二十五番這個殼又不能放著沒人看守，疏開回來後還是得有個安身立命的地方啊！

我要不要自願留下來看顧這一處從小嬰兒就在這裡生活的房子？香子陷入這樣的深思。

當香子還在思索時，莊浮就開口這樣告訴大家了。

「厝我顧就好，恁大家趁早緊走，若無美軍的飛凌機一來就炸袂停，到時欲走就袂赴矣。」

「阿公，汝作伙來去疏開。」香子不放心只留莊浮一人在家，莊浮年歲已過七十，將他一個老人留在家裡著實過意不去。

「香子，阿公袂有代誌，汝放心，緊佮恁阿嬤佪去疏開。」

「緊，無時間予恁踮遐相辭，啥時陣欲閣陳水雷是無先通知的喔，咱好緊趁這陣天暗傳傳咧好緊來去。」米甘在扁擔兩頭各掛上一個竹簍，然後揮手喚著：「承孝，來，汝坐這爿，銀子汝坐另外彼爿，阿嬤擔恁。」

「阿娘，我來擔著好。」滿足向前爭要挑扁擔，米甘手一撥，再不屑道：「汝？軟腳蹄，敢有法度擔？」

「阿娘，我試看咧。」

「啥？試看咧？若予承孝摔跮倒，汝欲按怎賠？」

承孝在米甘心裡是寶，無論如何都傷不得，若說承孝是滿足的養子，不如說是米甘的心肝來得貼切。打從領養承孝之後他就是睡在米甘房裡，他的性子米甘清楚，更是擅長察言觀色，知道什麼時候說些什麼話來討米甘歡心，若有不順他意的事，他直接就找米甘告狀。

滿足之於承孝，只是名義上的母親，至此滿足也了然於心了。

「我……」滿足這才完全放下手來。

「緊，承孝汝來坐，阿嬤擔汝，咱疏開來去鹿谷。銀子，汝閣咧躊躇啥？緊啊！」

米甘一喚，兩個小孩不敢遲疑片刻，趕緊爬進竹簍。銀子因為跛腳動作不俐落，滿足往她腋下一提，將她塞進竹簍，回頭將布包細軟往肩頭一帶，雙手再拉著香子和芳子，一家人就要往鄉間疏開了。

「汝門窗就關予好，黑布黏予好，家己愛注意。」臨走米甘交代著莊浮。

「我知，恁緊去。」

「阿公……」香子因難捨而喉緊。

「無要緊，緊去。」

「阿公，汝愛記得食三頓喔！」走出家門時香子回頭再叮嚀阿公。

「會啦，我袂囥咧飫啦！」

走遠後香子還是頻頻回頭看著川端町，每看一眼心裡便生出一股酸澀，漆黑中因為走遠的腳步，漸漸看不見那間房子，那是她成長的地方，是有歡笑有淚水有很多愛的家，只因為國與國的戰爭，她就要被迫暫離家園。

這之後，到了昭和十九年底，美軍持續轟炸臺灣。

香子一家在米甘主導之下，開始跟著疏開人群往鄉下一點的萬斗六、鹿谷和溪口等地去躲空襲。疏開人群都是趁夜摸黑上路，一走就是幾天幾夜，幸運一點時可能遇上牛車，好心的牛車車伕會讓他們乘坐一段路，夜晚趕路，白天躲在樹林裡，吃不像吃，睡不像睡，只能吃些樹薯、野菜，林地裡也常有莽蛇活動，但這些蛇類彷彿也懂烽火世界人民的苦，並不會特別干擾席地而臥或倚著樹幹歇息的民眾。

來來去去幾回躲空襲，讓米甘感嘆人命如蚼蟻。

「唉，做人哪是遮爾艱苦？」

「人生是苦海啊！」莊浮知道因緣成熟，開始在日常生活中對米甘說些人生事理，以免米甘又抓住小時候的悲苦，「汝看，這个世間無一項物仔會當永遠，人會老會死，衫會垃圾會破……所以講一切攏是無常。」

五十五歲的米甘因為莊浮這番開導，懵懵懂懂，彷彿空中有一條絲繩讓她拉著，她漸漸遙請往生半世紀的爹娘多加庇佑，也就慢慢心生安定。

某日滿足出門送交縫好的蚊帳，路過新富町正巧遇見固定去某家理髮店剪頭髮的何基明。

「阿姊，近來好嗎？」何基明關切問道。

「唉，一言難盡……」滿足不知從何說起，想起清雲悲從中來，眼眶不禁濕濡了。

「阿姊，遇上什麼困難了？」

「我先生過世了……」

「啊……阿姊要節哀啊……這太突然了……怎麼會這樣？」

於是滿足細說清雲染上腦膜炎，短短十天就離開人世，說到傷心處竟停不下來，滿足前說後說還說到了躲空襲並跟著人群疏開到鄉間等事。

「那阿姊家裡現在誰承擔家計？」

「香子，我的大女兒。」

「就是那個會陪妳帶銀子去上課的那位……」

「是啊，這兩年多來都靠她在針車會社工作養活一家。」

何基明除了關切滿足一家人生活，又問了一些香子工作細節，離去前臨時起意對滿足說：「我想請香子到映畫協會工作，不知阿姊覺得如何？」

「映畫協會？」

「是在州廳的工作，我想香子來州廳工作收入穩定一些，路程也比她去到大雅鄉要近一些。」

「啊……這真是太感謝了，今天香子下班回來我再跟她說。」

因此，香子遂於昭和十九年（西元一九四四）十月底辭去針車會社工作，準備開始一個新的工作、新的學習、新的挑戰。

第十六章

昭和十九年（西元一九四四）十一月香子因何基明的引薦，進入了臺中州映畫協會，實際上是進入了臺中州廳內務部教育課電影股，工作內容是協助何基明到各學校放映影片推廣日本政策。香子細心認真，慢慢的何基明也讓香子跟著洗片及剪接影片。

香子剛進映畫協會時屬試用生，領的是八十錢的日薪，幾個月後就晉用成正式員工，改以月俸敘薪，到了昭和二十年（西元一九四五）七月已領到月俸三十二圓了。

清雲往生時芳子不及十二歲，公學校還沒畢業，一夕之間家裡遭逢變故，芳子蛻變得早熟，隔年夏天從公學校畢業後，芳子一直和滿足一起縫製蚊帳，因那是在家工作，又因滿足也縫製，芳子尋著機會就偷懶，香子看在眼裡直覺不妥，她實在不想活潑的芳子整天無所事事。另一方面也因為家裡七口之家食指浩繁開銷極為沉重，實在也是需要有個幫手。

於是香子在某個上班日厚顏開口。但話又說得巧妙得體，深得何基明歡喜。

「何老師，我大妹國民學校畢業快兩年了，都一直跟我卡桑縫蚊帳，這樣好像限制了她的發展，未來的社會女性應該可有更大的發展空間，我在想倘若讓我這個妹妹一輩子屈就縫製蚊帳，豈不太委屈她了？」

香子這種不自限生命發展可能的思維很得何基明的欣賞，尤其他看見香子很為妹妹的前途設想，感動之餘也將芳子引薦進州廳，芳子遂在福利社當小妹。

芳子雖只是州廳福利社小妹，但至少離家近也可多體會人事，同時有一份雖微薄但比縫製蚊帳穩定的收入，家人不無歡喜。

芳子比照香子的作法將薪資全數交給米甘，可她正值花樣年華，總想有個幾文錢可以自己花用。

「阿嬤，會當予我一錢否？」芳子鼓足勇氣向米甘索討零用錢。

「汝愛錢做啥？」

「人想欲買人愛的物仔。」

「食厝內蹛厝內，汝閣需要啥物仔？」

「人……」芳子還想爭取，卻被大叱一聲喝止，「免講矣，汝想講汝賺偌濟？汝毋知這陣參米國咧相刣，逐項攏配給，逐項攏愛錢嗎？後擺攏免痟想欲愛零星錢。」

「阿嬤……」

「免講。」米甘拐進後屋前拋下一句，「想欲愛有零星通開，抶曉去紩蚊罩賺，彼我莫共汝提，留予汝家己用。」

芳子猶在忿忿不平於工作所得竟不能有一毫自己零花之際，香子已將米甘的話實實的聽進耳裡，她原先十分傷神的事情也就迎刃而解了。之前因為米甘將錢扣得死死的，香子根本籌不出銀子的學費，這下子她想到利用夜間和滿足一起縫蚊帳，就不愁銀子讀書沒錢了。

承孝就讀國民學校，銀子夜校的學習也繼續，一家人的生活雖不寬裕，但烽火之下家人都平安，是香子覺得最能告慰清雲在天之靈之事。

時序入夏，日本在南洋各個戰場勉強支撐，臺灣島內人民的生活越見辛苦，所有物資都以供應前線戰士為優先，盡往前線戰區送。同時因為膠著的戰事需要更多兵力，因此一批批徵調下南洋的軍伕，有的從高雄港出發，有的從基隆港上船。在那個烽火連天的年歲，大家都在砲彈夾縫中生存，每個人都盼著戰爭快結束。

但即便是人人都不想戰爭再繼續下去，可也沒有哪個人知道接下去的戰況將如何演變。正當日本奮力做垂死前掙扎之際，美國的杜魯門總統下了一個改變後來整個世界情勢的命令。

昭和二十年（西元一九四五）的八月六日與八月九日，美軍分別在日本的廣島市與長崎市各投下威力極大的原子彈，那兩顆原子彈所引發的超大影響終於讓日本俯首承認敗戰，隨後便是昭和天皇在八月十五日透過玉音放送宣布無條件投降。

臺灣人民也從雜音不斷的收音機裡聽到昭和天皇的玉音放送，一方面歡喜戰爭結束，終於脫離日本的統治；但另一方面卻又念念不捨過去熟知的日籍友人，往後還能時相往來嗎？幸好這些內心糾結很快淡去，因為臺灣自從甲午戰爭失敗被清廷割讓給日本，在日本殖民五十年後，終於可以回到祖國懷抱，島內民眾無不歡欣鼓舞，等待國民政府派遣官員來臺接收。

戰後百廢待舉，所有的事物都將有不一樣的面貌。

光復後局勢大變，日本無條件歸還臺灣，國民政府接收之後，臺中州廳更改體制。同時因為剛剛回歸，行政機關中的臺中市政府與臺中縣政府合署辦公，劉存忠兼任臺中市長與臺中縣長，原州廳臺籍辦公人員除了聘任文件有所更動外，其餘照舊，仍在原機關辦公，各處室依然辦理各處室該處理的業務。此時香子的聘任派令更改為臺中縣政府民政局社會課電影股，仍在何基明麾下，而原先跟著香子到州廳會計課轄下福利社當銷售員的芳子，也順勢轉進縣政府會計課編制。

曾經遠赴日本學習電影事務的何基明心心念念電影拍攝，就在政局晦暗不明時，有了離開政府機構，轉而朝他個人最感興趣的電影事業發展的想法。有剪輯與沖洗技術的香子因感念也想追隨何基明，但無論何基明或香子都還不清楚未來的電影市場，基於需要一份穩定收入支撐家裡開銷的考量，在香子躊躇是否隨何基明之際，何基明的一番話讓香子一顆心安穩許多。

「香子，妳不需要有包袱，有一天我如果離開市府是去追尋我的電影夢，創業維艱，披荊斬棘的階段有可能是沒有收入的，這對妳來說會有很大的壓力，妳家裡人都等著妳這份薪水過活，所以妳不需要考慮什麼，也沒必要跟著我闖蕩江湖，把家人照顧好最要緊了。」

何基明這番話至情至理，香子遂不做無謂傷神，幾年後何基明離開公部門，香子則原處工作。

香子還是在昔日州廳的建築內工作，課別已更動為社會課，因這一調動，才與鳳凰熟識，相仿年齡相同興趣，此後兩人儼然是失聯多年的家人會面認親，從此無話不談，成為莫逆。形成這種情形乃是因為國府接收編制裡的同仁，都是來自大陸地區，說的都是北京話，香子等臺籍員工過去五十年來在日本統治之下，一直使用官方語言——日語，如有另外使用的語言便是臺語和客家話了。可政治情勢一夕改變後，許多現象也跟著改變，就以國語溝通來說，一開始簡直就是雞同鴨講，每每和同事交談時香子都得費上好大的勁比手畫腳，卻還經常弄錯了意思。

因為不同省籍的交流出現很大的溝通難度，香子經常傷透腦筋又沒個傾吐對象，漸漸的同樣臺籍的鳳凰會在香子遇上難題時伸出援手，兩人因此漸漸成了手帕交。但兩人親暱歸親暱，在辦公室裡香子也不敢造次，因為鳳凰的姊夫是她們的頂頭上司——社會課課長。她們兩人只能利用中午吃便當時才敢放膽好好聊聊，要不就是下班後相約走一小段路，路途上盡情分享彼此心事。

職場上香子工作表現不凡，很得上司及同仁的肯定，每每用心投入工作之中，沉浸在工作的自我滿足中，也只有這種時候，她才能是她自己，能夠將難纏的米甘暫時拋在一邊。

日本戰敗後，臺灣總督府曾辦理在臺日本人歸國志願調查，調查的結果顯示志願留臺者約有十四萬餘人，而志願歸國者有十八萬餘人，但這份調查並未被中華民國政府接受，最終還是需全數遣返。

這個消息一傳出，香子心裡無比憂傷，在「幸」公學校曾經待她們松班學生如自己家人的千代田老師一家，勢必也將被遣返日本，當時消息非常凌亂，坊間經常以訛傳訛亂傳一團。香子實在擔心千代田老師，於是特意約了好友林素月、李玉卿和自己曾將墨汁倒在她簿子的井上彩雲，一起去拜訪千代田老師。

那日去到老師家，一反孩提時每每到老師家個個都麻雀般不停吱吱喳喳的現象，這次大家安靜得彷彿人人都喑啞了。

「老師……」幾個人才喊了老師就都哽咽了。

「妳們都是好孩子，往後要好好做人做事，認真過活……」老師說著也紅了眼眶。

幾個人都不再言語，可是只是默默和老師對望，那份沉默彷彿會噬人似的，一點一點的要把大家吃掉，那氣氛讓人手足無措，香子胸口實在緊得難受，她默默站起來去幫師母打包行李。

「師母，這些不需裝進箱子嗎？」香子望著皮箱邊上的書。

「規定一人只能一只皮箱……」師母的一滴眼淚滴在皮箱上。

「妳們看看需要什麼自己挑，都可以帶回去……」

老師的心意很真誠，可大家心裡卻很沉重。

「……」

幾個人仍然默不作聲，不知是誰先哭了出來，然後變成了眾人淚眼相對，淚眼中有人唱了當年畢業時所唱的〈螢之光〉，瞬間大家一起合唱了起來。

ほたるのひかり　まどのゆき　ふみよむつきひ　かさねつつ

いつしか年も　すぎのとを　あけてぞけさは　わかれゆく

とまるもゆくも　かぎりとて　かたみにおもう　ちよろずの

こころのはしを　ひとことに　さきくとばかり　うたうなり
つくしのきわみ　みちのおく　うみやまとおく　へだつとも
そのまごころは　へだてなく　ひとつにつくせ　くにのため
ちしまのおくも　おきなわも　やしまのうちの　まもりなり
いたらんくにに　いさおしく　つとめよわがせ　つつがなく」（註一）

在那即將離別的依依中，香子感念老師對她的好，那些老師邀她到家裡吃師母做的好吃壽司，老師跟她講做人做事的道理，美好的難忘的事都將因引揚而不能持續，他日還有機會再見到老師嗎？還有機會吃到師母做的壽司嗎？為什麼人世間這麼美好的因緣，卻要以這樣的悲悽做結局？到底是哪一隻看不見的手在操縱人事？

難道是自己的命運多舛嗎？香子不禁這麼想。

為什麼身邊疼她惜她的男性長輩，如多桑如老師都以讓她無法接受的方式退出她的生活？多桑已到天國，今生無緣再見；可老師呢？

千代田老師一家引揚回日本本土後，今生還有機會再見嗎？

那日，千代田老師沒清楚說明他們哪一天離開臺灣，老師只說了日期隨時可能異動，真確定了會通知她們。可等到某一日香子想起這件事，急急去到老師家時，已經空無一人，空蕩蕩的屋子留給香子無限懷想。

國府接收臺灣，全島南北各政府機關同時來了不少大陸各省籍人士，言語上常出現無法順利溝通的情形，有時還得借助比手劃腳一番，或用文字表述才能完成交談。

日常生活中香子也見多了由對岸而來的士兵、政府官員及眷屬，常因彼此使用不同語言而出現溝通障礙，甚至發生磨擦。香子直覺未來與來自內地人士共事及交流的機會只有增加不會減少，學會國語是必要事項，於是決定利用下班後的時間，去臺灣省立臺中圖書館附設國語文補習班進修，還沒去報名，香子就立定志向要從初級班讀到中級班再到高級班。

補習費說多不多說少也不少，單單只要一元，然而就算只是一元，香子還是得問米甘要。

「阿嬤，我想欲下班了後去學國語。」香子期期艾艾說道。

「學啥國語？」

「就是這馬來接收臺灣這个國民政府講的話，我想欲去學。」

「喔……」米甘縫著承孝綻線的褲子不置可否。

「毋過……補習國語愛交補習費。」

「……」米甘的臉一沉，嘴角也癟了。

「阿嬤，補習費愛交一箍。」香子盡量將一元說得輕一些，避免引起米甘過多聯想，沒想到米甘還是發火了。

「一箍？汝料準一箍好賺嗎？補習國語？臺語袂講咧嗎？學講話就愛交錢，我透世人嘛毋捌聽過，閣愛交一箍？一箍偌大圓汝毋知嗎？汝是毋知愛儉嗎？」

米甘不但責罵，還霍的一起身拳頭就如雨一般直往香子身上落下，這不打緊，米甘還又捏又絞的，儘管大腿被米甘擰捏得紅腫，香子卻是完全不敢閃躲，也不敢哭出聲，直到被米甘一推摔坐在地時，才任由淚水無聲的滑過臉頰。香子抬眼看看莊浮，莊浮蹙著眉沒發聲；香子又看看滿足，滿足含淚的眼滿是不捨，可她也只能安坐椅子繼續不停的縫著蚊帳。香子知道滿足在家既無掌權也無掌錢，對於她受到米甘如此凌虐，滿足那滿是無能為力的眼神，更激起香子為自己爭取未來的決心。

「阿嬤，這馬市府來了真濟大陸同事，個講的話我若聽無，公事若是做了失甲差，我可能會食罪喔！到時就無人賺錢矣。」

「嗄？」米甘顯然有被唬住，但她還是捨不得拿出一元，「毋過補習費就愛一箍？一箍偌大圓汝知無？恁多桑無佇咧矣，錢就隨汝按呢匪類嗎？」

「阿嬤，我毋敢……」香子話未說完，米甘搶先酸了一句。

「若予汝敢，毋就挹一大堆。」

「阿嬤，我袂啦！」香子趁勢再說一句，「國語是未來一定會講的話語，我這陣緊學起來較方便辦公。」

「袂尚好。」

米甘罵聲不小，香子鼻子一吸原是想跟米甘說，這錢是她賺的，她是要用在增長自己的能力，並不是要拿去亂花。但隨即又一想，米甘哪是能如此理性溝通的人，若米甘是理性的人，她卡桑何致於失去歡笑只剩行屍走肉？

香子因這一想，便像洩了氣的氣球整個癱軟在地。

如果多桑還在，根本不需要開口提要補習國語，有遠見睿智的多桑，一定早早安排好，只等她去上課。這不禁讓香子懷念起從前清雲對她的疼愛，越是想念清雲，眼淚越是一串串滾落。

這個家雖然還有男人，但一個卻是早早透悟因緣果報的書生阿公，家裡的事完全不過問，宛如家中的化外之人。另一個則是年方八歲的承孝，他還只是個頑皮好玩的孩子，還需要香子張羅他國民學校的註冊費，他哪有能力為香子作主。

「阿娘，香子伊袂啦！」嫁在不遠處初音町的秀柱剛巧回娘家來，才進門便目睹這一幕，急忙挺身而出，為這個小她不到十歲的姪女仗義執言。

「伊袂？汝會知？我煞毋知恁兩個隴會逗孔縫。」米甘哼道，指她姑姪二人會沆瀣一氣。

「阿娘，汝攏愛按呢黑白想，無這回事。」秀柱自己當了母親之後，內心感覺自己強壯了些，再不像兒時那麼懼怕米甘。

「上好是無這回事。」米甘說著扭頭就走。

「香子，來，阿姑幫汝抹藥仔。」秀柱牽起香子，香子睇一眼自己的四肢，身上的烏青算什麼，她的心正痛得撕肝裂肺。

清雲在世時香子從不曾感覺自己養女的命運不如兩個多桑親生的妹妹，即使後來清雲親口跟她說了領養她的經過，香子仍然感覺自己比芳子和銀子還像多桑的親生女兒。然而，現在在米甘如此對待下，香子意識到她苦難的養女生涯已經展開，諷刺的是竟是曾經受虐的悲苦養女米甘為她揭開序幕。

香子突有所感的苦笑，教秀柱看了不免心疼，頭一轉目光看向莊浮，莊浮這才發聲道：「米甘，香子愛這一箍是欲去交補習費，汝哪著按呢拍伊咧？」

等到米甘打過了，莊浮才聲援香子，也只是罔然。

「這陣咱厝無一支大柱通倚靠，一仙五釐攏嘛愛注意。」

「無閣這錢嘛是香子賺來的。」

「是伊賺的就愛亂開嗎？」

「伊是欲去補習國語，抑毋是欲提去亂開。」

「補啥國語？」米甘由鼻孔哼出一聲，「較早日本人來了後講愛學講日本話，我無學、袂曉講，毋是嘛活到這陣？」

「這陣是新時代矣，佮我較早讀漢文是無仝囉。」

「哪有啥新時代？咱人不是猶仝款無變？」

「有變，是汝猶未感覺出來，真緊汝就知影局勢無仝囉。」

「橫直咱猶是咱，管伊時局按怎變過來變過去，仝款嘛是食飯配菜。」

「彼是無一定喔！」

那之後，米甘雖是也給了香子一元去補習國語，可卻拿得不甘不願，並總愛在日常閒談時拿出來一說再說，彷彿她給香子的是天大的恩惠。

即便為了再進修得向米甘如此奮力的爭取，香子仍舊不退卻，就算芳子跟她說：「大姊，妳何苦為了學說國語挨阿嬤擰捏，不會說國語就半猜半比，遇上看得懂的人最好，要是真看不懂也由他了，反正我們工作又不是要做一輩子，早晚都要嫁人的，以後嫁了人在家相夫教子，哪還需要用到國語？」

香子非常不認同芳子的說法，無論將來結婚後情形如何，眼下她只想著為了在工作上可以更靈活，立即學習新知是需要的。

此後，香子除了學習國語，也還學了珠算。

香子住家的川端町街頭有一柯家米店，傳到目前這一代是富坤當家，因此附近向他買米的熟客都稱他賣米坤。

平日賣米坤忙著米店生意，家裡細碎之事就由他的妻子料理。賣米坤的妻子賢慧孝順，婆婆九十幾歲行動不便，都是由賣米坤的妻子揹進揹出。中日開戰之後，賣米坤的次子柯昭章正好從明治大學畢業，當時還留在日本，太平洋戰爭一起日方戰事吃緊後，越到末期南洋戰場需要兵力大增，賣米坤擔心兒子在日本被徵召上南洋戰場，遂寫信要他回到臺灣來。

柯昭章回來未幾戰爭便已結束，當是時人浮於世，柯昭章對於接手父親賣米生意不感興趣，也不能鎮日遊手好閒，於是就教起珠算。

香子去補習國語之後，有鑒於向米甘索取學費極不容易，所以珠算相關的學習她都自己摸索，並且通過珠算三級檢定，包含加減乘除和傳票算都取得高分。

戰後一切還未完全上軌道，人人隱約都有個感覺，眼前局勢雖混沌不明，但未來應會有一番新氣象，許多人因此對自己有所打算，也願多方學習多方吸收，香子這般，她的同學亦是。

香子公學校的同學李玉卿和姊姊李玉霜同在柯老師處學習珠算，經常珠算課後，玉卿姊妹便與柯老師步行一段路再各自回家。

某次香子晚間去接銀子下學，在新富町碰巧遇見了玉卿玉霜姊妹和柯昭章。

「兩位好，妳們去哪裡了？」香子主動和玉卿打招呼，也向一旁她不認識的男士點頭致意。

「香子好，我們去柯老師那裡學珠算。」

「珠算？」

「是啊！」玉卿說著才想起該介紹一下柯老師，「這位是珠算柯老師。」同時也將香子介紹讓柯昭章，「老師，這是我公學校同學香子。」

即便是戰後日本人陸續撤回日本，在還沒有被強迫必須得要說國語之前，一般人還是習慣用日語交談。

香子因為這個機會而和賣米坤的次子認識了，此後香子若去米店糴米碰巧遇到柯老師在家，她一定會把握機會向柯老師請教珠算相關知識。

慢慢熟識之後，柯昭章非常欣賞香子的努力上進，以及肩挑一家的辛苦。

平常社會課下班後，香子為了趕著去圖書館上國語課，常常來不及吃晚餐，空著肚子就去上課。另外一個原因是，香子雖是利用晚間和星期日縫蚊帳賺零花，但那些錢少得可憐，香子盡可能把那些錢存起來，留作日後用在其他用途，像是銀子和承孝的學費。

在她心裡，吃飯是小事，她能忍，只要忍到下課回家，再吃些剩飯剩菜，就不需多做花費了。

除了香子口述的家中狀況外，柯昭章也從玉卿姊妹口中又多了解幾分，對於香子已失去養父，並且需要肩挑一家生計的境況也更瞭解一些，對於如此堅毅好學又孝順阿公阿嬤的女孩十分欣賞。

「老師，你好。」去臺中圖書館的路上香子遇見柯昭彰，用日文問候。

「香子，去補習國語了啊？」柯老師也用日文回答。

「是。」

「妳真上進，將來前途一片光明。」柯老師大加讚許。

「呃，還好啦！」香子靦腆笑笑。

「香子，這碗炒麵給妳吃。」柯昭章從手提包裡取出以布巾包著的便當。

「老師，您留著吃。」香子不敢伸手去接，下意識還將手背到身後。

「我吃過了，這是給妳吃的。」

因為香子的神色惶惑，柯昭章因此做了解釋。

「這是商家拜拜請我的，我吃不了那麼多，所以請妳幫我一個忙，把它吃了。」

農曆初二及十六，依循民間傳統信仰，商家都會準備三牲供品祈求福德正神賜福，保佑生意興隆，柯昭章因為教學認真，他的學生有一些正是商家子弟，因此逢上拜拜時候，都會為老師留些膳食，柯昭章心懷慈悲，常是右手收下左手便轉給香子。

柯昭章那個吃過的說法，香子其實明白只是老師的一種說法，關於老師對她的慈愛，點點滴滴她都記在心裡，而這也稍稍彌補香子失去父親疼愛的傷痛。

一次兩次許多次之後，柯昭章更悲天憫人的在不是農曆初二或十六的日子，也會為香子準備食物。當柯昭章將裝著食物的便當盒遞給香子時，他的說詞有時是，「香子，這個東西老師吃怕了，妳幫我吃下吧！」

有時又換另一種說法。

「香子，我家裡經常煮這個來吃，我吃到不想吃了，真的。」

「……」

「香子，拜託妳囉！」看到老師雙手送上，還彎身作鞠躬狀，香子承受不起如此大禮，只得伸手接住，搶先一步向老師行禮鞠躬了。

「老師，感謝您。」

玉卿兩姊妹去上珠算課時，總是等到全數學生都離去了，她們最後才離開。有時玉卿想先回家，就因為玉霜總有問不完的問題，她只能等著姊姊。時日一久，玉卿終於看出來姊姊是喜歡上了柯老師。玉卿的看法，是回家向父母稟報，再讓父母操持一切，可玉霜卻是看法大不同。

「現在是新時代，我自己的看法最重要，不必再麻煩多桑和卡桑了。」

「就算是這樣，也該等柯老師先表示，我們女孩子怎麼好這樣大面神呢？」玉卿在流利的日文中加了一個臺語語彙，明白指出玉霜不懂含蓄。

「哪是大面神？是大方，妳懂嗎？」

玉卿的勸告玉霜置若罔聞，她依然我行我素，每每和柯老師路上走著走著，就主動挽住柯老師手臂，那模樣像是在向天下年輕女孩昭告，「柯昭章是我李玉霜的，妳們誰都別想搶走他。」

柯昭章起初對玉霜的舉動不太能適應，都會掙扎著要抽回自己的手臂，可玉霜總是緊緊纏住，一回兩回之後，柯昭章也就慢慢習慣了玉霜的霸氣與占有。

「玉卿，你姊姊很喜歡柯老師喔？」香子因多次見到玉霜挽著柯老師手臂狀似親膩。

「嗯，可能吧！」玉卿向來行事穩健，作風也比玉霜保守，她沒承認也不否認。

「柯老師人很好，你姊姊真會選。」

香子受過柯昭章善待，特別感知柯昭章為人的好，對於玉霜和柯昭章之間的交往，她給予無限祝福，並在心底深深祈禱，但願玉霜姊會好好對待柯昭章。

註一：

驪歌初動，離情轆轆，驚惜韶光匆促，毋忘所訓，謹遵所囑，從今知行彌篤；

更願諸君，矢勤矢勇，指戈長白山麓，去矣男兒，切莫踟躇，矢志復興民族。

懷昔敘首，朝夕同堂，親愛兮未能忘；今朝隔別，天各一方，山高兮水又長；

依稀往事，費煞思量，一思兮一心傷；前途茫茫，何時相見，相見兮在何方。

（原是蘇格蘭民謠，日本翻譯成《螢之光》，中文譯名《驪歌》詞：華文憲）

第十七章

日本戰敗無條件投降，臺灣是光復了，但對滿足而言，她還需在生活中備戰。

一切都因為芳子和第二市場裡的菜販兒子眉來眼去，經好事之人轉述給米甘，米甘晚飯桌上就指桑罵槐，明著指責芳子其實是責怪滿足沒把女兒教好。

「一个查某囡仔毋知見笑，參查埔人菜市仔喙笑目笑像啥體統，無人教示嗎？無老爸就會當按呢無惜體面？毋免留一寡予人探聽嗎？若欲閣按呢毋知好歹，汝就共我死死出去，莫蹛踮這間厝內顧人怨。」

臺灣光復之初社會動盪不安，滿足長期忍受米甘無理蠻橫的對待，就在米甘的叨念裡忽然找到一個出口。她想，或許她也應該做些改變，對於米甘加諸在她身上的責難，及錐人心脈的咒罵，以往是無計可施，但在臺灣這塊土地變天後，或許唯有帶著孩子離開莊家，才能有大口呼吸的自由。

滿足準備離去前徵詢過香子的看法，畢竟香子現在是這個家的支柱，即便她要帶香子離開，也要經過香子同意。

這天滿足趁著香子上班踏出門時追出屋外，她急匆匆的模樣嚇住了香子。

「卡桑，汝按怎啊？」

「卡桑無按怎啦！」滿足頓了一下便直指重點，「香子，恁阿嬤按呢糟蹋卡桑，卡桑忍袂落去，我想欲悉恁遮的囡仔作伙搬出去。」滿足帶著幽怨將已決心意說給香子知道。

「嗄？卡桑……」香子震驚得說不出話來。

香子從來也沒想到個性溫順的滿足也有如此強烈舉措，米甘不給滿足好臉色看已非一天兩天的事，清雲往生之後米甘更是變本加利言語苛待，但香子從沒料想到，滿足也會萌生離開莊家的想法。這是怎樣的忍無可忍，還是強壓到最後的反彈？香子不曾想過滿足要離開家到別處去生活，此刻滿足說的也非玩笑話，可香子就是無法將滿足的話和門後這屋子做連結。

「香子，汝愛諒解，卡桑是不得已的。」滿足握緊住香子雙掌，「香子，時勢咧變，日本已經戰敗，中國政府嘛來矣，後擺會是啥款局勢無人知影……」

「卡桑，後擺咱免受日本人控制，是咱家己做主。」

「對，就是家己做主，所以卡桑才想欲搬出去。」滿足順著香子的話說。

「卡桑，按呢敢好？」香子嚥了嚥口水再說：「阿公佮阿嬤年歲遐濟，放個兩个敢好？」

「恁阿姑就住佇這附近爾爾。」滿足用力吞嚥口水，「另外，承孝我袂悉走。」

「無欲悉承孝？」

「伊是按恁叔公遐分來的，恁阿嬤算是伊的姆婆，姆婆參孫仔較親。」

滿足這番話說得含蓄，香子何嘗不知道滿足的意思是說，承孝比較像是米甘養大的孩子，帶走承孝，他未必能融入和滿足相處的生活，而且也像是強硬將承孝從米甘身邊帶走，這作法太過殘忍。

「兩个老歲仔，承孝才九歲，還咧讀冊，佪欲按怎生活？」香子忽然想起老少兩代將要面對的生活難題，經濟是第一要項，偏偏那三個老小都無法承擔這件事。

「這……」老實說滿足沒深思到這層，她自己都自顧不暇了，哪有餘裕去想到公婆和承孝。

同樣是領養的孩子，對於承孝，滿足的牽掛就少了許多。香子畢竟是五十四天就抱來養，吸著自己的奶水長大，懷抱在胸前的感覺是實實在在的，感情便也在一日一日中建立了。承孝呢？抱回家時已是一歲多的孩子，那時是依了米甘主張，說清雲不能無後，領養他姓孩子總怕日後不親，於是向莊浮二哥的長子分個孩子來養。承孝雖然喊滿足卡桑，可卻從抱來養的那天開始就睡在米甘房裡，長大一些讀了國民學校還是一天到晚就往米甘房裡鑽，喊作阿嬤的米甘因為是他姆婆，因著同姓同宗血液而特別寵愛他。

因著這層曖昧，滿足和承孝的母子情份，就沒她和香子那般濃厚，她知道一旦離開莊家，婆婆是不會虧待承孝的。

「若無汝想愛按怎做較好？」

滿足反過來問香子看法，這可考倒香子了，換成是她，她能怎麼做？

一直以來阿嬤和卡桑之間橫亙著一堵牆，她是知道的。以往多桑還在世，有多桑在中間當支撐挺住那堵牆，牆垣兩邊至少都還有緩衝空間，可是自從沒了多桑這個潤滑劑，阿嬤極盡所能的將這堵牆築得更高更厚更堅固，時不時就頂住牆指著卡桑罵上一罵。

「就是汝，阮清雲才會過身。」

「汝這个鐵掃帚，袂見得阮莊家美滿，袂見得我參阮清雲母仔囝有話講，汝這个查某干焦想欲家己一个霸占阮清雲，這陣清雲為著汝參囡仔操勞到死，汝毋就滿意囉？」

清雲突然離世對滿足來說心已破了一個大洞，米甘無情的指責是更往她心裡戳，滿足雖不做任何回應，可她知道她的心已千瘡百孔了。

米甘自幼失去雙親，孤寂無依的感覺一直都在，即使是莊浮由陳家將她接了出來，數十年過去了，莊浮的寬容疼惜卻讓米甘看成了溫吞，尤其晚近莊浮凡事不聞不問，米甘更是打心眼裡怨嘆莊浮。

米甘責怪滿足是不分時不分地，起早凌晨可以人還躺在被窩，就隔著木板牆又罵又咒。

「汝喔，汝這个查某無好尾啦，將汝翁剋剋死，予我這个老人無囝，汝就較歡喜……」

有時滿足縫蚊帳縫到夜墨沉沉了才收整一切，方才躺下榻榻米將沉沉睡去，米甘的狂哭鬼叫就穿牆來了。

「清雲仔，我的囝，汝遮爾不孝，放阿娘踮遮受苦，清雲仔……」

香子從滿足產下芳子那年就和米甘同睡一間屋子，常是好夢正酣時，被米甘這些突如其來的狂呼鬼叫吵醒，整個心便像被千斤重的石頭壓住，快不能順暢呼吸了。更多的是被米甘的罵聲吵醒後，了無睡意時也只能在米甘尖聲詛咒的聲浪裡懷念清雲的種種美好。

在香子眼裡，阿嬤時不時便來上一場疲勞轟炸，與終戰前美軍不定時來轟炸又有何差別？

另一方面，香子也真是佩服，一牆之隔的另一邊房間裡的卡桑，從頭到尾都沒出聲回應，連一點點啜泣聲也沒聽見。

卡桑怎有辦法抵擋阿嬤不定時發動的欺凌攻勢？

多桑臨命終那緊緊一握，究竟給了卡桑多少支撐？

滿足能忍，但她房裡還有兩個孩子，芳子已經十四歲也已曉事，對於米甘這一切行為她視做無理取鬧，白日裡對米甘的唯唯諾諾，也只是虛應其事，她的心思是恨不得能夠遠離這樣的魔域。而現年十一歲小時因感染小兒痲痹致不良於行的銀子，從小驕縱現下脾氣也不佳，九歲的承孝數年來被米甘已寵得可以上天為他摘星星摘月亮，對於米甘這樣毫無預警夜以繼日的疲勞轟炸，他們可不會像芳子只是咒在心裡，更不會如香子一般逆來順受，他們兩個受不了就要發作，因此常在半夜被吵醒後分在兩個房間吵鬧不休。

「嚶嚶……人欲睏啦！」

「……」

「嚶嚶……阿嬤的哭聲足驚人。」

「……」

「卡桑，人欲睏啦！」

「卡桑……」

一牆之隔的香子完全沒聽見滿足的聲息，可以想見的是卡桑如何忍受心中悲痛，又得噤聲安撫銀子，她很想能幫卡桑做些什麼，可她除了拍拍承孝安撫他之外，其他也無能為力了。這時香子便會怨恨自己，怨恨自己什麼都做不了，只能無可奈何的像死屍一般躺在榻榻米上，而躺臥她身旁正在興風作浪的米甘，在她自己的心裡打了一個又一個死結，香子實在毫無能力幫她解下。

滿足跟香子提起離去一事後，香子一再在腦海裡思索，去，留，兩者都讓她難以決定。她知道卡桑一定是忍無可忍才會計劃離開，以阿公的寬大與睿智，他若知道了想必也是無異議贊成。

那自己呢？

和卡桑出去一樣要撐起一個家，留在莊家也是撐著一個家。

該怎麼抉擇？

香子在心裡祈求在天上的多桑給她指點，可心中湧上的是感謝多桑給她一個溫暖的家，讓她衣食不缺的成長，對於莊家給她的這份恩情，在多桑離世之後，正是她應該如烏鴉反哺的代替清雲照顧一家老小，尤其多桑臨終懇切的字字句句再次浮現腦海，她如何也跨不出離去的步伐。

香子自知此時此刻是她感恩圖報的時候，可她也開不了口，硬要請求滿足不要離開莊家。

幾經掙扎之後，香子在星期日和滿足上市場時，向滿足表明了心意，她壓低聲音以日語說道。

「卡桑，我看我就留下來，您和芳子、銀子一起離開就好。」

「嗄？」滿足十分訝異，「妳不想和我們一起離開嗎？」

「阿公阿嬤年歲這麼大，承孝還這麼小，我想我還是留下來好了。」

「香子，不是卡桑不孝，妳阿嬤……」

「卡桑，我知道。」

當一切已成定局時，香子突然想到卡桑帶著芳子和銀子此後的生活當如何，即使芳子在市府會計課工作，但那一點點薪資怎夠她們三人生活？

香子焦急問道：「卡桑，妳們三人要怎樣生活？」

「這……走一步算一步，我先回去大甲妳舅舅家住些時候，以後再看看怎麼辦。」

「這樣好嗎？」

提起大甲舅父，明明也不具血緣關係，幾個舅父和舅媽其實都可對香子不加理會，但外婆一家人自來也都將香子視作滿足親生，對她關懷備至。往昔還是公學校學生，寒暑假跟著卡桑回娘家，還曾隨著舅父的漁船出港，舅舅也曾帶著她在大安港看人牽罟、捕魚，那種趣味深印腦海，如果她能夠不顧良知，拋下阿公阿嬤和承孝，她真願意跟著舅父他們過打漁的生活。雖然打漁人家生活清苦，但那每日所見都是廣漠海洋，多讓人心胸開闊呀！

眼前卡桑似乎也只有返回外家這一條路，但若是要長期在外家住下，香子又覺得略有不妥，幾個舅父都是辛苦打漁，生活也是清苦，卡桑若真長住下去，恐怕會增添舅父們許多重擔。香子想起多桑還在世時，每每卡桑帶著她們姊妹要回外家時，多桑都會一再叮嚀交代。

「滿足，阮舅仔攏真辛苦，汝踮幾日就好轉來。」

「彼是阮阿娘的兜呢！」

「汝已經嫁予我，恁兜佇遮。」

「逐擺阮阿娘佮我兄哥小弟攏叫我加留幾日。」

「彼是𪜶的好意，毋過咱愛替人加想寡，𪜶生活嘛無偌好過，咱毋通傷共人攪吵。」

香子忽想起清雲的行事風格，如果是多桑，面對卡桑想要離家這事，他會如何安排？

「卡桑，我想汝先閣暫時忍耐，咱想看有閣較好的方法無？」

「哪有啥物閣較好的方法？若有，我早就做啊！」

「比如講找一个頭路啊……」

「我？」

從不曾有過工作經驗的滿足，未出嫁前只是幫著家裡縫補漁網，清雲走了後，她是接些縫蚊帳的手工回家做，再有的也只是做做家事種種菜養養雞鴨。現在香子說的是吃頭路，她可以嗎？做得來嗎？婆婆會怎樣說她？說她愛風騷，說她拋頭露面，說她……可這時自己不是就要離開莊家，又何必在意婆婆如何嫌棄她？

香子要她再忍些時候，滿足也不確定自己到底還能忍多久，又到底自己能做些什麼樣的工作？算了，再留個幾日，真沒辦法忍了，也只有先回外家去了，親娘和兄弟總會收留些時候吧？

從滿足提起要離家的事之後，香子常會想起清雲彌留之際交代她的話，好好照顧阿公阿嬤與母親及弟妹，香子時刻不敢忘。日後一旦卡桑真的離家，卡桑與兩個妹妹未來的生活，她也必須要為他們安排好，好讓他們不致三餐不繼、流落街頭。

香子當然也明白，守住莊浮和米甘，就一定要忍受米甘越來越甚的無理取鬧。現在滿足問她意見，她能夠理解滿足大約是已經沒辦法再忍受米甘的刁鑽刻薄。如果角色替換，她在滿足那個位置，能受得了這一切嗎？

在這抉擇時候，想起了清雲的託付，香子忍不住淚水直流。不說清雲那般交代過，就算清雲什麼遺言都沒說，入了莊家之後的歲月，教她讀詩念書的莊浮，管教嚴格的米甘，哪是說捨下就能捨下的，何況清雲的身影依然時時縈迴在她心裡。

不管如何，既然滿足有離家的打算，香子就打定主意往後要幫滿足留意工作了。

香子想到鳳凰曾經說過她的姊夫白福順，不但是市府社會課課長，還身兼一個慈善機構救濟院的董事長職務。香子因為自己和鳳凰的好友關係，在一次閒聊當中，大膽詢問有無讓滿足去救濟院工作的可能。

「鳳凰，我家的情形妳是知道的，我阿嬤不分好歹日也罵夜也罵，我卡桑已經受不了了，她想要搬出去。」

「啥？妳卡桑想要搬出去？那以後生活呢？要怎麼辦？」

「是啊，我就是擔心她們三個母女搬出去後的日子會沒法過……」香子一語未竟，鳳凰就急急問道：「三個母女？妳卡桑只要帶芳子和銀子出去？」鳳凰心裡大大的疑問。

「我卡桑有要我一起搬出去，但是我拒絕了。」

「妳拒絕了？」鳳凰不解。

「是啊，我若是和我卡桑一起離開，妳說我阿公阿嬤要怎麼辦？誰來奉養他們？」

「妳這樣講也是對啦！」鳳凰突然想到一事隨口便問：「妳卡桑不把承孝一起帶走？」

「我卡桑有說了，她不帶承孝走。」

「那這樣剛剛好，承孝就留下來奉養阿公阿嬤啊！」

「鳳凰，承孝這時才幾歲，他還在讀書，哪有辦法賺錢養兩位老人家？」

「呃……對喔……」鳳凰又說：「可是這樣妳比較辛苦。」

「遇到了不然能怎樣？先別說我多桑有交代要代替他孝順阿公阿嬤，就算多桑沒有交代，要將兩位老人家留在家裡，我也做不下去。」

「香子，妳真心軟呢！」

「不是啦，我是感覺我們做人要懂人情義理。」

「妳卡桑……」

「我能夠理解我卡桑的心理，我不會怪她，我多桑要過往時也有交代我要孝順我卡桑，所以就算卡桑搬出去，她們的生活我也是得先安排好，我想如果我卡桑真搬出去了，不知道能不能請妳幫個忙，幫我卡桑留意一下，妳姊夫他們救濟院有沒有什麼工作適合我卡桑做？」

「這……等妳卡桑真搬出去了，到時候我會回去問問看。」

因為香子的選擇，滿足只能尊重，她打算只帶著親生兩個女兒脫離莊家獨立生活，離去前，她前去向公公稟報自己的決定，通情達理的莊浮早已看淡人事，他不作挽留，只是給予媳婦和孫女祝福。

「此去汝一个查某人悉兩个囡仔生活一定無好過，汝家己愛保重。」

「阿爹，多謝汝，滿足不孝，袂當留佇汝身軀邊奉待汝，請阿爹原諒滿足。」

「唉，這亦是無可奈何之事，總講一句，汝參清雲阿娘……無緣。」莊浮語帶保留。

滿足看著公公，一年多來可能是憂傷清雲的早逝，原本清癯的臉龐更形消瘦，仙風道骨了起來。

莊浮斜靠著屋裡一張籐椅，一手拿著一本線裝書，可目光卻飄向屋後藍藍的天空，空氣裡跳動著微塵，莊浮輕輕一吹，塵霧便四處飛散。

一來一往，不就是人生？

可人生又何必過得人人淒苦？

來日不多，他該要找個機會告訴米甘，一切都是因緣果報，要盡早清修身口意，尤其是對待領養來的香子，千萬要感恩。

「滿足啊，阿爹有汝這个新婦算是好命囉。」

公公突然稱讚自己，滿足顯得手足無措，只是靦腆的笑笑。

「阿爹毋通按呢講，這是滿足該做的。」

「看來，阿爹這世人算是完滿囉。」

莊浮的話說得滿足有點心驚，眼前老人好似預知了自己行將歸西，這話激起她心中為人子媳的思量，離家的事遂暫且按下，過些時日再作打算。

香子一看滿足又再住下，也大大鬆了一口氣，她以為滿足思前想後之後，不再將米甘的難聽話放在心上。

但天不從人願，當大家還沉浸在光復的歡樂裡時，香子還沉浸在高興沒和卡桑與妹妹分離，莊浮卻日漸衰竭。

莊浮過七十壽辰時，因戰後物資缺乏，滿足不過是滷了幾個蛋，煮了一鍋麵線，一家人陪他度過壽辰。沒想到滷蛋麵線才吃過沒兩日，他就身有微恙，然後很快就往生佛國。

不知道是生命中重要的兩個男人先後在自己前頭離世，讓米甘無法承受這種傷痛？還是對於同為女性的媳婦能有養子女又有親生女兒在身邊，引發她人性裡的嫉妒？米甘又更多非理性的遷怒滿足。

「一定是汝撒麵線時共麵線剪斷，恁阿爹才會無代無誌破病，汝這个查某真歹心。」

「阿娘我無剪斷麵線。」

「汝免毋承認，我知汝存心無愛阮莊家好。」

「阿娘，我嘛是莊家的人，怎會無愛莊家好？」

「攏是汝這个查某帶煞，才會這个家連續死兩个查埔人……」

芳子人小鬼大，自以為是出社會工作了，鎮日想著如何把自己打扮得出色一些，為此香子還語重心長地告誡芳子一番。

「芳子，認真工作比較重要，不要成天只想著怎麼打扮，市府是神聖辦公的地方，別老想著招蜂引蝶。」

「大姊，我現在出社會了，當然要好好打扮啊！」

「妳才幾歲？才要十五歲而已，想什麼呢！」

儘管香子一再勸說，芳子仍然我行我素，不但將自己妝扮得出脫成小大人一般，不久還交起男朋友來了。

芳子有時星期日幫著家裡到新富町市場買菜，幾次下來和其中一菜販小兒子少華日漸熟識，年輕力壯高大帥氣的張少華頗是吸引芳子，而張少華對芳子也極有好感，儘管米甘曾經對於芳子年紀輕輕公然與男子來往一事冷嘲熱諷過，但芳子仍然沒放在心上，照舊和張少華交往，相熟之後，兩人會尋找彼此都有空的時候見面。

後來，芳子索性將張少華帶回家裡，說也奇怪，米甘見了張少華之後竟就少有異議了。張少華再多到家裡幾次，米甘和滿足等家人漸漸就接受了他。

這天，張少華早一時不來晚一時不來，偏巧莊浮斷氣那瞬間，家人一片慌亂時他來了，一看那情形他自己也對來訪非時不大好意思了。

「……有沒有需要我幫忙的？」張少華竊竊問著。

全家老弱婦孺正七手八腳忙著處理莊浮大體，也沒人回應他，更不可能有人請他坐下喝杯水，幸好張少華也是個識大體的青年，不等米甘等人出聲，他自己便就熱情熱心的挽起衣袖，加入米甘與滿足婆媳倆的行列一起為亡者更換壽衣。

這時正是戰後島內情勢混亂，這個家又因清雲已不在，經濟略是拮据，米甘遵照莊浮遺言「一切簡單就好」。

「少華，阮厝內攏無查埔人，請汝幫阮去買一副薄薄的大厝轉來好否？」米甘難得的客氣。

「阿嬷，咱兜有查埔啊，我是查埔呢！」承孝擠向前為證明自己是男兒。

「汝喔？食無三把菠凌仔菜就欲飛上天，還早咧，去邊啊，莫踮遮纏腳拌手。」

「哼，人是查埔啊……」承孝窸窣的訕訕退下一旁。

張少華接過米甘遞給他的錢，立即奔出屋外上街去張羅莊浮的棺木。

米甘指揮著滿足和香子芳子幾人將一切該做的事做好，拆下一扇門板讓莊浮直躺大廳地上，雙腳朝向門外，再在他腳尾擺上一碗腳尾飯，幾人輪流上香，然後依莊浮生前很早就交代過的，米甘招呼家人跪在他跟前一齊誦著「阿彌陀佛」。

張少華出去不到一個小時就回來，還為了替莊家省下幾文錢，他獨力一肩扛回莊浮的薄棺木。

「少華哥，汝足厲害呢，一个人揹一間大厝。」承孝的讚美卻教少華尷尬，實在是因為米甘交給他的錢只夠買副薄棺，而那薄棺重量極輕他正可背負。

「啥？汝按呢踮街仔路行，人毋就對汝指指拄拄？」芳子說話聲雖小，但其中含帶極深的責怪，張少華卻是沒聽出來。

「哪有啥驚人指拄？」

「喔，汝真是怪人，按呢我後擺怎敢佮汝行作伙？」

「這也無按怎啊！」

「芳子，汝這个查某囡仔真毋知影好歹，少華替咱做遮濟，汝是咧怪伊啥？」米甘一出聲，芳子趕緊閉嘴。

當芳子心裡為這事彆扭時，除她之外的家人，因著張少華參與了莊浮的後事處理，都認定張少華將來必會是芳子的夫婿，這個家的一份子。

饒是張少華如此熱心幫忙處理莊浮喪事，芳子最後還是變心了。

臺中縣

第十八章

莊浮過世之後，米甘幾番夢見莊浮要她搬家。

莊浮告訴她，整個臺灣將會變化很大，要趁著通貨膨脹還沒惡化到十分離譜的地步，趕緊換個小一點的房子好好生活，老宅出租也可有點固定收入。

「米甘仔，真歹勢，我先走矣，毋過我抑是會保庇汝，上好恁愛搬厝。」

「天地遮爾大，搬去佗位好？」

莊浮連這些都為米甘設想了，夜裡入夢他對米甘說：「汝愛相信香子，以後厝內底的代誌予香子去拍算，伊會曉向南去揣厝，袂離遮傷遠。」

然而米甘並未將莊浮夢中所說搬家之事放在心上，卻是在物價日益波動下，她動起要將老宅售出的念頭。

就這樣米甘託秀柱幫忙找買家，香子一直勸著不要在這種時候賣掉老宅，但米甘一句也聽不進去。香子也只能遵從米甘意思四處找房子，香子仍然像兒時那樣喜歡走在已改為民族路的榮橋通，兩側的小屋宅仍是她的夢，可是米甘自己也四處找房子，她看上了臺中師範學校附近的一間小屋，不識字沒讀過書的米甘說住在學校附近，銀子和承孝一定會喜歡讀書，她這話讓香子驚異，阿嬤難道也知道孟母三遷的故事？

但香子相中的是民族路上國民政府接收後屬農林廳地產的小宅，無論香子如何遊說住在民族路去第二市場較近，而且更鄰近柳川和樂舞臺，米甘始終堅持該搬去師範學校旁邊。後來是香子臨機一動告訴米甘，若日後手中能握有農林廳股票，便能和農林廳換下那間房子，房子便是自己的了。直到香子這麼說之後，米甘才想起莊浮夢中的現身說法，也才甘心讓香子去打理這一切。

莊浮後事處理完之後，米甘仍然沒給滿足好臉色，倒是此時滿足心頭的掛慮已完全消除，聽到婆婆夜夢公公指示搬家的說法，心想這是公公為她準備的好時機，心下滿是感激。

滿足趁著搬家那天，帶著芳子、銀子和簡單行李就與香子等三人分開了。那日下午遲遲未見到滿足和芳子、銀子，米甘心裡多少有數，滿足趁著搬家帶著親生的兩個女兒走了，米甘心裡大不痛快，這個蔭不了莊家的媳婦竟然敢逃家，就不要讓她路上遇見，絕對饒不了她。

米甘自覺權威被踐踏了，一恨起來隨手用勁的推撞饒有歷史的掛鐘，這一推撞實在太大力了，鐘擺先是「噹」如喪鐘一般響了老長時間，承孝先是被米甘那粗暴舉動嚇傻，再是被鐘擺的刺耳聲震得受不了掩起耳朵來。

香子靜靜看著，米甘那張爬滿皺紋的臉正扭曲著，前額一條條青筋冒出來，宛如爬滿了蚯蚓。那是忍不下被背叛的冒火怒容，可香子卻為米甘感到悲哀，她怎麼能把生活過到媳婦帶著親孫女逃難似的逮著機會出走了？香子雖覺得米甘可憐，可她卻不想也不敢安慰米甘，只要她一出口，必定會被米甘視作包庇滿足。

難道什麼都不說，米甘就會放過她了嗎？香子完全不做這種想像，她知道米甘的責難會在毀損時鐘之後緊接而來，反正該來的都會來，此刻就得好好盤算如何應對。但首先為了避免再多刺激米甘，香子強忍著鐘擺穿刺耳膜的叫聲，不發一語。

好長一段時間後，鐘擺也疲乏了，瞬間無聲，突然間的靜默反教承孝驚異得張口結舌。香子仍然木頭人一般立著，不動不說。只是她環視租屋一圈，租來的屋子雖然不大，但一口氣少了三個人，只剩下她和米甘以及承孝三人，還真是稀微啊！

米甘兀自從鼻腔大力噴氣，滿足的不告而別實在讓她太生氣了。

「香子，恁卡桑咧？伊走去佗位？」米甘質問香子。

「阿嬤，卡桑無共我講，我嘛毋知。」

「汝會毋知？恁卡桑毋是逐項代誌攏佮汝參詳？汝會毋知？」米甘如何也不肯相信。

「無啦！」香子怎敢說出卡桑離家的計劃早已擬好。

「無？我毋信。」

「阿嬤，卡桑去佗？」承孝拉著米甘問，香子趕緊將他拉來自己身旁，再瞪他一眼。

「去佗？我怎會知影，伊心內哪有咧存我這个阿娘，哪有想汝這个囝，趁咱搬厝做伊走，將恁兩个放予我這个老歲仔，伊喔，按呢做敢對？這个查某會無好尾。伊上好莫予我搪著，路頭路尾我攏袂放伊煞。」

空氣瞬間冷了下來，面對米甘這樣怒氣，早先已被香子料到，所以還特別告訴滿足盡量不要在三民路與民族路和中山路這一區塊出現，免得和米甘相遇。雖說香子早已知道，但搬家之際突如其來的改變，著實是一時之間也不知道如何是好，此時米甘又在氣頭上，她更是不敢多說。香子垂下頭雙手交握，她這一握正想起卡桑臨走時與她的對話。

「香子，後擺這个家就靠汝囉！汝會較辛苦喔！」

「袂啦，卡桑，這我做會到。」

「按呢就克虧著汝。」滿足看著這個自己奶大的女兒，雖是領養的孩子，但她還是不忍心放她一人在莊家。

「袂啦，這我歡喜甘願的。」

那時香子向卡桑說出歡喜甘願四字，打一開始她也真是如此心情，她如何能捨下毫無生產能力的老人家，又如何能對往生的養父背信——好好照顧承孝，教他日後代父親盡孝承歡阿嬤膝下。

向來被疼慣了的香子，少了清雲已經天地變色，從仙境墜入人間，兩年之後再接連面對失去莊浮和滿足出走的事，簡直是又一次將她從人世推落悲慘世界，這個悲慘世界夾帶著臺灣社會戰後重建的艱辛，與家中米甘既無理又偏激的要求跟責難。

夜深人靜時，米甘毒罵滿足「掃把星」的話跳出來，香子看著自己的掌紋，問著自己，「是不是因為我？我是不是才是掃把星？不然怎會沒了多桑，又沒了阿公，卡桑也離開家了？」

幼年隨著米甘去算命阿婆那裡的影像又朦朦朧朧浮上心頭，算命阿婆那時一再叮嚀她別隨便讓別人看到掌心，那時不明所以，現在了然一切，可仍是心有疑惑。

真是這樣嗎？

若不是這個因素，為何命運多舛？

青春年華的香子也盼著有美麗衣裳，往昔還有芳子工友薪資、滿足縫蚊帳的收入，以及屋後空地所種的蔬菜和所養的雞鴨，可現在家裡只她一份月俸，滿足帶著芳子和銀子走了，一下子就少了兩份補貼，祖孫三人生活已是清苦，香子更是不敢奢想米甘會給她零用錢，而她也沒了縫蚊帳賺零花的機會。

香子只能拆下舊衣利用晚上空閒時間自己摸索裁製，她踩著針車，想起卡桑燈下賣力踩踏針車的情景，一時間喉頭酸了起來，可是想想，眼下卡桑和妹妹們都在大甲外婆家，倒是可以享受難得的清靜。

摸索幾回之後，香子咬牙花了之前攢存的零用錢買了一塊碎花布，然後無師自通的為自己裁製了一件衣服，看著那件花色鮮艷的洋裝，心裡好不得意！

香子一時炫耀心起，拿著衣服跑到米甘跟前展示。

「阿嬤、阿嬤，人我會曉作衫啊呢！」

「我看咧。」

米甘接過才一瞬臉色就大變，隨即不發一語起身抓住香子頭髮就是一頓打，香子被打得莫名其妙。然後米甘放下抓香子的手，轉身拿起一旁的剪刀，當著香子的面將她剛做好的新衣亂剪一通，香子就算要搶救也來不及了，她眼睜睜的看著米甘把那件簇新的得意作品剪得細碎。香子心裡好痛，她心疼自己幾天努力的心血，心疼那快花光零用錢買下的布，心疼那些好不容易攢存的錢，才這幾秒鐘就被米甘摧毀殆盡；才這麼短短時間就全部化為烏有。

「阿嬤，我做的新衫，汝哪共伊鉸破？」香子哭著問。

「新衫？有人做衫按呢做麼？」米甘哼聲道。

「……」香子不明白，她真心疼無人教導自己靠摸索完成的作品，此刻已經慘不忍睹。

「這是窄幅的布，人攏嘛接佇胳下囊腳，誰人接佇尻脊後？」米甘彎身撿起一塊指給香子看。

原來，是因為接布接錯地方。但只是這樣，阿嬤有必要發這麼大的脾氣？有必要把整件衣服剪得破破爛爛嗎？香子心裡淌著血。

這之後，香子每做一件事必得一個程序一個程序的問過米甘，即便她已知道方法，她也是一聲聲問過，她實在怕極了米甘突然發作的一陣毒打。

工作時辛苦，回家後神經緊繃，香子終於能夠體會滿足無法承受的苦楚，她自己也感覺壓力大到快無法負荷了。

滿足離家匆忙，主要也是因為臨時決定在搬家之日倉促離開，香子來不及再向鳳凰拜託為滿足找工作的事。剛巧這兩日香子上班時神情萎頓，鳳凰察覺有異，上前來關心。

「香子，妳怎麼了？」

「沒什麼……」

「還說沒什麼？精神這麼差……」

「……」香子停了好半天才將近日發生之事一一說出。

「嗄？妳卡桑搬出去了……」鳳凰也停了半晌才又接著說：「那妳卡桑現在住哪裡？」

「她先回大甲舅舅家。」

香子很想滿足就在臺中，她還可以隨時跑去訴訴苦得個安慰什麼的，但現在卻是卡桑和妹妹都在大甲，她的心涼了半截，她若要去大甲，一趟路來去絕不是一兩個小時可以完成，而且她也找不出什麼理由出去大半天，如果讓米甘知道她是去探望滿足，真不知道米甘會有什麼瘋狂行徑，因此香子總是忍著思念母親的心情，所有關於滿足和銀子的事，都是經由還來市府當工友的芳子的口中得知。

香子的抑鬱難歡，某日也被忙過一陣剛得空的何基明看進眼裡，細問過之後滿是心疼，雖說只是他母親對香子卡桑的口頭相認，但因他母親看中與香子卡桑間的口頭契母契女情誼，慈心一起便想幫香子，何基明想到有一日籍友人引揚回日本了，託他管理的小宅正好可以提供給香子使用。

「香子，我有個日本朋友引揚回日本了，一間在三民路上的小房子託我管理，我看就先給你使用好了。」

「何老師，這樣不好吧！」

「有什麼不好？反正房子也沒人住。」

「可是……」

「沒什麼可是的，香子，這屋子就給妳使用，妳也不需要為了妳卡桑再花錢去租房子，省下來的錢也可以讓妳和妳阿嬤跟弟弟的生活好過一點。」

「可是……這怎麼好意思……」

「不要想那麼多，這是日本友人留下來的，妳就住吧！」

「可是……」

「別可是了，妳卡桑還喊我母親契母呢，再怎麼說我也算是妳長輩，長輩照顧晚輩理所應當。」

「那……謝謝何老師。」

香子因此不再拂逆何基明的好意，思前想後，何老師將小屋轉給她使用，純粹是因為何老太太和卡桑之間的美好因緣，她若和阿嬤與承孝搬進三民路二段小屋，雖也無不妥，但她便無法住在自己從小夢想的榮橋通小宅，而且也無法讓何老太太與卡桑的美好關係有一存續空間。思考再三，香子並沒向米甘稟告這件事，她打算去大甲接回滿足和芳子及銀子，三民路小屋就讓卡桑和兩個妹妹居住，她就可以利用上下班時間過來看看卡桑，也順便透透氣。

這樣的決定，適時在香子體內注入了一股活力，香子非常感激上天，更是感激生命中適時出現的貴人。

「何老師，感謝您，一直以來都受到您很多的照顧。」香子再次九十度鞠躬致謝。

「香子，快別這麼說，大家歡喜就好啊！」

何基明這話讓香子頓時感覺人生真奇妙，人與人之間的關聯，許多時候並非來自血緣，身上流著同樣血液的兄弟姊妹，可能因為家境可能因為戰爭而流離失所，反而是毫無血緣關係的人們為這一座城市繪製了美好的圖畫。

她的多桑就是，何基明也是。

「那……何老師，我想三民路二段這屋子就讓我卡桑和兩個小妹住，您覺得如何？」

滿足和米甘水火不容的狀況，除了鳳凰，香子沒對其他外人提起，對香子來說，阿嬤和卡桑不合的家務事無須讓不相關的外人知道，何基明到底是比外人又親近一些的人，香子也只是透露幾分而已。香子的說詞是米甘堅持賣掉老宅，而她們現在租下的房子小了一點，所以近期滿足帶著兩位妹妹返回大甲外婆家。

「那很好啊，還有這間房屋的居住權利以後就是妳的，妳可以全權處理，無須再問我的意見。」

不日後，香子也從芳子的口中知悉，卡桑覺得打擾大甲的舅舅太久了，已做好離開大甲的打算。

何基明讓渡房屋居留權的時機來得真是時候，香子心想一定是多桑和阿公冥冥之中的安排。

「芳子，我有一間在三民路的房子……」香子話還沒說完，芳子便打了岔。

「大姊，妳怎麼會有三民路的房子？」

「那是何老師，以前教育課那個何老師日本朋友的房子，我想就給妳們三個人住。妳回去跟卡桑說，妳們三個馬上搬回臺中來，就住在三民路二段那兒，這樣妳上班也比較方便。」

「大姊，太好了，這樣我也不必再每天擠火車了。」芳子興奮得快跳起來。

「這麼高興？像小孩一樣。」香子看著這個和自己沒血緣的妹妹，可能都是在母親身邊，才會這麼天真，她真是羨慕芳子。

滿足回到臺中之後，香子經常利用上下班路過時去向她問安。偶爾一次香子和一位歲數顯然比她大上好幾歲的男人在門口錯身而過，心下不免有些疑惑。

「卡桑，拄才佮我相閃身彼个人是誰？」

「彼个喔？芳子的朋友啦！」

「芳子的朋友？」香子問這話時順道以眼神向母親求證。

「是啦，是男朋友。」

「芳子毋是佮彼个張少華交往？少華的老爸毋是有提過菜豆仔遐的物件來咱兜？」

「芳子著無愛伊啊，我嘛無伊法度。」

雖是芳子個人私事，但香子感覺彷彿是自己失信於人。

滿足說時神情事不關己，香子忽忽想起米甘說過滿足都不教她們這些子女做人做事的道理，那是下毒，設若真是如此，現在看來芳子的狀況便是毒害嚴重的後果。

可是香子又想到若照米甘那樣的說法，意思是米甘自己的教育方式才是對後輩有用，可是那種高壓強制要人凡事遵照她的說法去做，難道就真是對晚輩好？如果真是好，為什麼當她面對米甘時總是渾身不能輕鬆，整個人由裡到外繃緊神經？若再加上那無理謾罵，簡直就要崩潰，哪裡能學習到什麼？而那，不是更毒的毒藥嗎？

可這麼說，好像又不盡公平，香子心裡這樣溜轉著。

多桑是阿嬤一手帶大的，多桑的整體表現人人稱讚，不僅鄰里左右讚譽有加，就連多桑律師公會裡的工作夥伴也經常稱許。

香子不知該說是她多桑懂事受教，還是米甘那一套教育方式真的有效？

現如今看到芳子交友的態度大方活潑，再對照自己保守含蓄的心態，也是心裡滿滿疑惑，她和芳子都是滿足一手奶大的孩子，怎會如此不同？若滿足的教育方式錯誤，何以她並未像芳子一般？

所以，香子告訴自己，米甘那一套指責父母放任孩子自由成長的作法是下毒之說，完全是無稽之談。

不久後，有一個星期六中午下班，香子回家之前先繞去看看滿足，正巧遇上前次擦肩而過的那位男士，他也到家裡去等候芳子下班。

「卡桑，我來矣。」香子注意到家裡另有一人，「這位是……」

「大姊，這位是震東，伊姓許，是巡查。」隨後進門的芳子搶在滿足開口前說了。

香子回頭看見芳子，一身打扮超過她十五歲的年齡，芳子抓住時間再介紹香子讓許震東認識，「這是阮大姊。」

「許桑好。」

「大姊，汝好。」許震東鞠躬致意。

香子客氣回應，但她不是很欣賞許震東。

這算是和許震東的第一次正式見面，香子心裡直嘀咕著，這男人不是警察嗎？怎的這般輕浮？只見他和芳子併肩而坐，時不時就將手掌放在芳子膝蓋上，這讓香子感覺不自在，偏偏芳子被這男人輕薄了還不自知。

香子是忍了再忍，直到許震東離開後，才直白勸著芳子。

「芳子，我看妳要多想想，這個許震東好嗎？」

「大姊，我覺得震東不錯啊！」

戰爭期間生活的苦，與早早失去父親慈愛的芳子，身邊忽然出現一個長自己十幾歲的男人，對她又是極為呵護，很快就掉落自己幻想出來的浪漫氛圍。她眼中只看得見許震東，其他什麼都看不見。

這之後香子再知道許震東已婚有家室還有個已念小學的兒子，更是不贊同芳子和他交往。

「他已經結婚了，妳怎麼會想跟他在一起？」香子問芳子。

「他對我好啊！」芳子喜形於色。

「這不是好不好的問題，是他有家庭有孩子。」香子強調的點，卻是芳子不在意的點，「大姊，我都不在乎他有家庭了，妳又何必在意？」

「是啊，大姊，汝共芳子二姊管傷濟啊吧？」

兩位姊姊的日語對話，被銀子突然冒出的臺語打斷，而這一句卻是堵得香子自覺沒趣，此後她便不再就此事發表意見了。但芳子總是她的妹妹，看妹妹這樣頭腦不清不楚的落入戀愛牢籠就覺心痛，回到家後忍不住就對著米甘說出口了。話說出口後，香子便後悔了，但說出去的話潑出去的水。米甘雖是童養媳出身，但後來因緣際會跟了秀才後人莊浮，她因此將女人的自持自重看得比什麼都重要。

米甘要香子轉告芳子找一天回家來，她好好問問看。這些都是近期聽著鄰人說有一位老師講道理講得很好，當香子上班承孝上學時候，她也跟著去聽講經說道，慢慢也潛移默化許多。香子原是擔心米甘會對芳子嚴厲責備，結果出乎香子的意料，米甘竟只是就人情事理說了她的看法，並沒有過分刁難芳子。

「芳子，汝家己愛想詳細，若是綴這个許震東，是做細姨喔！」米甘把話說得很白。

「阿嬤，人震東已經無佮伊大某做伙矣。」芳子急著為許震東辯解。

「那按呢個敢有離緣？」米甘雖是笑著問，但一旁的香子倒是看出阿嬤笑容深處的不以為然。

「呃？」芳子沒料到阿嬤會緊接著這麼問，一時心慌無言以對。

「無是恁卡桑攏無教汝嗎？攏無共汝講婚姻毋是咧辦公傢伙仔嗎？」米甘到底還是有很深的個人習氣。

「……」芳子啞口無言了。

「恁卡桑喔，放毒喔，這抑無教汝？」

芳子結識許震東時不過十五歲多，雖然身邊的親友咸不看好當警察的許震東真會善待芳子一輩子，尤其香子還總是苦口婆心曉以大義，無奈芳子就聽不進這一些。後來香子再想想，若不許芳子這麼早就跟定許震東，硬是將她留下來，只是留得住人卻是留不住芳子的心，也是徒然，自此也就不再過問芳子與許震東之事。

民國三十五年（西元一九四六）香子十八歲，經由她鍥而不捨四方打探來的消息，尋到了春花姑姑，才知道在她出養莊家不到半年生父便往生，生母所生的四個女兒都分別送人當養女，養女多數都得做超過身體可負荷的工作，像出養給豬屠人家的大姊阿春、出養給耕重農務住在水崛頭的二姊彩雲，她們的生活僅有一語能夠形容，那就是苦不堪言。唯有被彰化單身公務員領養的三姊秀枝，和被莊家領養的她，是被呵護長大且有得念書的幸運兒。

就連留在生母身邊的大哥，後來因為父親病得極重，母親將他託請叔叔嬸嬸照顧，但因受不了嬸嬸的苛待，而自叔叔家逃跑，為了生存只得輟學，小小年紀四處打工養活自己，有一餐沒一餐的度日。大凡有一點點線索香子便找去，先尋到一再搬遷的春花姑姑，再從姑姑口中獲知生父亡故後，生母一個弱女子為了活下去已再嫁，而且也已隨再嫁夫婿南遷阿猴（屏東）了。

即便是阿猴遠在臺灣島南端，香子無論如何也要尋到生母，這是她生命中極重要的一件事，清雲還在世時曾經許諾過，將來會陪著她把每一個出養的姊妹都串連起來，香子深信此時能夠順利連綴過去生家的兄姊，絕對是清雲在天之靈的護佑。香子尋到她的生母時，大哥天喜因生父亡故，而回到再嫁母親身邊，這時生母的再嫁夫婿也已亡故，而母親也再生了一個異父的弟弟阿清。

「阿……」香子那一聲阿娘還沒喊出聲，生母就看到她的喉底，她以沒什麼情緒的嗓音告訴香子，「呃……汝講恁多桑共汝號作啥物名？」

「叫做龍香，日本名香子。」

「嗯，汝出世五十四日就分予莊家，汝是吃恁卡桑的乳大漢的，伊才是汝的阿娘，古早人咧講，生的請一邊，養的恩情較大天。雖然這馬恁多桑無去矣，恁卡桑嘛搬出去家己生活，毋過伊猶是汝的阿娘。」

「毋過汝才是生我的……」

「我拄才毋是才講過？生的請一邊，養的恩情較大天。」

「那按呢我愛按怎叫汝？」

「我喔？」香子生母想了想說：「汝就叫我姨仔就好。」

「喔，姨仔，姨仔。」似是要將過去十八年沒喊到的全一次補足似的，香子一逕的喊著。

許多清雲在世時不曾多談的香子生家的事，香子在見到生母後，母親一一為她作了解答。

「姨仔，汝是按怎欲將我分予阮卡桑？」

「無分人，汝就飼袂活。」香子生母接著又說：「恁阿姑拄好住佇恁多桑隔壁，伊轉來時咧講，講恁多桑是一个足好足有孝的人，伊講按呢的人一定會惜囝，我才會共汝分予伊。」

清雲在世時給香子的教育是開放不多約束，香子也就早早練就一番過人膽識，尋親一事做來乾淨俐落，後來她還按著春花姑姑給的線索，一一尋到與她同是出養的姊姊。

從此除了在莊家她們是四個姊弟，另外在她心裡還有四個分屬不同家庭不同姓氏的姊妹，香子知道血液裡她們留著相同的血，從此後她一定要想辦法常和姊妹兄弟，以及生身的母親保持聯繫，她要把過去十八年失散的絲繩一根根拾起來，再將絲繩綁在一起。

香子和兄姊的血緣，在中斷十八年後再次連結，香子便常會思量起以往阿公說過的因緣故事。所有的事都無法強求，冥冥中自有一股安排的強大力量，世人只能面對它、接受它，與它和平共處。

那麼，未來呢？會有怎樣的生活？

第十九章

二次大戰結束後一年，民國三十五（西元一九四六年）十月二十四、二十五日，國民政府最高領導蔣中正與宋美齡伉儷聯袂視察臺中，縣市府員工全部在這棟過去州廳時期的辦公大樓外列隊歡迎。

近距離目視了雍容華貴的宋美齡，已滿十八歲的香子腦筋一片空白，連個癡心妄想也沒。想起從前莊浮說過的故事，真是人人不同命啊！

這是怎樣的因緣呢？能與政府最高領導人同框，香子也很想參破。

日子流水般過去，香子日日一成不變的過著，有天鳳凰告訴香子救濟院原來的清潔婦不做了，她已經向她姊夫推薦滿足了。香子一聽這消息滿心歡喜，恨不得時針快速往前轉，只要一到下午六點下班時間，今天她要第一個衝出市府辦公大樓，她要趕快將這天大的好消息告訴滿足。

「鳳凰，謝謝妳。」香子拉住鳳凰的手，千恩萬謝濃縮成三個字。

「小事一樁，妳別這麼客氣，香子。」

六點不到，香子早已收拾好準備下班，那異於往常的情狀引起辦公室同事關注，有人怔怔看著她，幾個男同事無聊至極開起她的玩笑。

「莊龍香，今天這麼早就走？」同事的四川鄉音香子聽得很吃力，害怕聽錯，不想理會。

「她八成是趕著去約會。」

福州來的同事說的香子聽得可清楚了，但子虛烏有的事恐怕越描越黑，此刻她有更重要的事要做，懶得多做解釋，踏出辦公室前香子白了他一眼。

走出這棟巴洛克建築的辦公大樓，香子彷彿後腦長了一雙眼，那幾個惟恐天下不亂的同事紛紛擠在窗邊，以為能夠看到什麼明日可以大作文章的畫面。

香子冷笑一聲，怎會有人總等著對別人的事說三道四，好好守自己本分做自己的事不行嗎？

香子越過民權路，快速走向三民路。

進了屋，香子迫不及待把好消息告訴滿足。

「卡桑，我那個同事鳳凰啊，今天她跟我講她姊夫，就是我們社會課課長，也是救濟院的董事長，鳳凰說救濟院的清潔婦不做了，現在救濟院有這個缺，鳳凰告訴我，卡桑，妳如果去救濟院上班，就不用再日夜縫蚊帳，把眼睛都用壞，而且應該也會有比較多的收入。」香子急著說完，以致說得零零落落。

「我真的可以嗎？香子，那是救濟院呢！」滿足擔心自己能力不足。

「卡桑，妳可以的。」香子心脈稍定，先給滿足打氣接著再說了，「我問過鳳凰，清潔婦的工作項目，就是清潔辦公廳，然後為辦事人員準備吃食，為住宿人員煮晚餐和燒洗澡水，卡桑，這些難不倒妳的，妳不要擔心。」

隔日，香子提早在七點出門，陪滿足按著鳳凰說的地址去了救濟院，送滿足進救濟院前香子以微笑鼓舞滿足。

「卡桑，だいじょうぶ（沒問題）。」

那一整天香子在市府辦公廳心情都很歡愉，她相信救濟院會留用滿足，她彷彿預見日後家裡每一個人都能活得精彩，想到這裡，香子腦海突然浮現不久前迎接蔣氏伉儷的畫面，然後下了一個結論，這社會只要每一個人都認真發揮自己的能力，也可以活得像蔣夫人那樣自信亮麗。

滿足的面談十分順利，很快便接替了原來的清潔婦，從此滿足也有一份能自食其力的工作了。這年滿足三十八歲，雖然做的只是救濟院辦公室的清潔工作，為工作人員料理午晚餐，以及為單身住在救濟院的員工燒洗浴熱水等事，但滿足卻是極喜愛這個工作。一方面因為有事做也有薪資，而且救濟院還提供食宿，等於薪資是完全可儲蓄的。另一個最讓滿足愉快的是，在那棟日式屋宅裡工作，夜裡總容易浮現往昔和清雲相處的美好，自己擁有一間小小六疊榻榻米的房間，非常溫馨。

於是，三民路二段的屋子就只剩下芳子和銀子兩人，香子隱隱然覺得不妥，芳子市府下了班總忙著和許震東約會，留下一個行動不便的銀子，香子總要擔心。她也曾想退掉民族路的租處，然後和米甘、承孝也搬到這處，可又擔心一旦讓米甘知道她早幫滿足安排了這個住處，後果一定悽慘無比，幾經考量最後還是作罷。但想想又不放心兩個妹妹，因此和滿足商量，請滿足向主管報告，還是住在家裡，每日早上去上班，晚上待救濟院員工吃過晚餐沐浴過後，她將一切都處理妥當再下班。香子的憂思滿足能理解，也就應香子要求向主管做這樣的報備，救濟院待滿足極好，那房間還是幫她保留著，讓她可在那兒午休，還告訴她隨時都可以回去安心住下。

時序輪轉，社會秩序再混亂，日子還是得過，生活再苦，香子也不敢在米甘面前哼一聲，幸好有時滿足會塞點錢給香子零花，香子才不致總是兩袖清風，沒有一丁點自己的錢好為自己做些打算。日子就這麼一日日過著，大家都以為將要過上靜好的生活了。

沒料到，風雲變色只在片刻。

民國三十六（西元一九四七）二月二十七日星期四，天馬茶房外一名販賣走私香菸的婦人被臺灣省專賣局臺北分局查緝員，在取締時以槍托擊中頭部，導致該名婦人昏厥倒地，引發群情激憤，導致爆發其後全島串聯的可怕事件。

幾日後的三月二日星期天，正好輪到香子當值，早上七點多前往市府辦公廳，從民族路住家走出沿著柳川西路走，那日總有一種柳川水上飄的空氣特別沁涼的錯覺，一連幾日從同事耳語從廣播知道一場風暴正襲捲臺灣南北，香子越走越覺寒冷，忍不住縮緊脖頸。遠遠的便望見臺灣省立臺中師範學校校舍（前身為西元一九二三年創立的臺灣總督府臺中師範學校），一路上香子心神不寧，幾日來全島南北串聯的行動以及官方的處置已陷於失控狀態，如果能夠選擇，香子也不想出門，尤其是去到國民政府接收不到兩年的辦公廳。可是職責所在又不得不去，否則辦公廳若被人闖入，當值的她必是難逃罰則。

其實那天一早米甘就極盡所能的阻止香子出門。

「外口遐危險，我看汝抑是莫去辦公廳。」

「這袂使得，辦公廳無人去顧咧，萬一若予歹人走入去亂舞，就是我失職呢！」

「啊汝若佇外口按怎咧？是啥人失職？」

米甘這樣說，香子不知該如何回應。如果她在去市府值日的途中發生了什麼事，責任該歸於誰？這個事香子從來也沒想過，以往莊浮和清雲都教導她，凡事要自我負責，所有事情的結果絕對兩方都有該承擔的部分，不能一味歸咎對方，自己也有不能推諉的部分。

香子想，如果不想遇上任何突發狀況，那就真的是依米甘所言留在家中，但這樣會怠惰自己的工作，她不能做這樣的人。那麼，如果堅持要去值日，路途上的風險就得自己消化了。

因為香子的堅決承擔，米甘便也不再多說什麼，心裡倒也安慰清雲把香子教得如此負責。可不是嗎？自從滿足偷偷摸摸的搬出去後，這個家就只剩下她、承孝和香子三人，如果不是香子扛起這一家，她一個即將花甲的老婦人能做什麼？才十歲還在國民學校就讀的承孝又能做什麼？

這也讓米甘想起香子小時候說過長大要賺錢養她的話，心下一甜眼眶微微濕潤了。米甘這也想起了，榮橋通的算命婆說過香子蔭翁蔭囝之前得先奉養她。既然算命婆都說到香子將來蔭翁蔭囝，那這會兒她便是不會遇上什麼危險才是，這樣一想也就寬心許多。可又想到香子今年十九，一般人都說逢九不好，米甘心神便又不寧了。回過身米甘趕緊拿出火柴盒倒出火柴棒，她要趕快念佛好穩住自己的心。

十九歲的香子儘管膽識過人，但市街上一股山雨欲來風滿樓的詭譎氛圍，也讓她微微心驚膽戰。香子盡量快走並避開人多之處，小心翼翼走著，好不容易到達市府看見那扇平時完全打開的門，今日緊緊掩著，香子快步上前，裡面工友早已從窗戶看見是香子，也很有默契的趕緊拉開一道縫，好讓香子閃身進入辦公大樓的大廳。之後，陸陸續續來值日的各處室同仁，人人青著臉，宛如剛剛都經歷過什麼窮山惡水似的。

整個上午市府大樓內部尚稱平靜，有些同仁互相交換這幾日的觀感心情，香子想起兒時為吉米家養女阿金姊出頭的事，曾遭米甘罰跪責罵她好管閒事。後來莊浮和清雲都告訴過她，遇到狀況不明時要先觀察，不要貿然發表言論，在這當口上，這些往事再次浮現，香子也深有所感，還是不要隨便加入同事間的談話，以免惹禍上身。

越近中午這棟從大正一年（西元一九一二）開始構築，到昭和十三年（西元一九三八）完成此刻規模的巴洛克建築外面雜沓人聲腳步聲，兼還槍聲四起，聲聲震得香子都要躲到桌子底下了。

難道又將要有一場戰爭要展開嗎？

日本人戰敗才撤回多久？

自己人也不能好好相處？

因為心情的忐忑起伏，不但食不下嚥，還感覺這一天真是漫長啊！

槍聲停止，辦公廳之外的世界是怎樣的狀況，香子很想探知，她緩緩靠近窗邊，透過玻璃窗從二樓的高處向馬路眺望，其實辦公大樓與民權路之間還有座花園，不是那麼容易看得清楚，但今天的街景有夠混亂，來自四面八方的人潮，帶刀帶槍都有，她才在心裡暗暗祈求神佛保佑，隨即看到影影綽綽間有人拿刀當街對一個女子揮舞，香子大驚失色，他們之間究竟有什麼仇，那人要這麼殘暴的對待那個女子？此時香子聽到持刀的人嘴巴一張一合彷彿在大聲咆哮，但聲音被圍觀群眾起鬨聲淹沒，斷斷續續不甚清楚。

「……割伊一个耳仔……予伊一个教示……愛嫁外省人，這就是……反背臺灣人……」

這是什麼理論？香子回頭看一眼整間辦公室，想及整棟辦公大樓，平日裡有多少外省籍的同仁在這裡認真工作，就因為不是臺灣省籍，便該定罪，香子不禁啞然苦笑。

香子沒想到這樣的情形會在朗朗乾坤下發生，她很想對著窗外大喊，嫁給外省人有罪嗎？只經過一秒她便嚥下了那句沒說出口的話，這時候路上的民眾大多已失去理智，她可不想因自己逞一時口舌之快，引來暴動民眾衝撞市府大樓，甚至傷及其他無辜同事。

香子探頭再看，她目光所及的民權路路段多的是持刀持棒的人，有人尖聲鼓動，有人更在這鼓動中失去理性，只要聽見說國語的，不由分說，抓來便是棍棒齊下一陣亂打，要不就是割耳割鼻。受害一方心有不甘或是徒手反抗，或是警察介入協助，場面只有更加混亂，一時間整座城市儼然是沒有王法的城市。

香子難過極了，這些人不是此刻都同在這座城市？為什麼要相互仇視呢？

外來的人離鄉背景，本地人不能以更寬闊的心胸對待他們嗎？想她五十四天從何姓父母手中出養，莊姓的父母視她如己出，才有今日的她，街上這些人怎不各退一步多想想？

香子心裡正喟嘆，又聽見隔壁辦公室喧喧嚷嚷，好像是有市府同仁剛從外面進來，正在說他們一路走來的個人見聞。香子壓不住心裡那隻好奇的貓，提起腳跟急忙奔去，要聽聽最新消息。

「我跟你們說，我剛從民生路那邊來，經過市警局時，正好看見市長劉存忠先生被人從市警局二樓窗戶往外推下……」

「嗄？」女同仁掩住口鼻很是驚慌。

「有沒有怎樣？」

「我也不知道。」

「怎麼會變成這樣？」

「簡直無法無天了。」

幾個人七嘴八舌搶著說，來人不予理會，繼續激昂轉播著：「我一路走來還聽說我們市長……」

「市長怎樣了？」

「你別打岔，聽卓仔說嘛！」

「市長受了一點傷，還好有一個有錢有名望的地方人士幫忙，讓市長穿著簑衣戴著斗笠假扮農民從樹仔腳離開……」

「那個人是誰？」

「市長為什麼要這樣打扮？」

「那人是好人，市長沒生命危險就好。」

「你用用腦好不好？市長如果沒有喬裝一下，現在外面不理性的民眾那麼多，市長怎麼離開？」

同仁們七嘴八舌各表異見，香子只靜靜聽著。

這之中有位廈門人方暉隆，聽了來人轉述，不知是氣憤還是真想測試一下，竟說：「這些人到底要怎樣？我出去看看。」

大家一看都慌了，幾個男同仁合力拉住他，香子這才擠上前開了口。

「你千萬不要做這種事，會發生什麼事誰能預料？」

「是嘛，失控的事有什麼好看？」

「你們放心我也只是說說。」方暉隆看看了鐘轉而這麼說，「值夜的人都已經來了，我也該回家了。」

四點不到，他這單位值夜的同仁就已經來了，按理來說他是可以先離開，可現在大家擔心他出了市府大門的安危，一致反對他先走。

「時間未到先離開算是擅離職守，萬一你們辦公室的公文遺失了，你的罪就大了。」

「我……」

「這個時候回家，你有可能會被路上失去理性的市民或鎮暴的警察打死。」香子說。

「我又沒做什麼事。」

「現在不是你做了什麼事，而是有可能只因為你不是臺灣本地人，你是廈門人，外省人的關係……」香子把近中午時在窗邊看到婦女被揮刀的事轉述一次，許多值日同仁紛紛點頭。

「哪能這樣？」眾人無不憤慨。

「有必要臺灣人外省人分得那麼清楚嗎？」方暉隆沉沉哀嘆。

「也是，政府為什麼用那麼強硬的方式處理這事……」香子說不下去了，她也想到住家附近被軍方帶走的醫師還沒有丁點消息。

平常偌大辦公室總滿是員工與前來洽公的民眾，大家都是忙碌做事，假日的值班本來都蠻能讓香子與同仁們享受清閒，但今天這個值班週日卻一反常態，讓人鎮日心神不寧。

「你們來看。」香子引著方暉隆等人到稽徵處這邊，正可以看到臨窗的民權路上一群人喊著打打殺殺，四周都是躁動的人不理性的喊著：「拍死，共伊拍死。」

市警局的局長和警員極力想控制這種混亂局面，卻毫無成效。

「唉，連警員都使不上力……」一人感嘆，另一人更慨嘆道：「連市長都得委屈成那樣出逃了……」此人哽咽說不下去了。

香子聽不下去了，怎麼才短短的時間，天地就變色，自己只是一個小小市府員工，會不會也被貼上什麼標籤？當真如阿公說過的「人世如火宅」嗎？

一時間市府內幾個處室就流傳著這些言談，香子十分害怕，除了一小段民權路外其他地方她看不見，但從外面進來的同仁帶來的訊息判斷，她意識到自己正處在一個極端的混亂中。

外面的世界形同無政府狀態，不知家裡的阿嬤和承孝，還有三民路那邊的卡桑和芳子、銀子三人是否安然無恙？其他處室的同仁各自回辦公室去了，無助的香子蜷縮在辦公桌下，深層的憂慮一分一分往上襲來。

「怎麼辦？如果外面的民眾衝進來放火燒燬公文資料，我這個值日的人就是失職，怎麼辦？」憂心忡忡的香子想起小時候阿公說過許多感應故事，趕緊不做他想只在心中念佛，好求一個太平安靜。

香子抬眼看了壁上時鐘一下，早已過了與值夜交班的下午四點，值夜的人還未到來，香子不免又胡思亂想了起來。

「他會是在前來市府途中發生了什麼事嗎？我沒在正常的時間回到家，阿嬤一定會很擔心，怎麼辦？」

香子坐立難安間，早春的天很快無聲無息暗了下來，辦公室牆上的鐘敲了七響，香子知道七點過了，可是值夜的人還是沒看見，自己的肚子也開始咕嚕咕嚕叫著，怎麼辦？沒吃飯還是小事，自己和家裡都相互不知道狀況，那才是最教人憂心的事。

眼看時間一分一分過去，外頭的衝突似乎沒有停止跡象，夜幕都已經張掛下來，卻還無法把寧靜還給這座城市。

香子在飢腸轆轆下，一直忍到將近八點，值夜的同事才匆匆到來，儘管同事可能帶來日間全臺發生的第一手訊息，香子顧不得這些，她想到的是趕快回家去，免得米甘和承孝擔憂。

歸心似箭的香子，在臨出市府前躊躇了一下，外面正掀起一場瀰天混亂，許多人就擠在市府門前，為免引發難以掌握的狀況，還是和來人一樣從側門離開，繞一段遠路回家較妥當。

初春夜涼如水，出了市府側門，香子拉緊衣領，趕緊小跑步一路快走。香子本想繞道滿足那裡，但又感覺一路都是詭異的氣息，擔心橫生枝節，當下決定回和米甘同住的民族路租處。香子在膽顫中經過臺中醫院，然後往北直走到柳川，才轉進柳川東路，這一路不停在加快腳步，並在心中祈禱，只求一切平靜。

眼看家就在前方，一股近鄉情卻之感油然而起，宛若離家已逾一世紀。

「大姊轉來矣！」從門縫看到香子身影的承孝大喊出聲。

「香子，有按怎無？」米甘迎上前就拉住香子的手，香子感覺到米甘的手正在顫抖。

「阿嬤，我沒按怎啦！恁咧？」

「阮佇厝內無代誌，干焦外口規日拍槍砰砰叫驚死人。」米甘的驚惶未減。

「我料準是閣欲世界大戰啊！」

「囡仔人毋通黑白講。」米甘喝斥承孝。

「香子，汝腹肚枵啊喔？緊來吃飯，承孝，去共飯菜捀來。」

經過這麼大的波折，香子反而沒有飢餓感了，她想著住在三民路的卡桑和妹妹們，不知她們可好？

香子仰頭目光正對上牆壁，莊浮和清雲的遺照都向著她看，兩人微微笑著，彷彿在告訴她，

「免驚，袂有代誌。」

香子不禁看得出神，莊浮那張布滿皺紋的臉，平靜得如一池無痕的水，而清雲那俊逸面容，給了香子幾許安定力量。

「人恁阿公恁多桑攏去作神矣，免佇世間受苦。」米甘突然冒出這樣一句，教香子無言。是啊，世間真苦。

但最終會有苦盡甘來的時候。時間就是最好的治療劑。

香子相信，隨著日子一天一天過去，社會秩序也會慢慢恢復過來。

隔日一早上班前香子先到滿足住處看看，才一進門，母女都還沒交談，芳子就帶著無比恐慌心情，向香子訴起她的憂心來了。

「大姊，震東他們當警察的人真危險呢！」

「怎麼說？」

「他們需要去抓作亂的人，作亂的人會乖乖等著警察抓嗎？他們一定會反抗的啊！」

「妳不要跟他交往，就不需要這麼擔心害怕了。」

「大姊，妳怎會這麼講？不是同心才會圓滿嗎？」

「……」

香子沉思在芳子的一番話之中，其實人與人的看法、作法都是相對性的。

依她而言，站在芳子大姊角色上，她不贊成芳子與已婚的許震東交往，但在陷入戀愛浪漫思維的芳子，眼裡只有許震東。到得這時，香子心裡十分清楚，關於芳子情感的事，多說無益，隨她去了。

生活中屢屢示現的無常教芳子害怕，在串聯全臺的流血事件過去一年多後，許震東因為南調打狗，十五歲已滿未達十六歲的芳子，辭去市府會計課工友職務，提著簡單包袱，告別了家鄉親人，頭也不回的為愛走天涯了。

二二八的事件對芳子的影響是如此，相同的，這個對抗事件也改變了香子的思維。後來香子常會想，倘若當年她比卡桑更堅決反對芳子的愛情，將會在她與芳子、甚至許震東之間造成什麼衝突？原先出於愛與關心的作法，會不會引致完全相反的效果？

事實上香子僅僅只是勸阻過芳子，但這也引起許震東的挾怨報復，在他和芳子離開臺中之前，香子不知許震東在滿足面前說過什麼動聽的話，滿足竟是同意任由他五鬼搬運的將房子居住權利轉售出去。這件事滿足沒事先告知香子，是直到房子得交給新屋主時才跟香子透露。

「香子，後禮拜我佮銀子就欲去住竹廣市仔。」有天香子去到母親那兒，滿足這樣告訴她。

「按怎無愛住遮？」香子實在不明白，三民路這房子在馬路邊總比市場裡好吧？

「震東已經將這間厝的權利賣去啊……」香子聽到這裡，不等滿足說完急著反問：「賣去？這亦毋是伊的厝，伊怎會使賣？」

香子糊塗了，母親和妹妹們居住的房了，竟然是一個不相干的外人將居住權利轉售出去，這是什麼情形？當日何基明也只是口頭讓給她，香子感恩戴德從來也沒問著要地契房契，許震東又是如何拿到地契房契？

滿足大約看出香子的怒氣，趕緊緩頰說道：「震東伊講銀子腳不方便，後擺出門上班傷辛苦，這陣仔銀子就有學做衫這个手藝，以後可以就靠這項手藝生活。所以這間賣掉另外佇竹廣市仔買一間店面，予銀子踮遐幫人作衫，啊我佮銀子嘛做伙住遐。」

依滿足這樣的說法聽來，許震東還真是好心幫滿足和銀子設想周全，要怪他擅自賣屋也太苛刻了。可是等到假日滿足帶香子去看過，因被日軍擊落的美軍B29轟炸機殘骸掉落引發大火夷平後再重建的竹廣市場裡，那一間許震東好心為滿足母女購置的店面，香子再也忍不住一直壓抑的怒火。

「許震東這个人太有心機囉，買這間屎礐仔牋予汝佮銀子蹛，這種代誌伊做會出來？」香子破口大罵。

「香子莫受氣啦，這間伊開六百萬買的。」

「卡桑，毋是伊開的，遐的錢是賣厝的權利金。」

「喔，對啦，彼是賣厝的權利金。」

「彼个許震東不知挹偌濟佇伊的褲袋仔底，才提六百萬出來爾爾，實在有夠過份。」

「香子，就已經買矣，無是欲按怎？閣再講三民路彼間的權利亦賣去矣，我佮銀子無搬敢會使得？」

香子想想也是，生米都已煮成熟飯了，她不接受行嗎？

香子自此更是不覺得許震東是正派之人，但也不會因此一竿子打翻一條船，討厭起警察。

香子認為許震東一定將多數權利金私入自己口袋，只拿出舊臺幣（民國三十八年六月十五日，臺灣省政府公告新臺幣發行辦法，進行貨幣改革，將之前的臺幣列為舊臺幣，改革後發行的為新臺幣。規定舊臺幣四萬圓折合兌換新臺幣一圓。）六百萬在竹廣市場買下兩坪大的小店面，算是安頓了滿足和銀子，然後他就和芳子雙宿雙飛了。做得出這種事情的人，將來會如何呢？香子等著。

事出突然，香子就想找許震東理論，也木已成舟，房子換了主人，自己拿什麼去跟新屋主談？芳子臨行前只跟滿足說是南下打狗（高雄），打狗忒大，香子何處尋找他們兩人？

惱人的事接二連三衝擊香子，香子已無暇多想其他，退一步想，三民路的房子原也不屬於她，可就算要將這一切視做過手交出去，也不應該是這樣莫明奇妙的情況下啊！

這時的香子相信往後一生，只要她肯努力，一定能以自己的能力置產。同時她也絕對認同以往莊浮所說的「自己造的業自己要承擔。」

許震東和芳子聯手蒙蔽她，難道不是造了一個欺騙的業嗎？暗槓房產所得，不也累積了一個貪財的業嗎？

只要莊浮說過的話想起更多，香子的心就更沉靜一分，惱人的事便漸漸自腦中退去，唯一只留下莊浮生前常說的「萬事虛空，生死事大」縈迴腦際。

是啊，與二二八事件受到波及牽連的臺籍人士家庭相比，香子覺得家中發生的這些事，充其量只是雞毛蒜皮與芝麻綠豆，何苦放在心上。

第二十章

時光悠悠，春去秋來。

臺灣島內經過美軍空襲及國府接收後的恐怖事件，大環境仍是蕭索不堪，尤其大陸地區國共內戰的持久戰，政府單位無心於此地的治理，民國三十七年（西元一九四八）年關已近，戊子鼠年將過，家家戶戶依然困境中準備著過年，人人心中期盼己丑之後，以臺灣人像牛一般肯辛勤努力的精神，老天應該讓民眾生活否極泰來。

去年腥風血雨事件過後不久香子便被調了單位，這一調她得去熟悉從沒接觸過的業務。稅捐稽徵處掌理一市稅務，香子被調到營業稅課，她需要熟知全市的營業單位，以及每一個商家公司行號的稅收，業務範圍不若最初在電影股何基明麾下，以及社會課長白福順掌理時的單純，現在她需要到所負責區域範圍的商家收取營業稅，有時得去好幾趟才收得到該收的稅金，香子特別準備了布巾，上午去收店家營業稅金，中午抱著回家吃過午餐，然後再回市府辦公室，再次清點金額並製作報表之後，要在下午三點半之前繳入在自由路二段的國庫彰化銀行，有時同單位同事也要去繳他們各自收回的公司行號營業稅，會很熱情的要幫香子一起送交。

「莊龍香，我要去國庫繳收回來的稅，幫妳一起繳。」男同事藉此對香子獻殷勤，香子心知肚明。

「謝謝你，我自己來就可以。」

「我正要去四維街附近，莊龍香，妳有什麼商家的稅需要去收取，順便幫妳去收。」這樣的好意香子也僅止於心領。

香子總會適時想起清雲教育她的，自己該做的事不能假他人之手，想及這個是自己經手的政府稅收尤其不能掉以輕心，否則稅款若是短少了，就不只是小時候被責罰一頓那樣輕鬆。

一回兩回之後，無論外省籍或臺籍同事都清楚，在催收負責範圍店家的營業稅，與稅金回繳國庫這兩件事情上，香子必定親力親為，即便是對香子心生好感的男同事，也不會再貿然開口要代為收稅或繳稅，同時也對香子謹慎行事風格則印象更深。

有一次，過午後回到辦公廳做稅額複核並製作表單時，香子才發現多收了某家在樂群街第五市場附近的店家營業稅三百五十元，當下香子心中對店家抱歉不已，責怪自己不小心多收了商家三百五十元，在通貨膨脹的年歲那雖是小數，但一來基於帳目必定清楚的原則，二來是莊浮與清雲所教導清清白白做人的自我要求，香子當下決定馬上送回店家。

「股長，早上我去樂群街收稅時不小心多收了店家三百五十元，現在我要趕快送還給店家。」

香子向股長王村嵩報告。

「三百五十元？」一筆極小數的錢竟讓莊龍香耿耿於懷這讓王村嵩極為詫異。

「對，三百五十元。」

「不能明天再送回去？」

「趁著上午收稅店家記憶還很清楚的時候送還回去，也才能再一次把稅額明細告訴店家，同時我也該向店家道歉。」

香子的說法合情合理鏗鏘有力，王村嵩沒理由不支持她。

「那妳就去吧！那妳該繳國庫的稅收怎麼辦？要找個同事幫你處理嗎？」王村嵩想到更重要的事情。

香子抬眼看看壁上的鐘，低頭衡量自己來回需耗去多少時間，能不能趕在三點半國庫關門錢將稅金繳回去？想了想，香子很堅定的回答：「我走快一點，快去快回，應該是趕得上在國庫關門之前上繳稅金的。」

香子回到座位稍作整理，立即要出發。這時，王村嵩走了過來，「不然這樣好了，我騎腳踏車載妳過去，這樣快一些。」

「……」

香子還在深思，王村嵩已經向他人借好腳踏車，手上拿了小小一把腳踏車鑰匙催著香子，「走吧！快去快回。」

香子沒再多想便隨王村嵩下了樓梯，腳踏車上香子報給王村嵩地址，王村嵩立即向著該地址用力踩踏而去，側坐在後座的香子只有著一種很特別的感覺，具體是什麼自己也說不上來。

店家看到香子再度來到，以為是自己少繳了稅金。

「阮減繳是無？」

「毋是啦，是我較歹勢，加收矣！」

「加收偌濟？」

「三百五十箍。」香子邊說邊掀開布巾，雙手奉上三百五十元。

「三百五爾爾汝閣專工送轉來！」老闆收下時說了這話，對於香子的敬業態度留下極好印象。

完成返還溢收稅款後，香子向著警察宿舍（即現今臺中文學館）方向走去，那是剛剛王村嵩讓她下車的地方。坐上王村嵩的腳踏車，風在耳邊追著，香子心情輕鬆靈動，仰望蔚藍天空，她很想大聲告訴天上的清雲。

「多桑，我沒有讓您失望！」

「嗄？妳說什麼？」王村嵩以為聽到香子說話。

「呃……」香子以手掩嘴，以為自己真出了聲。

靜默半晌，王村嵩和香子不約而同都想到同一個方向，莫不是風的聲音？

回到辦公廳後，香子隨即攜著上午所收稅金要去國庫繳交。

「莊龍香，要不要股長再送妳去？」一個男同事故意這麼說。

香子知道這話戲謔成分居多，她才不隨之起舞。

「國庫離我們市府很近，我這就走路過去。」

王村嵩打從回到辦公廳便投入自己的工作，並沒分心在同仁們打趣之上，這是過去日治時期養成教育的嚴謹與紀律已然內化成生命精神。

那個下午時間過得特別快，王村嵩公務告一段落，抬頭環顧辦公廳，一眼又見到香子，其他幾張辦公桌前已無人影，王村嵩抬眼看看壁上的鐘，已經臨近五點，辦公室裡善於混水摸魚的同仁，早趁外出公幹時機溜回家了，莊龍香這位股裡的年輕小姐竟是如此與眾不同，王村嵩忍不住走過去讚美了她。

「莊龍香，妳真是個特別的人呢！」

「呃……」

香子愣住，不知如何回應，這是今天的第二次了。

冬至過後，真正進入了寒冬。

星期日的清晨，香子早早醒來，大廳裡那個在搬家那天被米甘打壞的大掛鐘經過修理後又如常報時，剛剛敲過五聲，已經聽到米甘在大廳行走的聲音。

最近一段日子，香子心裡填著滿滿的事，不知如何是好。

王村嵩總要約她去娛樂座看電影，香子先前都以看電影要多花費，眼下通貨膨脹很厲害，她不想多開銷來婉拒，後來王村嵩說娛樂座送給處裡招待券，分發各課各股都有，香子就不知該如何回絕了。

米甘自從一心禮佛後，雖然仍然嚴厲，但不再像前幾年那樣會歇斯底里的打她罵她，也不會假日都不讓她出門。可如今即便沒有來自米甘的約束，香子的心卻是自己織了一張千迴百轉的網，去與不去，讓她難以決定。

想著想著，香子迷迷糊糊又睡著了。

冷冷的冬天，清晨寒得嗜人心脈的空氣，不時從紙門縫鑽進榻榻米再刺進身體，香子下意識拉高了蓋在身上的厚被子。

恍恍惚惚之間好像回到了小時候，自己睡在過去多桑和卡桑的臥室。

轉個身清雲來了。

清雲領著香子走過惠來厝、潮洋庄、林厝和何厝，街景不若他們所居住的川端町熱鬧。

「香子，妳就是何厝的人。」

「呃？」香子乍聽不甚明白，並不是因為清雲以日文說出。

「妳的生父是何厝的人，聽說在世時是輕便車車伕。」清雲正巧看見輕便車經過，順帶提起。

「在世？」香子茫茫然。

「以前我說會為妳找到妳春花姑姑，後來多桑病得太突然了，來不及幫妳找到春花，可是沒關係，我遇見了妳生父何塗，何塗在出養妳不久就過世了。」

香子彷彿聽著一個不相關的人的故事，那位名叫何塗的男人，她沒有機會好好認識他，不但現在沒機會，以前沒機會，以後也不會有機會了。

但香子很快轉了一個念頭，她得感謝生身父親，才能有她今日這個軀體，也才有機緣當多桑的女兒。香子轉頭看看清雲，很自然拉著清雲的手搖晃，心中一股暖意生出，有什麼比當多桑的女兒更幸福！

恍恍惚惚跳躍的畫面，香子感覺清雲一點也不嫌麻煩，陪著香子分別去了彰化郡和水崛頭，也見到了秀枝三姊和彩雲二姊。

秀枝的養父和清雲一樣有知識，兩個年歲相當的男人見面彷如好友，兩人都因分別領養了同一對父母所生的姊妹，感覺親近了些，說得歡喜得很，香子聽不清楚他們說些什麼，只感覺他們兩個的嘴一直張張合合。香子很高興，秀枝三姊的養父雖是單身，卻也把秀枝照顧得很好，也供她讀書，小學高等科畢業之後還讓她去臺中醫院看護婦講習所讀了兩年，清雲告訴香子，他尋到秀枝的時候，秀枝正開始擔任實習看護婦，每日可領日薪五十五錢，香子聽著除了很替秀枝三姊高興外，也很感謝多桑一直沒忘記對她的承諾。

清雲帶著香子去過彰化郡，接著再去水崛頭，香子的彩雲二姊就沒秀枝這等好命了。收養彩雲的這家人本就是農戶，所以彩雲打從懂事開始就得幫著下田，插秧除草驅蟲收割曬穀碾米樣樣都得會，因為總是忙著農事，因此彩雲連公學校都沒進去過，更別說識得一字半句的。從水崛頭離開時，香子心情有些沉重，同胞姊妹竟是命運大不同！

「為什麼彩雲姊姊的命會是這樣的？」香子望著清雲，等著清雲為她解答。

「香子，這就是人生，世間上每一個人的命運一定是不同的。」清雲擔心香子想不透，接著又說了，「妳看，光是我們的手伸出來，五根手指頭都不一樣長。」

香子靜靜想著，多桑說得沒錯，就說家裡四個大人四個小孩，八個人的命就各有不同，為什麼就是銀子染上小兒麻痺？而秀杜姑姑未出嫁之前，和她與阿嬤同睡一間房，半夜阿嬤擰捏秀杜姑姑的次數多到驚人，香子雖也被阿嬤擰過大腿，相較之下就少多了，她與秀杜姑姑都是養女，只是領養者不同，而這又該如何說呢？

香子還想問問清雲，為什麼這麼疼她這個養女？

可一抬頭，哪有多桑，只有房間的紙拉門。

原來只是一場夢，夢見多桑來告訴她幾個出養姊姊的情形，香子心緒激越，多桑都已經往生五年了，還記住兒時答應過她的事。在夢裡她都來不及跟多桑說，她已經透過各種管道找到春花姑姑，把四散的姊妹都找齊了，還南下阿猴見到生身母親。

因為方才的夢，香子回想起過去大家都在川端町的時候，一家八口四個大人四個小孩，屋子裡時時有笑聲哭聲說話聲責罵聲，就算是阿嬤尖聲罵他們幾個小孩，也好過這時一間屋子沒什麼人氣冷冷清清。

夢過清雲之後的一星期，香子的心情總是沉甸甸

米甘不知聽誰耳語，好端端出租著的川端町的房宅竟然主張要賣掉。

香子眼見通貨膨脹情況有失控之虞，力主留住房產等於留住最後命脈，否則以物價不斷波動的

情況來看，賣屋的錢可能很快便化為烏有。

「阿嬤，我看厝咱莫賣啦！」

「日子遮歹過，若是閣換一个朝代，賊仔政府若講百姓的厝攏佮的，咱連一仙錢嘛攏提袂著，抑是這時賣賣咧較實在。」

米甘的強勢其來有自，儘管學佛後不再無理罵人，但固執個性仍難改變。不管香子再怎樣分析利弊，米甘始終堅持房子得賣掉，身邊有錢才是王道。

香子想到清雲一生心血都在川端町，便盡全力向米甘爭取不要售出，可米甘為了遂自己心願，竟誣指香子覬覦川端町二十五番這間房子。這樣莫須有的指控讓香子心痛，也只能放棄為清雲爭取保住老宅的想法。

打從米甘指示香子盡快處理川端町二十五番地屋宅，香子就快樂不起來，香子多麼希望時間能靜止不要繼續往前，如果能夠，她多想要回到兒時無憂無慮的時光，縱使阿嬤嚴厲苛求，但有多桑的圈護，那快樂那溫暖……

春去秋來，歲月如流，遊子傷漂泊。回憶兒時，家居嬉戲，光景宛如昨。茅屋三椽，老梅一樹，樹底迷藏捉。高枝啼鳥，小川游魚，曾把閒情託。兒時歡樂，斯樂不可作，兒時歡樂，斯樂不可作。

《憶兒時》作詞：李叔同　作曲：海斯（W.S.Hays）

這首曲子突然躍上腦海，公學校畢業那年清雲教她唱這首曲子，此刻再度想起，著實令香子不勝唏噓。

往事已矣啊……

香子雖在市府上班，但薪水畢竟有限，年來通貨膨脹得厲害，家裡雖只三口人，但也常是捉襟見肘，賣掉川端町二十五番的錢很快在通膨中一分分融化。童年苦過的米甘總能鑽出生存之道，米甘心血來潮時便領著香子和承孝，去臺中師範學校附近的餿水桶撈些飯食回來重整再煮過，將就一餐填飽肚皮。每每承孝總藉口肚子痛或耍賴不去，米甘必會不假顏色的訓斥一頓。

「恁多桑無佇矣，干焦汝阿姊一个人的月給愛食愛穿，閣欲予汝讀冊，是無夠通用的，汝若欲活，就莫貧惰。」

但承孝畢竟是米甘心中的寶，只要承孝多耍賴一下，米甘也就任他自由，但香子就沒能有這樣的對待，事實上也是香子不忍心只讓花甲的米甘做著這樣卑微的事。

香子的背始終挺得很直，即便路上遇上公學校同窗或是縣市府同事，香子不閃不躲不避，總是微笑和人打招呼。她想能夠理解之人便能明白她是家計辛苦，才會如此刻苦餿水桶裡尋找食物，設若是無法理解，那也不是她的問題。

由此香子也漸漸領悟兒時和米甘觀賞的歌仔戲唱詞裡的「花無百日紅，人無千日好。」的深義。

不過幾年時間，她們一家破落至此，清雲若還在世，生活何至於此！

香子每每深有感嘆，可她也不會一直陷溺悲傷情緒，她記著清雲樂觀積極的生活態度，她想著莊浮坦然面對的教誨，現如今因為通貨膨脹之故，一日三市，早上可買一斤肉的錢數，到了中午可能什麼都買不了了。政府雖積極推動金圓券改革，同時也實施經濟管制，但不僅沒能改善臺灣的經濟，反進一步傷害了臺灣。

通貨膨脹的情形日益嚴重，民眾叫苦連天，入不敷出已是多數家庭面臨的困境，近來已出現其他人瓜分餿水桶，爭相搶著尋寶，香子已能預見更艱苦的生活等在前方。

能夠怎麼做呢？多桑，請您告訴我。

夜深人靜時，香子入眠前，總會在心裡向已逝的清雲求助，盼望夜裡清雲會再現身她的夢境，指點她迷津。

通貨膨脹越來越嚴重，香子想起彩雲二姊的時候就越多，可自己因經濟一事忙得焦頭爛額，也就顧不上彩雲二姊了。有時想想，若不是早幾年因為卡桑之故而能有因緣蒙何基明栽培提攜，甚至還引薦至州廳工作，才有個小小安身之處，每個月也才有固定的月薪供家裡開銷，可能現在景況會比彩雲悽慘。

只是小小僱員薪資有限，整個大環境如若持續惡化，香子也不知道明天會在哪裡？

生活越難過香子想起川端町的美好就越頻繁，那一間屋子每一個角落都有她的掌紋、她的歡笑與淚水，那是一處褶藏她許多美好過去的宮殿，從她下地五十四天到搬離開之前的十八個年頭，雖然近兩年沒住在川端町，但那個屋子結結實實還是自家的，可如今，那屋子易主他人，她再也沒有機會走進那間屋子，回味過去許許多多多桑和卡桑給她的愛。

以後再不能了。

這一生，川端町二十五番將伴隨著記憶沉入最深處。

往昔多桑在牆壁上撥打電話的一切歷歷在目，而現在住的民族路日式小宅雖是自己如願以償了童年的夢，但沒有了多桑，童年之夢的快樂沒多桑能分享總是遺憾，香子只能將夢境裡的快樂留在夢中。

莊浮與清雲往生後，再經滿足帶著芳子和銀子離家自力更生，這個家頓時減到只剩三個人，香子偶爾會想，我還是養女嗎？可我養父在哪裡？養母又在哪裡？所有的大人只剩下當初常常恐嚇要送她回自己家的阿嬤，她若是養女，到底是誰的？

戊子年將盡，國曆已是民國三十八年一月二十二了，再過一個星期牛年便來到。戰爭結束後的幾年裡紛紛擾擾的國事家事逐漸遠去，太陽每天依舊升起落下，生生不息裡絲毫不在意人世間的煩亂。

雙十年華的香子想著現在自己肩扛的這一家，老的老小的小，包含自己在內，三人都沒有一絲一毫的血緣關係，可卻因為看不見摸不著的因緣線而綑綁一起。

花甲已過的米甘還是經常提起她苦命的養女生涯，領養進門時才一歲多些，今年也已十一歲的承孝，即便和已故的莊浮有同宗血緣，和米甘還是沒有絲毫連結，而自何氏輕便車車伕處領養來的香子更是完全無關聯。

這些事情有時讓香子想著想著就覺得很耐人尋味。世間怎樣的因緣，會將原是毫不相干的人緊緊綁在一起？

民國三十八年（西元一九四九年）己丑年。
她習慣記憶的是昭和二十四年。
她不知道這年十二月中華民國政府會遷到臺北。
她唯一知道的是，她心裡藏了一個門牌號碼。
川端町二十五番，她養父給她的家。
永遠都是。

【後記】故事樹之根

妍音

我從臺中來，走過柳川古道。

那時，走在彎彎繞繞窄巷，兩側蓊鬱大樹遮蔽了童幼之眼，不知那將被視作古道，或者古道存在於比我的兒時更早更早，上一代人濃濃東洋味的童年裡。

當時年紀小，所有事物均是我無可丈量的巨大，小巷深邃如潭水如深淵如大海如幽鄰，我只敢於踏出幾步，然後拍著撲通直跳的心速速返家。

怕，是當時心情；懼，則稚齡心緒，直面大人們的日常，那巷子是溫暖的春爽颯的秋，即便夏日炎炎迴旋小巷仍陰涼，朦朧記憶裡寒冷冬日大約氤氳了各家各戶炊煙。

六歲以前，我未曾獨力走過深巷，故不知長巷那頭直通市場。

幼時的我只知民族路，不知榮橋通；只知第二市場，不知新富町市場；只知柳川畔的樂舞臺戲院，不知戲臺上下人人均演著的人生大戲。後來，在長輩的口述記憶裡爬梳臺中城、臺中事、臺中人，方窺見遠在我所識得的時空裡，長了一株碩大故事樹，聽著聽著便在腦海裡長了根。

而後，故事樹也在電腦硬碟開枝散葉，可卻輾轉了十年，在嫩芽裡檢視，在嫩芽裡擇取，在嫩芽裡整編，方才從嫩芽裡褶藏出一個美好，關於我無緣見著，且我也不存在的時代。

可這座城是我誕生的城市，我曾在老城區的許多道路來來去去，腳下的泥土必也曾承載了我的哭我的笑我的眼淚我的唾沫。而在忙著長大的那些年，連自己都忘記曾經凝視川水仰望天空，唱過一曲又一曲童謠，編過一場又一場幻夢。

直到故事樹根深植後，順著樹幹上爬，在枝葉間享受微微晨光，我童年的夢又回到心中，我輕快唱著喜愛的兒歌。

於是，我想起幼時的彎曲窄巷，想起巷子裡那些老榕樹，那些樹早在那兒看著附近人家演繹各家的故事。冬去春來，年復一年，人來了又走了，日式宅院拆了改了，老榕樹也砍了折了，人事全非了。

可沒人留意到記憶真長了根，慢慢又長成一棵樹，一棵故事樹。

走在柳川古道，我記著長輩們的時代。

我更記著，我從臺中來。

釀小說111　PG2233

褶藏川端町

作　　者	妍　音
責任編輯	徐佑驊
圖文排版	周妤靜
封面設計	王嵩賀

出版策劃	釀出版
製作發行	秀威資訊科技股份有限公司 114 台北市內湖區瑞光路76巷65號1樓 電話：+886-2-2796-3638　傳真：+886-2-2796-1377 服務信箱：service@showwe.com.tw http://www.showwe.com.tw
郵政劃撥	19563868　戶名：秀威資訊科技股份有限公司
展售門市	國家書店【松江門市】 104 台北市中山區松江路209號1樓 電話：+886-2-2518-0207　傳真：+886-2-2518-0778
網路訂購	秀威網路書店：https://store.showwe.tw 國家網路書店：https://www.govbooks.com.tw
法律顧問	毛國樑　律師
總 經 銷	聯合發行股份有限公司 231新北市新店區寶橋路235巷6弄6號4F 電話：+886-2-2917-8022　傳真：+886-2-2915-6275

出版日期	2019年9月　BOD一版
定　　價	400元

國家圖書館出版品預行編目

褶藏川端町 / 妍音著. -- 一版. -- 臺北市 : 釀
出版, 2019.09
面 ; 公分. -- (釀小說 ; 111)
BOD版
ISBN 978-986-445-353-5(平裝)

863.57 108014847

讀者回函卡

感謝您購買本書，為提升服務品質，請填妥以下資料，將讀者回函卡直接寄回或傳真本公司，收到您的寶貴意見後，我們會收藏記錄及檢討，謝謝！
如您需要了解本公司最新出版書目、購書優惠或企劃活動，歡迎您上網查詢或下載相關資料：http:// www.showwe.com.tw

您購買的書名：________________________________

出生日期：_______年_______月_______日

學歷：□高中（含）以下　□大專　□研究所（含）以上

職業：□製造業　□金融業　□資訊業　□軍警　□傳播業　□自由業
□服務業　□公務員　□教職　□學生　□家管　□其它____

購書地點：□網路書店　□實體書店　□書展　□郵購　□贈閱　□其他

您從何得知本書的消息？
□網路書店　□實體書店　□網路搜尋　□電子報　□書訊　□雜誌
□傳播媒體　□親友推薦　□網站推薦　□部落格　□其他________

您對本書的評價：（請填代號　1.非常滿意　2.滿意　3.尚可　4.再改進）
封面設計____　版面編排____　內容____　文／譯筆____　價格____

讀完書後您覺得：
□很有收穫　□有收穫　□收穫不多　□沒收穫

對我們的建議：________________________________

____

____

____

請貼
郵票

11466
台北市内湖區瑞光路 76 巷 65 號 1 樓
秀威資訊科技股份有限公司 收
BOD 數位出版事業部

（請沿線對折寄回，謝謝！）

姓　　名：＿＿＿＿＿＿＿＿　年齡：＿＿＿＿　性別：□女　□男

郵遞區號：□□□□□

地　　址：＿＿＿＿＿＿＿＿＿＿＿＿＿＿＿＿

聯絡電話：(日)＿＿＿＿＿＿＿＿　(夜)＿＿＿＿＿＿＿＿

E-mail：＿＿＿＿＿＿＿＿＿＿＿＿＿＿＿＿